中国少数民族文学发展工程·翻译出版扶持专项（民译汉）

印土

（蒙古族）乌·斯日古楞／著

（蒙古族）孙泉喜／译

作家出版社

1

祭祀斯崎敖包的那达慕，在褴褛的乌云下飘洒的阵阵细雨中时断时续地进行着。当夕阳下沉到哈那①头上时，只剩下争夺冠亚军的两位摔跤手。人们起大早奔这个大地的心脏般凸起的斯崎敖包而来，此时有马的已经骑上了马，有摩托车的也跨上了摩托车，一旦两位选手见分晓，他们随时准备各自回家。说起来也怪，人们早晨出来时仿佛被招魂般着急，晚上回去时好像被幽灵追赶似的忙慌。看来，人就是在这种着急忙慌中度过一生。然而，不看到这两个摔跤手分出高低来，这些人怎么着急忙慌也绝不会走。长调依然悠扬地回荡着。在摔跤场上，有人必胜，有人必败，这是众所周知的规律。此刻，这些观众一睹为快的心情比祭祀敖包时更为迫切。在一片屏气凝神的紧张气氛中，两位摔跤手甩动着用绫罗绸缎做成的护身结出场了。从左侧跳将出来的人中等身材，拱起的鼻子，一身隆起的肌肉，黑红脸膛儿。这位年轻人从睁开眼睛会走路起便是看着敖包长大的，是个不折不扣的本土黄毛小伙儿。斯崎敖包一带出著

---

① 哈那：蒙古包毡壁的支架。

名摔跤手是远近闻名的。这个年轻人仿佛继承传统般横空出世，身材魁梧力气大，从哪个方面说，从哪个方面瞅都被人们看好。众多祭祀者都觉得，只有这个年轻人拔头筹，祭祀敖包那达慕才算圆满收官——这在他们的脸上、嘴上表达得淋漓尽致。从右侧跃出来的年轻人留着黑亮的络腮胡子，身体犹如铁塔般高大威猛，给祭祀者们的心上笼罩了一层阴影。在摔跤场上，两个年轻人是平等的。从地界划分上，人们把铁塔般年轻人称作是外地摔跤手。

广播介绍前者："斯崎敖包的苏力德。"

介绍后者："其呼尔图的朝克。"

冠军争夺战就此拉开了序幕。两个年轻人握手致意后争先下手。起初苏力德后退躲闪着，左顾右看仿佛在寻找机会。朝克则一味地进攻。

"看来今年苏力德还要输……"

"差不多，过分老练了……"

"苏力德已经输了两次，今年再输就三次了……"人们一边观看两人的摔跤一边议论纷纷。一个手里提着绿色啤酒瓶的狂傲青年说："你们不要放屁……在斯崎敖包那达慕上三次夺冠的人还没出生呢！"他趁着酒劲当众扔出呛人的臭话，引来四面八方无数个白眼仁。但他照说不误。

"现在没出生，将来也许吧，但在我们这时代不好说。"狂傲青年说的虽然是酒话，但"斯崎敖包那达慕没有三次夺冠的摔跤手"这话跟当地传说是吻合的，所以绝大多数祭祀者在心里赞同说"这话也对"。一个蔫巴青年摇摇晃晃走过来，贴在狂傲青年的耳朵上悄声说："如果这地方的妇女没有全避孕，肯定能生出来。你能管住她们吗？这方面斯崎人能做到的吧。"

"如果是那样，祭祀这个敖包干他妈啥……"狂傲青年将酒瓶往地上一蹾，啤酒沫子蹿出来喷了他一脸，活像一头发情的公驼。

"我的喇嘛爷，你这是成啥了？就差用胸口轰了。那样就不折不扣一个六月里发情的公驼……"那个蔫巴青年油嘴滑舌道。

"我知道的东西未必你都知道。敖包注定有一个守护神，知道不？只有那个守护神才能决定谁赢谁输，不是你耍点小聪明就能决定了的。"狂傲青年这样说了，向周围投去求援的眼神，坐在原地摇摇晃晃地等待着回应。此时如果得到一个肯定的答复，他随时准备跳将起来欢呼。旁边坐着两位老者，他们面面相觑，互相交换的眼神明明在说："虽然是酒话，但也是有道理……"狂傲青年没发现这个细节。

"假如生出来那样的人，就不祭祀这个敖包了？"那个蔫巴青年在狂傲青年的肩膀上打了一拳，前仰后合地笑起来。

斯崎敖包在地球上连个微粒小痣都不是，但生活在敖包附近的百姓年年都要祭祀它。祭祀者们在言谈举止里都希望自己的摔跤手在那达慕上夺魁，但事情往往不按祭祀者们的愿望转移，这让他们很苦恼。两位摔跤手遵循"摔跤要靠抓手和跤服"的常规，在寻找抓手上费了不少时间。有人急不可耐地说："这样可不行，还不如强行进攻！"还有人稳稳坐在那里说："不能着急。""这样摔下去咱们的人能赢！""照那样摔那个人就占主动了。"人们纷纷发表各自的观点。有人充当明白人说："从来没有特别的摔跤技巧，任何技巧都有可能摔倒人，没有技巧也可以摔倒人。"也有不少人不服气："什么技巧不技巧的，摔跤不讲究技巧，只要摔倒就行。"

苏力德知道高个子最怕进攻腿部，他从两侧迂回几次钻进去抱腿都没成功。朝克倚仗着两只强有力的手臂，从苏力德的肩膀上猛推过去。苏力德踉跄后退。朝克的臂力实在太强，苏力德毫无办法。苏力德突然想起了什么，用眼角的余光扫视了一下围坐的一圈人，看见了东南面坐着的自己的邻居蔫巴苏德——他就是刚才怂恿狂傲青年的那个蔫巴青年。他瘦细的个子，走起路来总是松松垮垮的，说话声音也是有气无力的，所以平辈们给他送了一个绰号，叫他蔫巴苏德。蔫巴苏德在那达慕上也参加摔跤比赛，但他瘦弱的身体装不满摔跤服，与其说摔跤不如说是凑数。看他摔跤的人都说："这个人咋倒不厌呢？"或者看见他被摔倒后摇摇摆摆走出摔跤场，熟人直接起哄说："喂，你啃泥还没啃够吗，或者被摔倒的次数还没凑够？"可是他却说："被摔倒对我来讲是永不厌倦的事，摔倒别人的人才厌倦呢！"嘲弄他的人见他想得开，便说："这叫好吃不如爱吃！"权当幽默笑起来。今天他被朝克摔倒在地的时候就有人向主持人发火："为什么给其呼尔图的朝克安排这种囊货？"但也有人替苏德拍打身上的土说："何必呢，也许我哥们儿身上的灰尘还没被拍打干净吧……"苏德说："你说的话别人不听，说也没有意义。我给你说吧，拍也好被拍也罢都是我身上的土，不是你们的吧，我愿意！我会倒地也会让别人倒地，不像你们空口白话光说不练！"

此时，苏力德忽然想起了蔫巴苏德的话，心里想：这家伙看似蔫巴，但有心劲儿，也许他找到了一个破绽。而一件往事也突然飞进他的脑海里。

苏力德想起的一件往事，其实就是去年的事。去年也是在这个敖包那达慕上，最终也是苏力德和朝克对决，朝克得了冠军，蔫巴苏德的想法落了空。他跟苏力德是邻居，而且是你我不分的好友。他虽然摔跤不怎么样，但是会拴马，这是他被人尊重的骄傲资本。两个邻居，一个是摔跤手，一个是骑手，在远近小有名气。在去年的那达慕上，他们本打算苏力德得摔跤冠军，苏德拿赛马冠军，但落空了。因此苏德对异地他乡的朝克很不满地说："你没拿过比这个那达慕更好的奖项吧？"对方却扬起脖颈故意挑逗说："哎呀，这个奖项好啊，奖项嘛能不好吗……"苏德起了嫉恨之心，咬牙说："你等着，来年……"朝克憋不住笑道："呸，连杀鸡的力气都没有，嘴倒挺硬！"把他的话不当屁事。苏德妒火中烧，反唇相讥道："哦，摔跤手家里的小鸡都成摔跤手了吧！"朝克进一步气他说："怎么，不服气吗？拿你家娇妻押宝吧，那可就够她受的，绝对把她弄得吱哇乱叫……"苏德明知再舌战下去也没头绪，但嘴这个东西是无遮拦的，他青筋暴突着说："与其叫你摔跤手，倒不如叫你是小牤牛……"然后悄声对苏力德说，"你明年再碰上这个家伙，把他引到我的面前来，看看他怎么倒下……"当时，苏力德看着自己的好友替他跟别人吵得脸红脖子粗的样子觉得很可爱，没想到一年后那句话真的有用了。苏力德边过招边撤退，靠近了苏德。

"今年朝克还是强势！"人们口口声声说。这话明明在表达着苏力德今年依旧摔不倒朝克的意思。正如人们认准的那样，朝克不断强攻，但苏力德左右躲闪着不让他轻易得手。追逐了一阵子，朝克没抓住对方，停下来摇晃着肩膀放松了一下脖颈重新进攻了。朝克的架势让人想起打架的公驼，纷纷摇头晃脑说："哎哟，看他那样子一个绊子就要解决问题……"然而，苏力德毕竟也是摔跤手，不会轻易被绊倒，躲闪着退到苏德面前，拿眼睛问："这回怎么办？"蔫巴苏德脸上没事似的微笑着，眼睛却盯着苏力德的脚下表达着某种意思。两个邻居互相间默契非常，所以一个眼神就明白了意思，苏力德一眼看见一样东西……

2

斯崎敖包西面有一个狭长的平川，人们叫它乌尔嘎图草原。因为它在山丘之间细长地延伸过去，看上去像个套马杆[①]，因此得名乌尔嘎图。乌尔嘎图草原上兀立着两座蒙古包。蒙古包的阳面发亮阴面发暗，昭示着这个世界既有阳光也有阴影。这就是苏力德和苏德二位的浩特[②]。虽然两家的牛犊棚各开各的门，但同用一条拴牛绳。这条拴牛绳拉在离两家正中前方约一丈远的地方。拴牛绳上等待挤奶的母牛哞哞叫着。脖子上拴绳子的牛犊摇摆着尾巴在吃奶。传来哗哗的挤奶声。挤奶的女人偶尔发出响亮的欢笑。间或有公牛追逐着发情的母牛，大公牛后面跟着一长串二三岁的小公牛或晚骟子，在拴牛绳上乱成一片。凡在人和动物的世界里出现的活动，在这个空间里尽显本色。在这个显现着人间一景的拴牛绳上，有两个女人飘逸着裙裾一边挤奶一边神聊。

"听说我家马跑了第一。"站在牛犊棚西侧的长得白净的女人一边放牛犊引奶精一边发出银铃般的声音说。非听不可的这句话，在旁边挤奶的黑眼睛女人听来，成了"我家马跑了第一，你家老公怎么样"的意思了。黑眼睛女人明知其意，但装作没懂，含糊其辞地"哦，哦"两声敷衍过去了，使对方大失所望。这两个女人中问话的叫娜仁，答话的叫萨仁。

"喂，他们今天这是怎么了？"娜仁不甘心地追问。

这对萨仁来说是不言而喻的事情，便不以为然地说："能怎么样，被摔倒了吧。"

娜仁兴致大减，但觉得不会那么容易，说："如若是你，一定是被朝克轻而易举摔倒。那样的话络腮胡子会更加疯狂了吧……"娜仁说完心神不安地微笑。

"注定赢不了非要赢能行吗，只能输呗。假如是你，备不住撕巴

---

① 套马杆：蒙文发音为"乌尔嘎"。

② 浩特：一户牧人家。

一阵子……"萨仁仿佛心里有数。

"你这人是不是把你老公的骨髓都抽干了？那么狠还了得，哪怕少量剩点呢……"娜仁嘎嘎笑道。

"不对，这家伙今天怎么了，忍不住了！看来让其呼尔图的朝克整一下才能压住你，别人镇不住你了……"萨仁抿嘴笑。

西边天际，夕阳被红云衬托着把金粉般的霞光洒向人间。一切影子变得长又长。在拴牛绳边上蔓延生长的芨芨草中蝈蝈在振翅鸣叫，水洼里的青蛙争相呼唤。在这五彩缤纷的世界里它们仿佛熟悉彼此的声音。娜仁的奶牛身边围满了大小牤牛。她拿牛绳抽打着赶跑了它们，刚蹲下要挤奶，一头去势未净的晚骟子没头没脑冲过来趴在了母牛身上。娜仁顿时慌了手脚，慌忙站起来躲闪。那边跑过来一头虎皮纹的大公牛，把晚骟子一角顶了下去。晚骟子从母牛身上滑下来时没撞到娜仁，却扫倒了奶桶，鲜奶洒了一地。鲜奶冒着沫子慢慢浸入干土里。晚骟子腋下被顶得鲜血直流，屁滚尿流地落荒而逃。虎纹公牛追过去，在它后鞧下狠狠顶了两下。娜仁正为鲜奶心疼，见此很是解恨，随口说："噢嗜，太好了。啥也没有还想弄，找死！活该……"

萨仁从牛犊棚那面看见娜仁这边闹腾的情景失声道："天啊！"接着没了声，过一会儿说："嗯，疼了吧，咋那么强暴呢，该死的晚骟子……"她长长出了一口气。她们虚惊一场并无大碍，回想起刚才口口声声骂晚骟子的情景，不由哈哈大笑，以这为话题打情骂俏起来。

"你刚才说什么了，啥也没有？"萨仁有意逗她。

"这叫'人死心不死，心死性不死'，这些雄性玩意儿都这德行……"娜仁从晚骟子后面讲起了哲理。

"哇喇嘛，你算是研究到家了……"萨仁忽闪着睫毛抿嘴笑。

"那些雄性玩意儿的禀性你还不了解吗……"娜仁拿话来蹭她。

"想不起来呢……"萨仁引逗她。

"想不起来就看嘛,不信你回头一下!"娜仁抬下巴示意。萨仁回头望过去。刚才收拾晚骗子的那头虎纹大公牛赤裸裸露出性器,正嗅着母牛的外阴,而后皱着鼻子朝天大笑。萨仁看了一眼,不由骂娜仁道:"呸,你这无聊的东西,看那玩意儿呢!"

"你不是说想不起来吗,这回想起来了吧?"娜仁解气地笑。

萨仁这才发现自己在无意中被要弄了,但装出无所谓的样子说:"你没见过那玩意儿才把它当稀奇了……"

"真的,你老公的是不是也这样……"娜仁坏笑。

"看看,你这家伙连我老公的啥样都知道。怪不得他最近像牛犊一样老实了……"萨仁指着正在吃奶的牛犊惬意地笑。

"你老公奔那达慕使劲,把你晒旱了吧?若早知道这事不如让我家蔫巴去给你浇浇水好了。别看我老公蔫巴,关键时候照样拿下……"娜仁发出瓷器摔碎般的声音笑起来。

"你也就嘴上抹油罢了,其实谁不知道你死看着你老公不撒手……"萨仁也放肆了。

"你闲待着了?我也不是没耳目……"娜仁扁着嘴唇说。

"喂喂,你这家伙要跟我算旧账了,跟我算账还不如跟我老公算账好吧……"两人同时扑哧一下笑了。

原野上的清风漫无目的地吹来,天空中飘浮着散淡的云彩。阳光越发变红,山的影子显得越来越长。突然,几条狗同时跃起奔向前方。娜仁、萨仁也几乎同时向狗奔去的方向望过去。有两个人,一人开车一人骑马,正朝这边疾驰而来。

"嗯,这两个人肯定有什么事了……"两个女人看着自己老公车马赛跑过来的样子,估计到他们必定有喜事了。她们相互眨眨眼表达着喜悦。那边的两位争先恐后地奔来。群狗认出了主人，前呼后拥跟着车马赛跑。车马狗混杂成一团朝着浩特狂奔。这时，跑在小车前面的马一个跟头栽了下去。两个女人大呼小叫："天啊，完了！"她们的惊呼没能挡住后面疾驰的小车……

3

男人有时玩过头。蔫巴苏德做手脚，使朝克和苏力德的争夺如愿以偿地顺应了自己的心愿。朝克哪里知道苏德把小孩儿弹玩的几颗玻璃球埋在了土里，他只顾向苏力德发起强攻不幸踩在玻璃球上。趁他脚下一滑，苏力德冲过去一把将他掀翻在地。朝克尾骨蹾地仰面朝天倒下，苏德看着他咯咯笑。朝克一下子明白了，原来是这个"坏蛋"做的扣，恨不得把他的脑壳摔碎。他满腔愤怒地站了起来，不料苏力德的热情之手却伸了过来，他无奈地和苏力德握了手。朝克走出摔跤圈，指着苏德咬牙切齿说：

"坏，你这个坏蛋，我以后跟你算账！"

"被摔倒的人都跟我算账的话麻烦了，我怎么着你了？"苏德若无其事道，"你好像是一辈子不会被人摔倒的样子，不是说拿什么押宝吗？我倒是有押宝的东西，你拿啥押宝呢……"说完嘻嘻笑。这话对未婚的朝克来讲是有点过头了。但朝克想到自己去年说的话也是有点过头，想就此不再提了，但还是忍不住说："你这个坏蛋等着吧，早晚把你的白美人……"

"你啥也不是，有啥好意思说大话！"苏德趾高气扬地穿过人群走了。见朝克被摔倒并当众接受嘲笑，人们的理解各有不同。有人认为朝克被说倒比被摔倒更狠。有人则认为朝克有点过分了。也有人认为只能这样摔倒朝克，没有别的办法摔倒他。

朝克越想越义愤填膺，跺着脚骂苏德："坏东西，蔫巴玩意儿还想看人家笑话，该死的，我虽然没有，但我能整死你老婆……"苏德却把这当作是他在当众出丑的表演，微笑着走回来说："像你这样的生格子，你嫂子能拿下好几个……"朝克毕竟还没开启过生活的另一个门，听得面红耳赤。就这样，今年的斯崎敖包那达慕成了苏力德和苏德两人的天下，他们获得了摔跤和赛马冠军，把牵来的奖品——小马驹放到群里，兴高采烈奔家来时却出了意外。

苏力德一头从马上栽下来，侧身被后面开来的车轮轧了过去。他抬起身子又倒了下去。两个女人几乎同时扔下奶桶，不顾一切地跑过去，看见苏力德的眼睛快要定住了。几个人惊慌失措，马上把他抬上了车。苏力德勉强睁开眼睛，嘴唇动了动好像要说什么。萨仁立刻把耳朵贴了上去，哗哗的眼泪和悄声的遗嘱掺杂着流进了她的耳朵里。苏力德在挣命的咳嗽和微弱的喘气中说出的最后几句话，带着摔跤手的意志品质，永远地留在了萨仁的心里，使她抑制住了热泪。

4

老头儿老太太的几句没有说服力的话回旋在蒙古包的屋顶和炉灶之间。外面，牛羊到处游荡无人看管。顶梁柱倒下的这一家何去何从成了严峻的问题，像烤干的锅一样发出不中听的声音。听到儿子的噩耗后，苏力德的父母急匆匆赶来了，但丝毫不能减轻这一家的痛苦，他们只是呆坐着陪伴儿媳妇，别的毫无办法。在草原上，男人的地位至高无上。老头儿老太太偶尔开口劝慰几句，最终摇头叹息："唉，这下可怎么办……"他们一筹莫展。"好好的人突然这样走了……"老太太只有唉声叹气。老头儿无奈地说："从马上摔下来没了，你说咋办吧……"关于苏力德出意外，萨仁只有一句话："从马上摔下来的。"这话无法搪塞老头儿老太太，但这句话确实是苏力德留在人间的最后遗嘱。无论这句话是真是假，刚强的父亲认为只能是这个说法，不能有别的疑问。可是老伴儿时不时提出一些质疑："我看这话好像缺点说服力……"老头儿瞪起白眼说："你这老糊涂，不信孩子是怎么着？"把她的话顶了回去。老伴儿无奈地叹息道："说什么也没用，人不会回来了。""姑娘啊，不幸的事情已经发生了，怎么办吧？人走了不能跟着去吧？活着的还要继续活下去呀！坚强一点，保重身体比什么都要紧……"逝者去了，生者悲哀，需要有人来解脱。老头儿老太太从这一点出发，思前虑后尽量为萨仁着想，说了上述劝慰的话。

　　萨仁在两个老人的叹息声和自己内心的哭泣中熬过了三天。太阳西下，蓝天披上了黑纱。悲痛欲绝躺了几天的萨仁终于被困意撂倒。然而，过度悲伤的人睡眠都不得安宁，生活的点滴如电影一般在她的脑海里回放。

　　苏力德披着衣服端坐在上席，喝奶茶喝得出了一身汗。他隆起胸肌盘腿而坐，在海碗里放了些肥瘦相间的羊肉，然后把滚烫的炒米泡奶茶浇上去呼噜呼噜地吃喝起来，那样子仿佛一头渴极了的牛在吮吸槽子里所剩不多的水。他一口把奶茶吸下去一半，伸出粗大的手指头捞取一块冒油的羊肉扔进嘴里吧唧吧唧嚼着，让旁边的人看着都嘴馋。他这样吃了两大碗肉，满意地下地说："好了，这一天就没问题了。晚上你就洗耳恭听好消息吧。"他的眼角上堆积着笑纹。萨仁立马把他的衣服靴子递过去，围着他前后左右忙得一片欢腾。苏力德在外面是趾高气扬的摔跤手，但在家里却什么都不是，一旦要出门还离不开萨仁的照料，鞋帽袜子都得看萨仁的安排。萨仁也觉得让一个膀大腰圆的男人在屋里乱翻乱找东西，找不到还生气，倒不如自己帮他料理的好。就这样，她把他像孩子一样娇惯着。苏力德打着饱嗝，就近拿起衣服穿上了。那件蓝色旧蒙古袍已经褪色，袖口领子上都是油垢。他穿上它刚要出门，萨仁喊住了他："等等，把那件蒙古袍换下来。"说着转身去打开衣柜。"咋这么麻烦呢，我这是去参加那达慕，也不是去接新娘。"苏力德径直向门口走去。"人家不会笑话你，但他们要怪我呀。"萨仁的话扯住了他的后襟，他停下来说："咳，我的穿戴关他们屁事呢？"他依旧犹豫。"你也许不在乎，但我也是个有脸面的人呀！""哦，原来是这个意思。我这身打扮是不是给你丢脸了？"苏力德坏笑着脱下了衣服。萨仁从衣柜里拿出天蓝色的蒙古袍扔到床上，崭新的丝绸袍子展现在眼前。苏力德见这件带有三道镶边、纯银扣子的蒙古袍眼睛立时亮了："你这是哪工夫……我的宝贝，你真是个麻利的人！"一边夸一边解开腰带，丈八尺长的腰带甩鞭子一样抽在萨仁的脸上，萨仁惨叫一声捂住脸。"糟糕，我的宝贝！"苏力德捧住萨仁的脸，在她挨抽的脸蛋上用他那发紫的厚嘴唇啪地亲了一口。萨仁承受不住苏力德这种野蛮的动作，从脖颈到头部都疼痛发麻。然而，那一口使人心跳的强吻赶跑了疼痛，她只能含泪顺从了。摔跤手表达爱的方式就是这般野性。萨仁偶尔被他这样爱一下，只能顺从，她知道这是自己的义务。

　　苏力德穿上了新衣服，蒙古袍既合身又得体，是萨仁为他量身定做。本来家里的活儿就特别多，但萨仁总是趁着一点空闲拿起针线做衣服，累得头晕脖子疼。苏力德穿着这件每一个针眼都充满爱的蒙古袍显得更加精神，真正体现了蒙古族一句俗话："好马配好鞍，好汉配好妻。""我穿这件蒙古袍，在今天的那达慕上……"苏力德跃跃欲试。"算了吧，蒙古袍对你摔跤能起什么作用？假如能起作用，每一次那达慕上我都给你做一件新蒙古袍。"萨仁喜笑颜开道。"得了，为了用那种办法摔倒别人，却把我宝贝的眼睛弄瞎了怎么办？太不值得！让我宝贝每天都看着我，这是我最大的幸福！"苏力德嘿嘿笑。"不对，我看着你倒是没什么，就怕别人看上你！"萨仁抿嘴笑。摔跤手太显眼，人人都注视他，但每个人看他的眼神都不一样，用黑眼看的，用白眼看的，用爱眼看的，用心眼看的，用信眼看的……眼神各不相同，只有看人的人知道自己的意图。苏力德自然明白萨仁这话的意思，边斗嘴说："那太厉害了，没办法，方方面面投来的都是带钩的眼神……"萨仁说："有啥厉害的，你想法钩住一个嘛！"至此，他斗嘴的心思像反转的绳索一样松了，便表白说："只是不想钩，那里面哪有几个能给我缝制这么漂亮的蒙古袍的，所以一点没心情！""真没劲，会缝制蒙古袍的女人在蒙古族姑娘里有的是，要多少有多少，你想妻妾成群都有！"萨仁呵呵笑。苏力德本想跟她逗几句，却没逗过人家，反而被奚落了一顿。他疯癫过去照刚才的模式又来了一家伙。萨仁强挺住摔跤手的蛮劲儿强吻，发出杀羊般的声音拼命挣扎，苏力德这才放开了她。萨仁大喘一口气说："像个二傻子，想整死我呀！"说着在苏力德的臂膀上掐了一把，没掐住，苏力德隆起的肌肉像铁球一般硬。她随手啪地打了他一巴掌，挨打的人没怎么样，她的手指头却发麻了。这种强壮的身骨，这种炽热的强吻，使她不由想起了一件终身难忘的事情。

那是她还是姑娘时候的一件事，当时她特别崇拜摔跤手，一提及摔跤就两眼发亮。有一次她去观看那达慕，正挤在帐篷旁侧人群里看摔跤比赛，突然一个黑红脸膛儿的年轻人把自己的对手摔倒后走出来站在了她的身边。这个年轻人摔倒的对手是她家乡很有名气的摔跤手，两人摔得很激烈，而且占用了很长时间。萨仁在心里暗暗祈祷家乡的摔跤手千万别倒下。但毕竟是男人的游戏，该倒下的还是要倒下，该赢的照样赢，被摔倒的正是她家乡的摔跤手。对她来说倒下的不仅仅是家乡的摔跤手，她的心随之也倒下了。胜者走出人圈儿，隆起浑身肌肉站在那里吹嘘："他这样的时候，我那样了……"跟周围的人讲得眉飞色舞。他小瞧对手啥也不是还耽误了时间。萨仁听不进去了，本来对家乡的摔跤手被摔倒一事正耿耿于怀，听他这么夸耀自己贬低别人更是来气了。她想给这个吹牛青年几句教训，于是跟好姐妹娜仁一起到年轻人跟前故意挑衅说："就摔倒一个人至于这样显摆吗？如果是摔倒两个，你还不得吹死？"对方一开始没太听清，不知道说的是什么，正发愣时，娜仁从旁边推波助澜说："看他那兴奋的样子，假如是个快马必定跑第一！"那小子在原地蒙了半天才意识到这话有所指，方才抬眼向发出声音的方向望过去，原来是两位如花似玉的美女。这两个姑娘太漂亮了，话语也很刺激。这时其中一个说："像个被火燎的铜壶！"年轻人知道她们两个在嘲笑自己，但他一时又找不到有力的话语来反击，急得如坐针毡。他暗下决心，哪怕粗鲁点也得给她们点颜色看看。你们俩不用张狂，看哥哥怎么整你们！他这样琢磨着悄悄靠近了她们。两个姑娘没注意年轻人的响动，依旧陶醉在自己的妙语当中。"那个铜壶里可能放了奶茶泡炒米，你看倒不出来了，也许堵住了……"萨仁说完捂嘴笑。娜仁借助话题说："好好捅一捅，别说炒米，连渣滓都给他捅出来！"苏力德趁两个姑娘不备，逮住其中一个，在她的脸蛋上啪地亲了一口。被袭击的萨仁惊慌失措，照着摔跤手的臂膀上掐了一把，坚硬的肌肉和油腻的汗水使她掐了个空。她见没掐着，挥手又打了一巴掌，不知道被打的人疼没疼，她的手指头却发麻了。萨仁被人白亲了一口很恼火。摔跤手苏力德却在那里跟朋友们夸耀说："嗯，弄了一下吧……"他眯着黄眼珠狰狞地笑。萨仁羞愧难当，脸上像着火了一样燃烧起来，心里想：简直是个脸皮比牛皮还厚的家伙。她恼羞成怒，又欲哭无泪。旁边却无人帮她，只有火上浇油的人哄堂大笑，这使她无地自容了。她又羞又恨，想赶紧离开。苏力德却在那里吹嘘说："我已经给她盖了个章，这下成我的了！"简直是杀人不见血！萨仁气急败坏，真想扑过去扇他一个嘴巴子，又一想，这种不知羞耻的家伙，跟他斗气不仅占不了便宜，弄不好还要被他耍弄。她含着眼泪走开了。"一个坏透了的东西，没皮没脸的癞皮狗！"娜仁追上来安慰她说。"跟这种东西离远一点好，以后别让他看见……"萨仁哽咽着嗓子说。"那么大一条汉子，不让他看见，那我们俩躲哪去？以后找机会整整他……"娜仁咬牙道。"算了吧，以后千万别靠近那个混蛋！"萨仁摇摇头彻底灰心了。"嗨，俗话说'不想见的人见三面，不想走的路走三遍'……"娜仁充当明白人。"爱见你就见去吧！"萨仁来了犟劲。"那行，可是那小子先把你这样了不是……"娜仁噘着嘴做了个亲吻动作。萨仁恨得咬牙切齿，在她手臂上狠狠掐了一下。娜仁疼得惨叫一声。须臾，娜仁说："你这个没良心的东西，被那小子整了，却跟我报仇……"边说边跑。萨仁撒欢般追逐着她，心中的郁闷早已荡然无存了。

虽说人世间的事情纷繁复杂，但有时候还能重演。娜仁所说的"不想见的人见三面，不想走的路走三遍"那句话当天就被证实了。万人沸腾的那达慕到晚上的时候结束了。娜仁、萨仁两人结伴回家。一天的所见所闻太多了，两人在路上聊天的话题也多，尤其在野外她们无所顾忌，一路上有说有笑兴致勃勃。突然，身后人声鼎沸，她们不约而同地回首。有几个人牵着马驮着羊向她们这边迅速赶来。其中就有那个给萨仁的脸上盖章的青年，而且他在那里比比画画炫耀着自己如何把对手摔倒的光辉战绩。他嘴上炫耀不够，还动手做示范，抓住身边人的肩头提起来，险些把人家从马上扔下去。萨仁把这些全看在眼里，说："他也就摔倒了几个人，真是个能吹能聊的家伙……"她用眼神示意娜仁离他们远点，自己催马向旁边躲去。娜仁也催马跟着她加快了脚步。可是后面的马蹄声紧随而来。他们放肆的说笑声越来越近，马上要赶上来了。萨仁策马疾驰想甩掉他们。忽然，一只兔子从右侧的草丛中跳出来跑了，马吓得向左侧闪了一下，把她从马背的右侧摔了下来，不巧的是硬底儿靴子挂在了马镫上。一刹那，受惊的马拖着她狂奔起来，情况十分危急。萨仁的耳朵里只有马镫马嚼子的碰撞声以及马蹄子敲击地皮的声音，后来她什么也不知道了。不知过了多长时间，当她苏醒过来时，眼前晃动着几个人影。"哇喇嘛，吓死我了……总算醒过来了……"萨仁恍惚听出来是娜仁的声音。"哎哎，你们都闪开点，通通风……"传来一个男人的浑厚声音，一只肌肉隆起的强壮手臂把大家推向一边，眼前出现了一张黑红脸膛儿和发紫的厚嘴唇。萨仁闷得慌，避开视线不敢正视那张黑红脸膛儿，刚要坐起来，脑袋一阵晕眩。"你们怎么都这样呢，像蚊子苍蝇一样拥挤……"年轻人的浑厚声音再次发出来，把人们东倒西歪地推过去，打开了一道通风口。温柔的夏风吹进来，萨仁憋闷的胸口豁然敞亮，眼睛也睁开了。人们见她安然无恙，都说："这回没事了。""马上摔下来是小事一件。"大家纷纷上马各奔他乡去了。这工夫，年轻人已经给萨仁的马鞴好了鞍子，上了马嚼子，一切准备得利利索索。萨仁检查了一下自己身上，没有受伤的样子，便站起来朝自己的马走去。马仍旧剪起耳朵，张开鼻孔，呼呼地躲闪着。有人说："这马受惊了。"也有人说："不行的话，换一匹马骑吧。"那个年轻人不服气道："怎么就不行，唤一唤它就可以了。"这是牧人的传统习惯，牲口认识并信得过主人，在牲口受惊吓时主人呼唤它，它就会慢慢安静下来。萨仁明白这个道理，所以觉得年轻人的建议很可亲。同时她又怀疑年轻人在笑话她是个不靠近牲口的娇气女人。她不想在他面前献丑，她要用行动证明自己，她一边呼唤着马，一边无意识地从他手里夺过了缰绳。马依旧剪起耳朵躲闪着。年轻人犹豫了一下说："来，我抓住马鬃，你先上马再把缰绳拿过去，行吗？""我这是成了什么，骑马还让摔跤冠军牵着，我有那个福分吗？"萨仁开了个玩笑，牵着马走出几步，让马围着身体转了几圈，一跃骑了上去。人们一再提醒她注意点。萨仁说："这马有点小性子，骑上去就没事了。"姑娘的话仿佛擦掉了人们心里的阴影，大家放心了不少。年轻人看着姑娘的举止很是动心，刚才的生硬和粗鲁宛如掉在炉火中的铅砣一样熔化了，他对着萨仁的背影，把手做成喇叭状喊道："拽着点缰绳……"萨仁很感动，都是生长在草原上的牧人之子，年轻人的那种执着的禀性和对马匹十分熟练的样子深深留在了她的心间，尤其那句"拽着点缰绳"就像把她扶上马一样的亲切。她在马鞍上围拢一下后襟，回过头用鸿雁般动听的声音说："好，谢谢，您走好！"

娜仁、萨仁两个姑娘并驾齐驱向远处走去。年轻人手里攥着缰绳像个泥塑般站在原地。他的一个伙伴取笑他说："人家姑娘朝他微笑了一下，他变成木头人了！"他如梦初醒般上了马，情不自禁地唱起了一首当地民歌：

> 水草丰美的达尔罕山
> 冬天放牧的好地方
> 美丽聪颖的姑娘
> 是我未来的新娘……

"姑娘漂亮，还是你未来的新娘。你现在把这只羊驮走……"同伴大声说。年轻人的歌声和他同伴的话音回荡在晴朗的天空中。前面的两位姑娘听得真切，互相嘀咕起来。

"后面的人在吵吵呢。"

"那家伙对你有心。"

"他想娶你当新娘呢。"

"爱当新娘你当去。"

"脸皮像铜壶，哪个姑娘愿意嫁给他……"两个姑娘一边说笑一边策马向前。"你嫁给他吧！"娜仁突然捅了一下萨仁的肋骨。萨仁毫无防备，下意识地往一侧闪身，一只脚蹬住马镫勉强稳住了身子。娜仁吓坏了，见萨仁并没摔下马，才松了一口气说："把我吓得……"萨仁自己也吓出了一身冷汗，重新在马鞍上坐稳，照着娜仁的大腿狠狠掐了一把。娜仁疼得"哎哟"一声："该死的，让摔跤手亲了一口，手上还有劲了呢……"说完自己禁不住哈哈笑起来。

"你也是很能套近乎，手上有劲算啥……"萨仁呵呵笑。两人口无遮拦地一路说笑着……

萨仁在睡梦里回忆着与苏力德初次相识的情景，沉浸在幸福中，偶尔说两句梦话笑两声。婆婆误解了，躺在旁边不时"呸，呸"地干吐唾沫……

5

萨仁醒过来时，听见蒙古包顶上的绳索在风中啪啦啪啦响，房顶的毡子掀开一角，只见灰蓝的天空中飘浮着几片白云。这是一个哀戚的早晨。和衣睡了一宿的她强挺着起来，戴上头巾，紧了紧腰带往出走。婆婆摇摇晃晃蹒跚着进来，险些在门槛上绊倒。萨仁看着很心疼，泪水像决堤的洪水般涌来，她强咽了下去，眼角湿了。她转过脸，用无名指弹掉眼角的泪水。当婆婆的把这一切全看在眼里，自从萨仁跟她儿子结婚的那一天起，她就把她当作了自己亲生孩子。几天来，她在失去儿子的痛苦和儿媳成了寡妇的悲悯中度日。她想尽量减轻儿媳妇的悲伤，使她尽快坚强起来。她在儿媳妇的额头上亲了一下说："我的女儿，快去挤奶吧，心情会好一点的……"说时自己的嗓子先哽咽了。萨仁的内心里涌动着情感的泪涛，禁不住鼻子酸了。在生活的道路上，婆婆像自己的亲生母亲一样关心和呵护她。为了不让婆婆过分伤心，萨仁只能把涌上来的眼泪往肚里咽，她没有别的好办法。在天昏地暗的这几天里，婆婆拖着衰弱的身体撑起了这个家。萨仁在悲痛之余多次产生过跟着丈夫去的念头。失去儿子的婆婆比她更痛苦，但她依然坚强地进进出出料理家务，硬是把这一家的生活重担承担了起来。她觉得不能撇下这个可怜的母亲走，"我是个有妈妈的人，是妈妈的女儿，听妈妈的话坚强地活下去，按妈妈说的去挤牛奶。奶牛的乳房都快要撑破了。或许，我这个寡妇的模样会吓跑奶牛们吧？"萨仁这样想着梳理了头发，重新扎上头巾，从橱柜上拿了挤奶桶，向门口走去。

婆婆从背后提醒说："西屋的娜仁在你身边守了几天几宿，又忙着料理两家的事务，悲痛和劳累的程度不亚于你。和她见面时不要太过激了……"听了婆婆的话，萨仁眼前浮现出娜仁几天来忐忑不安地守在她身边的情景。当时她虽然面壁躺着，也感受到娜仁盯着她的脸色和不知所措的表情。"我到了绝望的程度，娜仁也跟着我操死心了。男人是玩闹出了意外，能赖谁？"萨仁这样想着朝拴牛绳蹓蹓走去。也许是躺了几天的缘故，早晨的新鲜空气让她憋闷的内心舒缓了不少。天空中飞过一行大雁，留下的声音使她无比伤感。和煦的清风让她禁不住泪涌。太阳依旧从东方冉冉升起，一道红云飞过来给它拉上了屏幕。

萨仁在悦耳的挤奶声中，嗅着习惯了的气息走到拴牛绳处，娜仁已经挤完了接近一半的奶牛。两对悲伤的眼睛碰撞的刹那马上避开了。谁都想说点什么，但到了嘴边又卡住了，令人窒息的气氛使她们的内心燃烧般地难受。幸亏奶牛和牛犊急促的呼唤声使她们不得不忙于挤奶，去点燃人间的烟火，暂时忘却了痛苦。

"你家奶牛的乳房好软乎。你挤过的奶牛好挤奶。我马上挤完了……"娜仁巧妙地打破了尴尬局面。萨仁发现娜仁家的母牛还没挤奶，牛犊和奶牛乱叫成一片。她知道娜仁是先给她家奶牛挤奶，心里说不出的感激，急忙去打开娜仁家的牛犊圈。一头方头大耳的花牛犊愣头愣脑地从门缝里往出挤。萨仁本来昏头昏脑，被这突如其来的进攻吓慌了神，刚反应过来要关门，那头莽撞的牛犊已经冲开门跑了出来。

"嘿，怎么是这样横行霸道的东西！"萨仁失声道。娜仁从拴牛绳那边截住她的话说："这公犊子傻乎乎的，好像就它饿了似的！"

"就是呢……"萨仁回应道。她知道这头牛犊是他们家今年的头一胎牛犊，生在大畜生产期之前，因为母牛缺奶，牵来一头死了羔子的母山羊给它喂奶。因此那头母山羊就遭罪了。一到挤奶时间，这头牛犊就跑进羊圈里，跟羊羔一道吃奶，把它的山羊妈妈拱得吱哇乱叫。这样，这头牛犊不分牛羊有了两个妈妈，吃两个妈妈的奶长大的它格外壮实，已经长出了小牤子的模样，不在乎一般的抽打。有时候娜仁把这头牛犊跟苏力德相比，和萨仁开玩笑说："它活像你家那位！"此时想起这个玩笑，眼前仿佛晃动着苏力德的身影，她不由笑了。

"喂，快拽住那个小牤子，不然几口就把牛奶吃光了。"娜仁喊。萨仁这才赶忙拉住牛犊。牛犊张开鼻孔，嘴角上冒着沫子，很不情愿地放下母乳转过身来。娜仁把牛犊拴到桩子上。萨仁唰唰地开始挤奶。

"萨仁你歇着，我来……"娜仁说。

"我们俩一起把这几头奶牛全挤了算啦……"萨仁只顾挤奶。几天来，娜仁一个人在拴牛绳上很是寂寥，此时萨仁的话虽然不多，但很亲切。两人说笑着一起挤奶，对萨仁也是一种说不出的慰藉和解脱。

"好，那我去倒奶。"娜仁提着装满牛奶的奶桶摇摇晃晃走了。萨仁看着她有气无力走道的样子，知道她这几天睡不实吃不香，太累了，不由心疼起她来。

等娜仁倒完奶回来时，萨仁已经挤完一头奶牛，又去放第二头牛犊。刚打开门，一头鼻子上有皱纹的花白牛犊冲了出来。一头高臀大个子红白花母牛迎上去，哞哞叫着给它喂奶。娜仁提着奶桶跑过来说："这头母牛认生，我来挤奶吧！"听娜仁这么一说，萨仁想起了一件事，有一次她给这头母牛挤奶，被它狠狠地踢了一脚。

那年，娜仁临产进城住了院。萨仁作为她的好邻居，留在后方给她料理家务。那年这头红白花奶牛正好是生头胎。她放出牛犊引奶来精，刚蹲下要挤奶，这头奶牛嗅了嗅她身上的气味抬腿便踢，奶桶里的鲜奶洒了一地，她的手腕子被踢得钻心地疼。从那以后的七天里，她吊着一只胳膊没少遭罪。过了很长时间以后，两人在一起挤奶时萨仁说起了这件事。娜仁却毫不在意地说："这该死的能辨出气味来，当时你穿我的衣服就好了，走时我忘告诉你了……"关于她的手伤半句都没提。萨仁有点意见："哎，你这个家伙真是不会关心人，咋不问我的手伤呢？"娜仁嘻嘻笑着开玩笑说："已经过去了，我问了能怎么样？实在疼得不行就让我家蔫巴摸一摸吧。"萨仁假装生气说："不是，这人都生过孩子了还这么没形！"娜仁进一步逗她说："我家蔫巴想摸你手时，你可别跟这头母牛一样一脚踢过去。"萨仁又气又急道："你家蔫巴能承受住踢吗？"娜仁觉得萨仁太小看她的老公，强挤出点笑容说："哇，你这么厉害了，比这头红白花奶牛踢得还狠吧！"只有女人才懂得女人的心理。这时萨仁终于意识到自己的话引起了娜仁的误解，忙开玩笑说："谁知道呢，我老公要是披着你的衣服去，还辨别什么气味？同样都是公的……"两人正你一句我两句地逗笑时，传来男人的干咳声。两人明明知道这是谁的声音，但还是不约而同地朝那个发出声音的方向看过去。苏力德披着衣服正要解手。他好像还没有从睡梦中完全醒过来，没有注意挤奶的二位，斜身站在那里，手伸进裤裆里，动作很大地往出掏东西。他摆动着胯骨，晃了一下肩膀，仿佛掏一件很大的东西般费了一番力气，然后犹如一匹大公马排泄一样哗哗地放水。从他身体里排出来的液体直刺地面，冒出一堆沫子，而后慢慢地渗进了地底下。他喘着粗气，浑身激灵一下，抖搂抖搂"大鸟"放回去，晃晃荡荡往屋里走去。他的脚步后面扬起的微尘，在阳光的照耀下往四处散去。娜仁实在憋不住笑出了声。萨仁有些尴尬，自己男人的粗鲁和不拘小节实在令她脸红。"你看他，没把咱俩当人看，如入无人之地。"娜仁哈哈笑起来。萨仁的脸上羞火连天。"这人简直没脸没皮……"萨仁捂住自己的脸。"嘛，好家伙，这地方好像就他一个人似的。一般的人还踢不了他呢，对不对，萨仁？"娜仁抓住话把儿乘胜痛击。萨仁只好硬着头皮迎战："你今天是不是被什么东西附体了？你想踢就踢嘛，刚才你咋不去踢呢？"萨仁抿嘴笑。

正在这时，传来开门声，苏德披着衣服出来解手了。他松松垮垮迤里歪斜走出几步，也不看两个挤奶的女人，朝她们"开火"了。看来他还没有完全睡醒，晃晃荡荡站不稳，浑身乏力的样子。他在地皮上画了一阵龙，揉着眼睛迤里歪斜回屋了。萨仁总算找到了反击娜仁的有力武器，用眼神示意"这下你还说啥？"娜仁却说："他还没醒酒呢。受你老公折磨，我家那位受得了吗？昨晚彻底撂倒了。"萨仁马上明白了。她知道这两个人总是这样。昨晚苏力德半夜回来，在她耳朵里悄声说："苏德倒下了！"她问："怎么了？"苏力德含糊其辞说："就那样了呗……"苏力德一把将她搂进了怀里，萨仁别说再问下去，连喘气都费劲了。头一天晚上他颠三倒四的，后来才老实了。他已经是尝到甜头。萨仁心里分析着娜仁刚才的话，一把拉住正在吃奶的牛犊，一语双关说："这家伙稍稍给点机会，它就吃空了……"娜仁微笑着说："一个空了，还有另一个呢，从另一个身上补回来嘛。"萨仁一时语塞，仿佛丢掉了身上的什么东西。娜仁若无其事继续说，"没有别的意思，我说的是拿奶瓶给羔羊喂奶。我老公不会别的，给羔羊喂奶特别在行。"娜仁说完笑得前仰后合，险些摔倒在奶桶里。

突然，她的腰身热辣辣疼了一下，这是在玩笑中萨仁手拿绳索抽的。娜仁疼得直咧嘴。萨仁知道自己手重了，吓得像打了盘子的小女孩儿般怯生生地盯着娜仁，眼神里透着女人的敏感。娜仁也用女人的敏感感受到了对方的感受。

这一切仿佛梦境一样在萨仁的眼前晃过去了……

"好了，咱俩回屋吧。"娜仁说。萨仁提着奶桶正走神，听娜仁说话如梦方醒地抬起头。两人并肩走向蒙古包。苏德背着马鞍子走出来，向拴马桩走去。他蔫头耷脑走路的样子，给人一种眼看要被马鞍压趴下的感觉。作为这个浩特的灵魂，像牛的一对犄角般的两个主人现在只剩下一个，谁都感到说不出的悲伤。

"我老公也像丢了魂似的。我总担心他有个三长两短的。"娜仁在嘴里嗫嚅道。"三长两短"这话在萨仁听来很不寻常。她立刻明白，这是娜仁在求她劝她不要说三道四扩大事态。本来是亲兄弟一样的好邻居，萨仁也想按照老公的临终嘱咐处理这件事。可是苏力德亲兄弟说的话也不得不考虑。人家的想法跟我的想法不一样，这可怎么办？在悲痛欲绝躺倒的那几天里，耳朵里不时传来大逆不道的话。听着那些话真想站出来。没站出来也就罢了。站出来为了什么呢？是为了死去的老公吗？萨仁挣扎在种种的杂念中。两人走到门口时，听见有人在屋里说话，说话声在早晨的宁静中听得真切。屋里人在吵吵要告状要抓人。说这狠话的就是苏力德的弟弟苏尔泰巴特尔。他在旗①里上班，在他们家族里也算是懂道理的明白人。他对哥哥的逝世持怀疑态度："人从马上摔下来，胸腔摔扁了？"父亲见儿子咬住不放，便劝解说："儿子，谁能预料到从马上摔下来会摔成啥样。"苏尔泰巴特尔暂时沉默，但仍然咬住不放，而且态度强硬地逼迫苏德说实话。无奈之下，苏德把事情的真相说了出来。不料，案情的性质变了，罪名落在了萨仁的头上。"嫂子为什么把事情的真相压下来不说呢？"苏尔泰巴特尔质问。萨仁不得不把他哥咽气时所说的话和盘托出："你哥说了，对外说'我是从马上摔下来的'，不要追究人家的责任！"苏尔泰巴特尔不信："人已经没了，谁知道他怎么说的。"这阵子屋里争论的也是关于这个问题。她们俩谁都不敢进屋，在屋前转悠。屋里的争吵声猛烈地敲击着她们的心扉。

"这是一条人命啊，怎么能那么轻易地不了了之呢？"苏尔泰巴特尔在说话。

"那也是，闹玩弄成了这样，你能怎么的。"老年人低沉的声音，这是他父亲宝音老汉。

"怎么闹玩也得对自己的闹玩负责，这是法律！"苏尔泰巴特尔把事情上升到了法律的高度。

---

① 旗：中国内蒙古自治区的行政区划，相当于县。

"他是跟你哥一样的哥，他救过你哥的命。你哥没了，拿到法律上说好吗？"宝音劝阻。

"想得太简单了。那就这样白白地过去了？"苏尔泰巴特尔不理解。

"不这样怎么着，想毁掉两家吗？这家已经这样了，就得面对现实。"老头似乎决心已定。

"已经失去了一个亲人，还这样宽容大度。有法律，为什么不按法律办事呢？"苏尔泰巴特尔不赞成父亲的想法。

"不是，你总这样一个劲强调法律，这要葬送你哥的一个好邻居，知道不？"宝音差点扯住儿子的耳朵说。

"为什么总曲解我的好意呢，我们这家剩下来的还要活命吧？"苏尔泰巴特尔显然生气了。

"你把那人交给法律，我们这家就过好日子了？"宝音直言不讳。

"不管怎么说，这家剩下的人怎么生活这是一个问题。这个问题看邻居的面子能解决得了吗？必须靠法律来解决。"苏尔泰巴特尔坚持己见。

"你那样按法律处理，把那家的男人扔进监狱，剩下一个带孩子的女人，这不是问题吗？那也是一个家庭。你这样做，毁掉的不是一个家庭，而是两个！你哥大概考虑到这个问题，临死之前才留下了那句话吧……"宝音理智地分析道。

"那是法盲才说的话。若是考虑了家庭和妻子，能说那话吗？况且，谁知道他说没说那句话，有人知道吗？"苏尔泰巴特尔疑心不散。萨仁不禁毛骨悚然，后背出了虚汗，脑袋嗡地一下。

"上苍有眼，为什么给我这样失去爱人的人头上扣压罪名！"萨仁双手合十放到额头上，两腿一软跪倒在地……

6

　　戈壁川谷里白雾茫茫，蓝天的边缘上雾霭蒙蒙。太阳当空，地气升腾，远近景物变得影影绰绰。苏德无精打采地坐在马背上，偶尔有气无力地向羊群发出一两声吆喝。牧草喷芳，富有营养的青草覆盖了整个原野。群羊竞相掐吃草尖。羊群很平静，而苏德的心绪很乱。他拖着套马杆子，瘦弱的身体已经装不满鞍桥了。他想找一个合适的地方下马歇息一会儿。但没戴马嚼子的马不听使唤，自顾去吃青草。若在平时，苏德必定不惜臂力地拽住它让它就范。今天他情绪不好，动作也变得粗鲁，猛地一拉缰绳，夯拉在颌下的钢制马嚼子反弹过来狠狠敲击了马的颌骨。马疼得陡地停住，甩两下尾巴不走了。此时，苏德正为前不久发生的横祸痛心疾首，一看马也跟他作对，气不打一处来，抢起马鞭子没头没脑抽过来。他下手不轻，马咬着半口草蹦跳起来。苏德没料到这一手，从马鞍子的后面滑了下来。人与马失去了和谐。容易受惊是动物的本能。马跳出一丈开外，回过头瞪眼看他，胆怯地喷着响鼻，那样子仿佛看见了妖魔鬼怪。然而它毕竟是放羊时骑的马，稍逊野性，见主人迟迟爬不起来，竖起的耳朵慢慢夯拉下来，走到主人身边，用柔软的鼻子嗅着主人的身体。苏德依旧躺着没动，思绪已经飞回很久以前……

　　那是初夏的一天早晨。青草的芬芳陶醉了人和牲畜。东方的天空像一汪清澈见底的湖水，一轮朝阳宛如湖水上滴了一滴黄油。而西边的天际涌动着厚厚的乌云，给天空拉上了一道黑幕。苏德预测，接近中午时分可能要下一场雨。正值接羔晚期，若是下雨，新生羔羊必定会着凉。苏德吃完早茶急急忙忙去了邻居家。那时苏力德刚刚起床。

"这家伙，你不就是摔倒了两个人嘛，睡觉、起床都这么讲排场。你要是被人摔得屁滚尿流，往哪端架子？"苏德故意挑逗他。

"哦哦，原来你是被人摔得屁滚尿流了。"苏力德反唇相讥，甩掉身上披的衣服，赤裸出胸肌疙瘩肉，伸着懒腰打了个哈欠。

"天啊，活像个凶猛的公驼！"苏德咯咯笑。

"嗯，你这个坏东西说什么呢？想跟我斗嘴呀，坏蛋！"苏力德突然扑过来挽住了苏德的脖子，"你再说一遍，刚才说啥了？"苏力德大有不招供决不罢休的样子。苏德想摆脱，几经挣扎也没能挣脱出苏力德强有力的臂弯，但他的嘴依然不老实："没听清就怨自己的耳朵吧。"苏德嘻嘻笑。这一来更加激起了苏力德的蛮劲，他用一只胳膊勾住苏德的细脖子，另一只手抓住他的腰带一扭身，苏德便像一团羊绒一样被他压在身下。但苏德的嘴依旧不闲着："萨仁，你家公牛欺人呢，你管还是不管？"发出来的声音俨然一个被门挤了的山羊声。

萨仁坐在炉子前一边往灶坑里添牛粪，一边欣赏着两个男人的打闹，很是开心。萨仁知道苏德的嘴厉害，无论苏力德怎么捉弄他，他的嘴总是占便宜。两个男人在打闹的时候，娜仁和萨仁不管谁在场，他们打闹的激烈程度只有加剧不会减弱，不管她们谁说什么，只能是火上浇油，不会起到火上浇水的作用。所以萨仁只好说："唉，我是个妇道人家，你们男人之间的事情我能管吗？你们自己看着办吧！"她抿嘴笑。

"他这么无法无天的还了得，谁能受得了！"苏德肉体受蹂躏，精神上却永远是胜利者。

"你说吧，谁受不了？"苏力德掐住了苏德的腹股沟。肉皮越薄的地方越疼得厉害。苏德难以忍受，但嘴上还是不示弱："也许你没知觉吧，都是同样的肉体。"苏德一边哼哼一边笑。

"我一点都不知道，你给我说说吧……"苏力德在手上加了一把劲儿。苏德惨叫一声说："大家都知道的事，还说啥。"

"今天你的皮肉瘙痒了吧，说不说？啥受不了？"苏力德像发情的公驼一样死压住苏德。

"哎哟，哎哟，萨仁快来救命！被这畜生压在下面，你怎么受得了？"苏德忍受着苏力德的揉搓，嘴上还没放过萨仁。

"这坏蛋欠揍了，嘴还这么硬。"萨仁边熬奶茶边挑拨说。

苏力德更来劲儿了："你说啥？还调戏你嫂子，不把你的三宝拽下来你就不死心吧……"说着把手往里伸进去，掐住他的"大鸟"，"嗯哼，这下看你咋办。"苏力德如获至宝兴奋地笑起来。

"别介，我这个东西侵犯你啥了，对不对，萨仁？"苏德竭尽全力护着要害。

萨仁脸色绯红道："呸，怎么是这么个恶棍子！"说时她不敢正眼看自己的老公。

苏德更有的说了："唯一的知情者也不承认了，再就无人知情了。实在想知道实情，你自己问它好了。"苏德彻底摊开了身子。

"真的吗？坏东西，它真能听懂人话吗？我看看。"苏力德试图扒他的裤子。苏德呼号着拼命挣扎。可是，无论怎么挣扎他也挣脱不出苏力德的手。两人在屋里撕巴起来，撞倒了桌椅，满屋尘土飞扬一片狼藉。最后苏力德终于达到了目的。恰在这时门响了，娜仁走了进来，眼前的情景让她大吃一惊，失声道："天啊，出来了！"随即捂住了自己的嘴。苏力德见此开心地哈哈大笑起来。

"喂，啥出来了？"苏力德把目标转向娜仁。苏德总算得以解放。苏力德还在逗娜仁时苏德站起来问："跟它说上话了？看够了吗？"

"这家伙还没让我修理够。"苏力德挽起袖子准备第二次收拾苏德。萨仁生气道："行了，房子都要让你们整塌了。"战争在萨仁尖利的呵斥声中收场了。

苏力德去洗漱，伏在脸盆上"噗啪"地洗脸。苏德看着他如此大动静，又有说的了："你这动作活像个公山羊，你把脸盆当母山羊了。"苏力德忍不住扑哧一下笑了，不料香皂水喷进鼻子里呛得他连打喷嚏带咳嗽折腾了一阵。苏德站在一边很是解气。苏力德每打一个喷嚏，他就念叨："老天保佑，再打一个！"苏力德再一咳嗽，他又念叨："菩萨保佑，再咳嗽一下！"苏力德的嘴和手哪哪都顾不上了。苏德趁此占了许多便宜，心满意足地往出走，却被萨仁端来的喷香的奶茶截住，仿佛靴子里灌了铅迈不动腿了。

苏力德在脸盆上漱口洗鼻子忙乎了一会儿，刚坐回上席，萨仁就把奶茶端了上去。苏力德胖而大的手捧住茶碗，嘴唇刚咬住碗边儿，苏德就从旁边说："今天的早茶一定很有味道，你就好好喝吧。"说着，用他那特有的猫头鹰般的黄眼珠子瞅着苏力德嘿嘿笑。苏力德盯着他的嘴问："那是为什么？"

"咋说呢，就因为那个嘛……"苏德不直说，眼睛在苏力德的脸上寻觅着什么，嘴角上挂着坏笑。

"你这个蔫巴东西，被我修理一回吓得话都不敢直说了，含糊其辞的。"苏力德以胜者的架势威逼着苏德。

"据说一摸那个东西，茶的味道格外好。"苏德笑得东倒西歪。苏力德知道自己被他奚落了，却找不到反击的话，正想动武，却听萨仁柔声细气地说："娜仁的茶特有味道，奥秘原来在这里呀。今天我才明白奶茶是这样熬的。"这话挠在了苏力德的痒痒处，使他又舒服又解气。娜仁的脸上热辣辣地烧起来。苏德在心里叫苦："这女子真歹毒，简直杀人不见血。"苏力德十分得意地问："嗯，这茶现在什么味道了？"几个人一边喝着美味的茶一边漫无边际地神聊。娜仁突然说:"好像要变天了,早点料理一下牛羊吧。"他们这才收住话题,各干各的活儿去了。

刚才还在西边天际涌动的乌云,在不到喝完一锅奶茶的工夫已经布满了天空。阴冷的风从草地上掠过,散发着潮湿的气息。这个时节正是牛马脱毛经不住冷雨的关键时候。苏力德和苏德两人研究了一下,最终决定苏力德去找马群。

起初天空飘着雪花,不一会儿就变成了雨夹雪铺天盖地而来。苏力德归拢了马群往家赶。冷风吹着雨丝像鞭子般抽打过来,马群不敢顶风而行调头便跑。他使出浑身解数呐喊着,解开套马杆的绳索抽打着,总算又把马群拢了回来。这时风力加速,冷雨劈头盖脸打下来,脱了毛的马被风雨扫得浑身发抖。苏力德刚压住马群的这头,那头又顺着风雨跑了,后来都变成了顺风倒。冷雨乘着强劲的西风驱赶着马群直奔乌纳干河而去。

苏力德担心马群落入乌纳干河。乌纳干河虽然还有五六十里路,但风雨交加极可能把马群推入乌纳干河淹死。苏力德把一切希望寄托在坐骑和鞭子上,不顾一切地狂奔呐喊挥鞭抽打,终于调转了马群的头。其实这不是他坐骑和鞭子的力量,而是老天爷此时稍稍歇息了一下,风力减速雨点也变小了。快要冻僵的马群停住脚步围在一起瑟瑟成一团。马群不再往前跑了,苏力德这才感觉到自己身上发冷。冷雨湿透了棉衣,与身上的热汗融到一起,强烈地刺激着他的躯体。他出发时没带雨衣,这时后悔也来不及了。好在奔突的马群已经稳定了下来,他很庆幸,举着套马杆围拢着马群。他想给马群找到一个避风处。然而,说变脸就变脸的老天爷哪能听从他的安排,让他想怎么玩就怎么玩呢?转眼间风力加大,阴雨加剧,风雨犹如钢丝般抽打在马群身上。马群像决堤的洪水,不可遏止地倾泻而下,险些淹没苏力德和他的坐骑。就连他的坐骑都不能顶风走,苏力德只好像一团绒毛一样被风雨吹着跟随马群而行。他声嘶力竭地呼喊着，把套马杆也打折了，才把马群赶到了一个悬崖下。这时，他才觉得浑身冻僵了。他骑的马也成了水耗子，筛糠般哆嗦着，四条腿都站立不稳了。风力减弱了，雨也小了许多，但天气变得异常寒冷。起初苏力德只觉得骨髓都要冻凝了，后来就麻木了，再后来开始发热。他听说过冻死的人一般都这样，先冷后热最后热得把衣服都脱掉。他对自己说，千万不能脱衣服，活动活动兴许能缓和点。他下了马，想走一走，可是湿透的棉衣已经成了冰片沉重地压在他的身上，裤腿硬邦邦地绊着脚使他无法走路。他准备重新骑上马，然而上马鞍子比上天还难了。他在无奈之下只好迈着沉重的脚步努力步行，用套马杆支撑身体看护着马群。他突然觉得自己的脑袋变得很大，体内仿佛着了火。脱掉衣服的意识占据了他的全部身心……

苏德醒过来的时候，他的马正用柔软的嘴唇抚摸着他的脸颊。苏德这才知道自己想着心事睡着了。他的马这样抚摸着他不知站了多长时间。他从内心感到这马好可爱。在这荒无人烟的野外，对我来讲除了这匹马还有更亲切的东西吗？没有。在这个世界上，只有这匹马让我骑在身上全身心地服务，可是我竟然那样粗暴地对待它。他这样一想，鼻子不觉酸了。他坐起来亲了亲马的鼻子。他的头脑昏沉沉的，心里直迷糊。他想抽支烟压压惊，把手伸进怀里掏了半天，掏出一盒烟卷，从烟盒里弹出一支叼在嘴上，然后从靴筒里摸出一个气体打火机，啪地打着了火。在太阳的强光下打火机的火苗有气无力地摇摆，他用手挡住风，把嘴上叼着的烟卷凑到火苗上，于是淡淡的青烟从他手掌里弥漫开来。他深深吸了几口，慢慢吹出烟雾，感觉心里痛快了不少。

他放眼寻找自己的羊群，羊群犹如落在蜂蜜上的苍蝇一样纹丝不动。刚才依稀可见的往事在他眼前晃来晃去。周围响起旱獭叫唤声。这一带有什么东西，他了如指掌。抬眼往旱獭叫的方向看过去。果真，前方几丈远的地方有几只旱獭站立成一排朝这边张望。它们在自己家的洞口以辈分排列成一行。苏德看见站在中间的大个子公旱獭，不由想起了一件事。旱獭是以家族群居的动物，家族里有首领。假如苏力德没死，就像这个公旱獭一样不可一世地坐在家里的上席。我这个人到底是个什么丧门星，造下这么大的罪孽？他这样责备自己，对抽烟也失去了兴趣，把烟头使劲在鞋底上拧灭，把烟嘴扔出很远，看那样子似乎这辈子也不想再吸烟了。他的眼角潮湿了，从心底涌动的酸涩泪水堵住了他的咽喉，让他品尝到人世间苦难的味道。风儿轻轻吹动着野草，偶尔吹进他的怀里，给他带来少许的轻松。阳光普照大地，也照在他的身上，照得他脸上发热眼睛迷离，大地变得花花绿绿，仿佛让他看看世界的颜色就是这个样子。刚才的梦境是真实的故事，他接着又回忆起来。

在那次的黑灾中，他刚把牛羊圈起来，萨仁就跌跌撞撞跑过来哭丧着脸说："他没带雨衣！"苏德意识到事情的严重性，忍不住训斥道："啊，你是不是他的老婆？"他急忙用雨衣包了干爽衣服，不顾萨仁说什么，骑上马就跑了。那次，萨仁第一次看到苏德生气。苏德虽然气得匆匆忙忙走了，但他常年放牧在外，了解这一带草原的地形，知道这时的马群应该在哪里，所以心里有数。他估摸了一下，苏力德要是把马群赶进了呼和哈达的悬崖下还好，如果没做到这一点，那他和马群必定在乌纳干河里下饺子呢。他直奔呼和哈达而去，果真猜中了。当他赶到那里时，天已放晴，马群冻得挤成一团，苏力德已经不认识人了。他胡乱甩着套马杆，身上只穿着单衬衫。宝音老汉的那句"那人救过你哥的命"说的就是这件事。

7

娜仁提心吊胆了一整天，晚上把牛羊圈进棚圈后，跟老公说起了早晨在邻居家门口听见的争论。苏德说："爱怎么着就怎么着吧。"他不动声色。

"要走法律程序了。"娜仁怯生生地说。苏德并不在意道："该走法律程序就得走……"一副听天由命的架势。这可把娜仁难为坏了。

"哎呀，也不是不认识的人，本是很好的邻居，好说好商量不行吗？"娜仁急得喘不过气来。

"哪个法律给邻居留情面了？"苏德似乎找不到商量的余地或者根本不想找，坐着不动。

"法律虽然是那样，但我们毕竟生活在一块草地上，商量商量是完全可以的吧！"娜仁始终不死心。

"国家的法律和邻居的情面是两码事，是啥就啥吧，娜仁！"见男人的主意始终不动摇，娜仁叹息一声说："那样的话我们两家都得完。如果其中一家没事的话，两家互相都有个靠头。"

"作孽的人必须受到惩罚，我就是作孽的人。不管事情到什么程度，我们决不能有意见。"苏德说着说着嗓子哽住了。

"总说法律法律的，我真有点害怕。"娜仁不寒而栗了。

"完全用法律解决的话对谁都公平。已经把一个毁了，还指望什么侥幸……"苏德伸出两只胳膊，一副时刻准备着被铐走的样子。

"法律那东西不像我们俩聊天这么轻松！"娜仁两眼有点发黑。

"不管啥样也没有比失掉一个人痛苦吧？不轻松也得度过这一关！"

"唉，咋这么残酷呢！跟心心相印的好邻居就这样掰扯了。难道只有这一条路了吗？"娜仁的鼻子酸酸的。

"你我在法律面前还能找到什么别的路呢，只能听从法律的裁决了。"苏德道。

"萨仁的为人，还有苏力德留下的遗言，难道这条路一点没有用吗？"娜仁的眼神里再一次燃起希望之火。

"我当然知道萨仁的为人。我对她的罪孽一辈子都赎不清，再不能难为她了。"苏德这么一说，娜仁知道再说下去也无济于事了，转过身去悄悄抹泪。

苏德和娜仁在极度痛苦中睡下了。几天来身心备受折磨，娜仁躺下便做起了噩梦……

苏德被法院传去已经几天了。他戴着手铐，不论法官说什么，都在点头接受。不知道是从哪里出来的，也不知道是什么时候了，讲了一大堆道理后事情总算有了结果。中间坐着的大盖帽一脸杀气地站了起来。这下要说什么了，只要不以命偿命那就老天爷保佑了。娜仁坐在那里默默祈祷。她在糊里糊涂中没听清法官的判决。过了半天，看见给苏德打开了手铐，她才明白过来判得不重。她不顾这是在法庭上，也不顾众目睽睽之下，跑过去一把搂住苏德的脖子哭了起来。"我的白瓷器（指娜仁）别哭啦，这样裁决就不错了。"苏德哄着娜仁。"到底怎么处理的？"过了好一会儿娜仁才清醒地问。苏德说："没有追究刑事责任，让我们赔偿。"娜仁这才放心了，问："怎么个赔偿法？"苏德说："法院的人要去我们家评估赔偿的牛羊。"后来法院的去了他们家。苏德骑上马，把羊群赶回来圈进了羊圈里。要赔偿一个人的性命，需要抓很多羊。苏德从羊群中挑大个儿的、优良的羊给他们。"我们也得过日子嘛。"娜仁有些心疼，但一想起只要自己的丈夫安然无恙就行，便在心里暗暗祈祷着。

她像惹了祸的孩子一样忐忑不安地瞅萨仁，萨仁却回避着不看她一眼。给你多少牛羊都可以，你死去的人能回来吗？她想说道说道萨仁，但一想人家已经失去了最亲的人，她就没胆气说什么了。她琢磨，萨仁无论怎么样心里必定有数。

苏尔泰巴特尔不像过去那样敬重苏德为"长兄"了。想想也是，把人家的哥哥撞上天了，实在没理由埋怨人家心硬。苏尔泰巴特尔非常严厉，大有替哥哥建立一大群羊的架势。娜仁真想走过去求情：弟弟你高抬贵手吧，哥哥嫂子我们还有孩子呢……眼看着羊圈要空了，只剩下几只山羊和几只羊羔了。她总算明白了法律是多么严酷，活活把一个家庭整得一穷二白。娜仁他们家把这些羊当作自己的所有，历尽磨难把它们繁育成群，不过喝一碗奶茶的工夫却成了别人的财富，这下拿什么养家糊口呢？剩下的只有遗憾。可是，男人却出奇地平静，仿佛偿还了一个深重的罪孽一般坦然。他看着妻子泪汪汪的两只眼睛，仿佛看透了她的内心，说："我们无所谓，再过几年紧日子，牛羊照样会成群。可是，无依无靠的萨仁就惨了。"娜仁听丈夫这么一说，内心坚强不少，但也没能抑制住泪水。"我们俩都健在，为什么要哭哭啼啼的？"苏德不满地说。那也没止住娜仁的眼泪……

娜仁突然醒过来，眼泪灌满了耳蜗。她迷迷糊糊中埋怨这个不吉利的噩梦。苏德睡得死死的，连听都没听见她的话。他也许整日跟在羊群后面过分劳累了，也许为那件事太痛苦了。娜仁在心疼和担忧中度过了漫长的一夜。

8

虽说梦就是梦，但几天以后，娜仁的梦变成了现实。闹玩过头的结果，一家失去了人，另一家失去了财。然而，娜仁、萨仁两个好姐妹谁也没料到闹玩会引起这样的后果，也没料到法律会这样制裁。她们总算见识了从没见识过的场面，只有站在那里暗暗祈福的份，没有她们插手的余地。娜仁看着人们给牲口估价，发现法院定的价格跟市场价不一样，于是问了一下，才知道这是从照顾死者的角度出发定的价格。她明白了这个道理，只能低头看自己的鞋头，不能再说什么了。苏德算了一笔账，按法院裁决的赔偿价估算出应该抓的羊的数目。所以，他在抓羊时为了照顾失去丈夫的萨仁，尽量挑选一些个头大、品种好的羊。萨仁对此心知肚明，但已经失去了自主权的她除了叹息别无选择。娜仁哭丧的脸，分明是在诉说着以后生活的难处。可是，这些在法律面前统统失去了效力。苏德的棚圈眼瞅着就要空了。苏德在心里想，人若倒霉了家畜都不值钱。反过来想，把一个人的生命整没了，拿多少头牲口都不多。这一反思，他的心里又平衡了。萨仁眼看着邻居的棚圈空了，还不够数，又抓了几头带犊的奶牛。她实在受不了啦，丈夫临终的话此时回响在她的耳边。

"已经失去了一个，又把另一个整成这个样子，这是什么法律！"萨仁情不自禁地喊了一声。但她的喊声并没引起反响，随风飘走了。她想依着丈夫的遗言酌情处理这件事，跟苏尔泰巴特尔说了自己的意图。可是苏尔泰巴特尔的脑袋上仿佛没长耳朵般听不进去。萨仁实在没办法了，乞求苏尔泰巴特尔说："弟弟呀，求你听一回嫂子的话吧，这不仅是我的意思，也是你死去的哥哥的意思。"苏尔泰巴特尔依然没反应。宝音老汉本不想干预这件事，但看着这种残酷无情忍不住说："连已故长兄的话都不听，你到底是不是我们家的人？"老汉气得要爆炸。"没有旁证的口头话在法律上不生效！"儿子的一句话，让老汉无言以对了。

萨仁还在絮絮叨叨。苏尔泰巴特尔强硬地指出："如果在法庭上提供虚假证据，要追究法律责任的！"这话像棍子一样举在头顶上，使萨仁有些胆怯。失去丈夫的乡下妇女最害怕得到坏名声。萨仁担心继续说下去要背上黑锅，便说了一句到家的话："弟弟你可以不相信嫂子，可是你应该相信你哥哥吧！"

"你们怎么总是替别人着想，不替自己想呢？再说了，走的已经走了，活着的还要过日子吧，不考虑一个无依无靠的女人以后怎么生活行吗？"苏尔泰巴特尔摆起了功劳。这也是个道理，像我这样走投无路的女人以后怎么过日子？这确实是个问题。但是，我失去了男人，并没有失去家业。只要我的牧场我的牛羊还在，我就不愁生活。萨仁把这个意思说给苏尔泰巴特尔听。"事情不是这么简单的，还有一个给死者讨回公道的问题。要讨回公道，就得依法处理，而不是靠邻居情面能解决的！"苏尔泰巴特尔抓住法律不放。萨仁听了这话马上说："我以为弟弟是为我以后的生活着想，看来我这是错了。原来你是不相信我，在为你死去的哥哥讨回公道。这是你的主要意图吧？好啦，弟弟你想怎么着就怎么着吧。要说我失去了丈夫，你也是失去了长兄，你有你的想法和道理。"她不想管这个事了。这一来苏尔泰巴特尔的行动更是畅通无阻。

萨仁很纠结，把一个多年的好邻居好朋友弄成一无所有，这种不计后果的做法让她自责内疚。她知道牧人养几头牛羊太不容易，所以含着眼泪说："他们也是经过风吹日晒历尽艰辛才养育出了这几头牛羊。他们跟你哥还是同命运共患难的好哥们儿，把他们的牛羊都收过来为你哥偿命，这跟要他们的命没啥区别，弟弟你好好考虑一下吧！"话尽管说到这种程度了，也丝毫没起作用。"你们那是法盲才干的事。失去了一条性命，经受如此苦难，还不想靠法律！对你们这种人说什么好呢？"苏尔泰巴特尔绷着脸丝毫不动摇。支撑他这种举止的是坚定的自信——在这个家庭里除了我谁懂法律？！

萨仁毫无办法了，全家老少倾其所有供这个弟弟念书，大学毕业后在旗里政法部门上班，吃公家饭的人说话比他爹还占地方，何况我这个当嫂子的呢？她的话成了背篓里的水，一切都按苏尔泰巴特尔的意志转移了。"对懂法的人爹的教导也不管用。在我们家千万别出现那种荒唐的事情。"宝音老汉只能在心里暗暗祈祷。萨仁在自己老公的亲弟弟面前成了外人被靠边了。娜仁依然怀着一线希望，不管怎么说，苏尔泰巴特尔也不是从石头缝里蹦出来的人，从小跟着苏德一声声叫"哥哥"的，小手挂在苏德的手指头上，一点点成长起来的家乡的小弟弟，曾经多次骑着苏德调教的马参加比赛获得过不少奖励，遇到了这种情况应该考虑前前后后吧？可是苏尔泰巴特尔一句："没追究刑事责任就不错了！"把娜仁的一点点侥幸念头也彻底打消了。

苏尔泰巴特尔以"走的已经走了，活着的还要活下去"为理由，以法律作保障，把邻居的畜群挪到了萨仁的名下。然而，对萨仁来说她并没有像小叔子所说"以后生活有了保障"的感觉，反而觉得仅存的一点生活信心都没有了，心里空落落的。"唉，这样来的不义之财，谁人能享用了呢？坑害邻居得来的牛羊，我可是无法接受！"本来是通过法律判来的东西，在萨仁看来比偷来的还可耻。苏尔泰巴特尔却说："净操那些没用的心，你不好意思接受就都卖掉变成钱，进城过舒服日子不行吗？"当小叔子的已经把她以后的生活都给安排好了，甚至把收购牛羊的牛贩子也领来了。

法院的人裁决完了就不管其他事，一看没事都走了。接着，大家为了把得来的牲口变成钱很是费了一番周折。牲口的主人虽然是萨仁，但她哪里知道市场行情，还是由见多识广的小叔子来出面。

"你这些牲口来得太容易了，你跟我们不能按市场价论！"一个秃顶老汉咧嘴说。

"咋来的跟你们没关系，爱要不要，你不要还有的是人要。"苏尔泰巴特尔态度强硬。

"哎呀，你这个人怎么不讲理呢？我们也有眼睛，我们都亲眼看见了，这些羊来得太便宜了。那么便宜来的羊，你这么贵处理给我们，你把咱们的兄弟情义扔到哪儿去了？"老汉要讲理。旁边的几位也赞同老汉的话纷纷点头。

"这些牲口咋来的，不是看在兄弟情分上来的，这是法律发挥的效力。你们不要把兄弟情分与法律效力混为一谈。想买就痛快拿走，别跟我啰嗦！"苏尔泰巴特尔态度异常强硬。老汉也生气了："你这个人不懂什么叫兄弟情分。你有什么朋友？拿法律做虎皮坑害邻居，你这个人不怎么着！"

"一帮啥也不是的法盲，眼睛瞎了耳朵也聋了吗？没听见刚才法院的判决吗？你们如果歪曲和污蔑这一判决，我不会轻易饶了你们！"苏尔泰巴特尔拿大帽子一扣，对方才退却了。或许他们不想发生不必要的口舌之争。

"哎，你说什么呢？我在论咱们之间的兄弟情分。不是谈那事，你怎么能那样说呢？我们好好商量一下羊的价格吧！生意嘛，不论价怎么行。"老汉笑眯眯地伸出袖子，想在袖子里摸手指头论价格。

"我不懂你们那些大清国时候的规矩，想买就直接说价格！"苏尔泰巴特尔绷着脸说。老汉按苏尔泰巴特尔的意思说了一个价，并就这个价对谁都有利加了一大堆解释。买卖上的事一般都是在谈行论价中得以实现。最终这两个人在一个价格上统一了口径。他们都说这是看在兄弟情面上才同意的。

苏德和娜仁把这些看在眼里，心想："这种情面哪怕给我们一点多好！"两人委屈的目光与萨仁难以言表的痛苦眼神相撞，他们的心都在滴血。

9

宝音不赞成儿子那天的做法，但一想觉得也行。大儿子去世了，只剩孤寡儿媳，她一个人在这荒草野甸上怎么生活？这事成了老两口的一个心病。邻居再好也难以接受这样的累赘。再说了，两家已经闹到这种程度，继续和往常一样来往是比较困难的。一家失去了性命，另一家失去了财产，咋看彼此的脸面呢？我们俩也不可能一辈子守着寡妇儿媳。两人正这样犯愁时，苏尔泰巴特尔出谋让嫂子进城生活，这恰好对上了两个老人的心思。萨仁也觉得这是个上策。但她担心自己一个草地女人进城能做什么，害怕被那些鬼马精灵的城里人活活吃掉。

"你不会熬奶茶吗？你弟媳也无业在家待着呢。你们俩合伙经营一个奶茶馆，这比看几头牛羊好多了吧？妯娌俩当饭店老板多红火。"苏尔泰巴特尔说的话把她从寂寞和悲伤的迷雾中拉了回来，她感觉已经找到了新的生活道路。

邻居家吃官司把牛羊赔偿出去后几天没生火。这天早晨他们家青青的炊烟终于迎着初升的太阳袅袅升腾起来。萨仁挤牛奶快到一半的时候，娜仁拎着奶桶走了出来。她那两条缓慢迈动的腿仿佛在说："还有能挤奶的牛吗？"萨仁几天没见着娜仁的身影很是思念，这种思念在看见她的一刹那变成了霜打的花瓣。

娜仁刚打开棚圈的门，又是那头方头大耳的花牛犊没命地向她冲来。每天首先放出这头方头大耳的花牛犊吃奶，所以它习惯成自然了，照直冲向门外。这头牛犊的妈妈已当作赔偿品送出去了，所以娜仁挡住它不让出去。趴在角落里的另外两头牛犊每天都最后吃奶，因此它们不着急出去，依然躺在那里。

"这两个玩意儿好像也没娘似的。"娜仁走进棚圈，拿绳索抽打那两头死肉一样不动弹的牛犊，并牵着一头到门口，刚把门打开一条缝，那头方头大耳的花牛犊拼命挤过来踩在她的脚背上，疼得她浑身战栗了一下，松开了手，花牛犊破门而出跑了。

"死鬼，真讨厌！"娜仁失声道。萨仁从那边估计到了事情的缘由，说："娜仁，让它过来，你也来挤奶吧。"

"不能，那是你们家的母牛！"娜仁说。她看见花牛犊已经跑到萨仁家那边找到了母亲，知道这头牛犊嘴劲儿大，几口就能把牛奶吃光，马上跑过去抓住它的脖套："不管它了，先挤奶再说，进了奶桶后归谁以后再考虑吧。"娜仁拉住花牛犊，把它拴在了桩子上。

"娜仁，咱俩还分什么你的我的，你就拿去吃吧。"萨仁的这话，给困苦中的娜仁不小的安慰。然而她又想：你我在这条拴牛绳上还能相互陪伴几天呢？她的心里涌动着一股说不出的滋味。在法院给牲畜估价的时候，苏德虽然嘴上说不在乎，但他心里明镜一般，靠剩下的几头牛羊是无法维持生活的。所以，他找了一家比较富裕的牧户，说定要给这家当羊倌。他们俩前几天撇下家出去就是找活去了。苏德也不是不会放羊的人，比起现在的年轻人可算得上是优秀牧人。附近的人都知道他的人品和放牧本领，因此所到之处没有一个人拒绝他。对此他自己也非常有信心。这样，他们走了几天，选择了一家不错的牧户。作为男人必须对家庭生活负责。苏德从这点考虑，决定走这条路了。娜仁作为女人，把萨仁孤零零一个人扔在营盘上走，心里着实不忍心。她对丈夫说这个心病时，苏德说："对这个问题你一点也不用操心。你这是河里冒泡——多鱼（多余）。你还以为她要继续待在这个地方吗？你想事太天真了。"娜仁很奇怪，丈夫在拿牲畜赔偿的时候丝毫没有吝啬，为什么突然间变得这么狠心呢？娜仁明白了，自从他们把拿去的牲口卖给牛贩子后苏德就变成这样了。她还能说什么呢，觉得丈夫做得有道理。法院判决时赔偿的钱数非常明确。没有现金才拿牲口顶账，这是一个方面。另一个方面是考虑了人品。以为多年的好邻居好朋友怎么也得给面子。可是，谁能知道多年的好邻居好朋友还不如牛贩子有情面。苏尔泰巴特尔弟弟如果给萨仁一点情面，我们俩也不致走到这样一无所有的地步。事情过后，苏德说过这样的话，并决意趁早离开这里。然而，毕竟是多年的邻居，要走也得打个招呼吧？娜仁想表达这个意思，心里却忐忐忑忑。

"今天天气真好！"娜仁想说的话没说，却说了个风马牛不相及的事。

"确实是近期以来没有过的好天气。"萨仁顺着她的话说。两人的话变得像穿针引线一样微妙。

"搬迁时这种天气难得！"娜仁间接地透露了要搬走的意思。

萨仁虽然明白其中含义，但一时不能接受这个事实，急忙问："喂，怎么说起了搬迁的事，是你们吗？"

"没办法，多年住在一个浩特，谁愿意离开邻居呀！"娜仁这样说的目的，是怕萨仁说："就扔下我一个人？"

"都是我不好。两只眼睛一直跳，原来不仅失去一个，这是大家都要离散的预兆。"萨仁的声音哽咽了。

"谁能预料我们会摊上这种苦难呢？我的好萨仁。"娜仁的眼角红了。一时间她们俩都忘了放牛犊引奶精，在奶桶里胡乱挤着牛奶。

"不走不行吗？"过了好一阵，萨仁带着请求的语气说。

"除了给人家放羊，再找不到重新起家的好办法了。不然，背井离乡算什么好事？"娜仁说了到家的话。

"到异地他乡看着别人的脸色过日子，这太艰难了，娜仁！还不如我们几个一起继续在本地想办法的好，是不是？"萨仁恨不得把自己的心都掏出来。

"拿啥想办法？要是能拿出好办法，我们几个不会走到这种地步。依我家这种状况，只能成为你的负担，不能再帮助你了……"娜仁一声叹息。

"难道我不知道你们俩想什么吗？对我有想法！是，我做得不好，没给你们留后路。这我非常明白。可是，你们俩别以为我这个人会做坏事做到底！我也没想到事情会是这个结果。那也是，我不相信事情会一直错到底！"萨仁落泪了。

"事情会闹成这个结果不是你的本意，这我们也知道。我们对你能有什么想法？但是事情已经这样了，你不信能怎么样？"娜仁的眼睛湿润了。

"你们俩知道就行了。绝对有办法。你要是真懂我，就听我的好了！"萨仁叨叨着。

"这个世界上如果我们不懂你，还有谁能懂你呢？我非常理解你的心意。但是，生活这个东西不像我们所想象的那么容易。现在不是你我像小孩子一样恋恋不舍的时候。各奔前程对谁都是好事。"娜仁说。

"各奔前程？还要怎么样，别人的门户比我家温暖吧？"萨仁的动作生硬起来。

"不是，你这个人想到哪儿去了？为了维持生活，我们只能走这么一条路。我们没有别的办法。"娜仁也有点生气了。

"你的脑袋彻底朝外了，把我当眼中钉肉中刺看！"萨仁突然朝她扔过来狠话。

"不是，我不这样还能怎么样？他已经这样决定了。"娜仁在无奈之下把苏德抬出来做挡箭牌。

"那就好，你的脑袋朝我这边就没事。"萨仁仿佛对某种事放了心似的松了一口气。

"什么没事？"娜仁刨根问底。

"比起给人家放羊，不如承包羊群好吧？"萨仁征求娜仁的意见般说。

"那倒是。但那个羊群在哪儿呢？"娜仁盯着萨仁问。

"要是不觉得给寡妇什么的干活不好看，承包我家的羊群也行吧！你们俩也不是不知道，我家羊一年能接二百多只羊羔。我不会跟你加倍要羊羔……"萨仁将近几天一直考虑的事情全部抖搂了出来。

"你已经够苦的了，我们只是不想啃吃你。"娜仁犹豫。

"那些牛羊的产值，我一辈子都用不完。这事用不着你担心。我们俩就这么说定了！"萨仁看着娜仁的脸色道。娜仁在心里想：要把自己的东西给人家，还要看人家的脸色。这种人除了萨仁还有几个？她是怕我们过乞讨般的日子。要是把她的这个善举告诉我那位心凉了半截的人，他会怎么反应？

"我家那位变得可古怪了！"娜仁用这句话通报了对方"我没问题，不知道我丈夫能否同意"的意思。

"一个大男人，跟我这样见识短的女人生什么气！我跟他当面鼓对面锣谈一次！"萨仁生气了，把绑在奶牛后腿上的绳索解开，劈头盖脸抽打奶牛和牛犊。娜仁觉得萨仁好可爱。

太阳宛如熔化的铅砣，依旧从原来升起的地方圆溜溜地冒了出来。晴朗的早晨，景象格外清晰。刚挤完奶汁的母牛们，舒坦地奔向水草丰美的草场，去汲取产生奶汁的营养。

10

在乌尔嘎图草原的腹地兀立着孤雁般的一座蒙古包。从蒙古包里走出一个女人，身上穿着褪了色的天蓝色蒙古袍，手里提着一袋酸奶脑，这个人是娜仁。她走到门东侧一块大青石旁，把手里的袋子放到大青石上，再用一块木板压在上面挤出一些酸奶水，又搬来一块长条青石板压在上面，袋子里的酸奶水滋滋地挤出来，酸奶脑不一会儿就凝固了。正值夏季的酷暑天气，娜仁刚在锅台上忙活得头昏脑涨，这阵子深深呼吸了一下带着酸奶味的空气，胸口里敞亮了不少。她直起腰，习惯地往邻居的蒙古包方向望过去，只看到了蒙古包的地基。这座地基犹如一枚悲喜参半的印章深深刻在绿地上。娜仁看见它，仿佛丢掉了一件最宝贵的东西，心里空荡荡的。"那时候，我们走出门槛，就在一起欢天喜地……"过去快乐的美好生活像河水般自然流淌在她的回忆中。绿茵茵的草地上的那座褐色地基，宛如萨仁的泪眼一样望着她，牵动着她的心，让她突然身不由己地在那座地基上转悠。在曾经的岁月里，她们在这里喝着喷香的奶茶，海阔天空地聊天。想想这些，萨仁的言谈举止就活灵活现地浮现在她的眼前。

那天早晨，娜仁回家后，把萨仁在拴牛绳上说的话重复了一遍。苏德两难了。如果按萨仁所说的办，当然比外出给人家放羊收入高，而且还能给萨仁帮点忙。但他又觉得不应该啃吃苏尔德的一点"遗产"。苏德犹豫不决。娜仁催促说："你是个男人，赶紧做一个决断吧！"苏德难为情地说："在这个地方，我们曾经好过也闹过。我觉得我们的缘分好像到此为止了……这地方有我们的幸福也有遗憾，我想哪怕是暂时的也要离开这里！"娜仁把丈夫的三心二意转告给萨仁。"不管怎么样，也比在异地他乡奔波的好吧？"萨仁再也说不下去了，喉咙好像被什么东西堵塞了。两人束手无策坐了片刻。娜仁说："我们家人心结还没解开呢，不然背井离乡看别人脸色是啥好事。"说着鼻子酸了。萨仁说："那么，你是啥想法？我们俩先统一一下思想，然后我去跟他说！"娜仁毫不犹豫地答应了萨仁的想法。"那我们俩也是人嘛，他一个人跟我们俩别扭到哪去。"萨仁下了决心。

男人一旦结了心结，就难以掌控自己。萨仁去的时候，苏德的心结还没打开。他扭过脸闲坐着。萨仁当面鼓对面锣道："怎么了！你这家伙嫉恨没完了，不知好歹。去别人的地盘上拖家带口地过惨淡生活，你以为那样好呀？"一句话解开了苏德的心结，他不好意思地笑了。自从苏力德出事后，萨仁也是第一次现出了笑模样。这样，他们又续上了间断好多天的说笑，在谈论当中萨仁通报了自己去旗镇定居的消息。事情总算按着那天早晨萨仁在拴牛绳上说的计划转过来了。但苏德心里还是有些不托底，问："事情已经商量完了，可是你自己能做主了吗？"这不是苏德不信任她，而是上次造成的阴影依然笼罩在他心上。萨仁心里明镜一般，说："是我的东西，我不做主谁做主？"显而易见，萨仁是想扶持他们家。但苏德还是有些不忍心，这样做对自己很有益处，对萨仁却没多少好处。他反问过自己，利用一个落难女人的善良，只顾自己的利益，这是男人的做法吗？但他除了走萨仁给指出的生活道路，再也找不到更好的办法，而且无法推托好邻居的善意。他正在犹豫时萨仁说："哎，如果你是个真正的男人，不要对我这样一个女人有什么意见，啥也别说，做吧！再说了，考虑不考虑你这个破男人无所谓，我只是不想让娜仁去他乡看别人的脸色……"这话点到了苏德的要害处。苏德在萨仁面前再也没有理由推托和回避了，只能点头称是。

娜仁在苏力德的蒙古包地基上长长叹了一声。多么好的一家！娜仁在心里想，眼前仿佛看见了苏力德坐在自家的上席嗡嗡地说话。她想起苏力德动不动按倒苏德让他吱哇乱叫的情景，两人像一对长癫的骆驼整天在一起磨来蹭去的身影在她眼前不停地晃动。那时候苏力德像个打赢的公马不可一世，而今却无声息地消失了……娜仁不由想起了姑娘时候的一件事。

那时候青年们当中传诵着两个美女，她们像乌纳干河的两朵花一样美丽，其中一个就是娜仁。在一个夏天的中午，娜仁在勒勒车上拉着水箱到乌纳干河上去拉水，刚走近河湾，就看见河的对岸来了一个骑马的人，口哨声声响彻原野。他的口哨声给酷热的中午带来了阵阵凉风。娜仁在心里琢磨，这人口哨吹得真好，在我们这一带谁会这样吹口哨呢？这时那人亮出洁白的牙齿微笑着走近了，原来是在敖包那达慕上亲过萨仁的那个叫苏力德的青年。娜仁认出了来人，刚才欣赏口哨的好心情顿时灰飞烟灭。这家伙要干什么去呢？她有点害怕起来。河湾的上游有一处浅一点的渡河滩。苏力德来到河滩边勒住了缰绳，向正在打水的娜仁说："你稍等一会儿，让我先过去吧！"他长相虽然粗糙，但心还是很细腻。若遇到了一个不讲究的人，早就闯过来把水搅浑了。娜仁在心里赞赏，嘴上却跟他调侃说："我没挡你的路，你看着办吧。"苏力德听到这话咧嘴笑了。看你从上游过不过，娜仁依旧不停手地打水。打水的地方刚泛起一股浊流，转瞬间就被清水冲刷得清澈见底了。娜仁边打水边问了一下他从哪儿来到哪儿去。苏力德只说了句："正寻找呢。""寻找啥呢？"苏力德只笑不语。娜仁在心里寻思，这家伙必定有什么勾当，暂时把他留在彼岸吧，如果渡过河来备不住干出什么荒唐事呢！她产生了戒备心理，想拿话来把他搁置在那头，说："寻找者还不告诉寻找什么，有这样寻找的吗？""一个小骒马，身上打着印。你见过没有？"他说这话时脸上毫无表情。娜仁一点没有往别处想，随口问："打啥样印？"苏力德说："单环印！"他做了个圆形单环口形。娜仁这才想起那达慕上的事情。这家伙真是个没脸没皮的东西，我得

印
土
／
47

打完水赶紧离开。她这么想。苏力德骑的马好像渴得要命，争抢着往河里走，却挣脱不了主人勒紧缰绳的强劲有力的手，无奈地在原地不停地蹦跳。对一个小姑娘来说，大暑天的中午打满一箱水是很费力的事情，娜仁累得满脸通红。苏力德也许着急给马饮水，或者瞅着娜仁拖着衣襟很费力的样子有点不忍心了，问："我帮你呀？"娜仁警觉起来，我才不上你当。她说："马上完了，麻烦路人干什么！"苏力德显得很焦躁："我的马渴急了，这大热天的赶快装满算了。""别，你咋这样呢，总想搅浑我的饮用水。"娜仁没给面子。苏力德有些犯难，今天我怎么遇到了这样一个固执的姑娘呢？他甩身下了马。噢嗟，你小子没招没话了吧？娜仁在心里嘲笑着他，一边说："不好意思，你先等一会儿吧。"一边打水，同时拿眼角的余光警惕地盯着他。苏力德一屁股坐到河岸的绿茵上："今天的寻找算是搁浅了。"娜仁逗弄他说："丢了什么重要的东西？像猜谜语一样说些听不懂的话。""头两天跑了一匹儿马，听说跑到你们这边来了，那匹儿马好像跟你们的合群了……"苏力德说完嘿嘿笑。娜仁乍听以为这家伙在说胡话，细一琢磨心脏突然怦怦跳起来，想起了前几天的一件事。几天以前，斯崎敖包的那个拴马青年来到家里，跟娜仁爸求教了许多关于拴马的技艺。他走的时候，娜仁出去看狗，他上了马征求娜仁的意见，问她愿意不愿意。娜仁一点思想准备都没有，紧张得不知说什么好了。提问者好像答案与他无关，打马跑了。娜仁返回屋里时，爸爸说："这个年轻人相当不错！"爸爸不仅相中了这个青年，而且对他的父辈祖辈都赞赏不已。况且这话明明是在说给娜仁听。现在娜仁想起这件事，一下子明白了苏力德在暗示拴马青年来过这里的事。这家伙耳朵怎么那么长呢，或者拴马青年口无遮拦，到那边吹嘘自己如何如何了？娜仁一想到这些，便不由自主地生气："不清楚儿马还是公马，不入套的散畜满地跑，谁知道你说的是哪个。"说完不动声色。"不管什么畜，能不往水草丰美处跑吗？"苏力德得意地哼起了小调。娜仁反唇相讥说："你回去转告一下，这边的水草对适应者才合适，对那些满地跑的牲口不合适。"苏力德仿佛被蝎子草蛰了嘴，一句话也说不出来了。

其实，那个拴马青年是苏力德非常要好的朋友。他委托苏力德说："你去打探一下那个姑娘到底有什么想法。"苏力德一眼便认出娜仁便是他要打探的那个姑娘。出发之前苏力德还有点不敢："我也是个单身光棍儿，跟人家姑娘怎么开口问？"可是朋友请求说："请你无论如何替我跑一趟吧！""不对，你自己问的事，应该你亲自去听答复才对。也不是我要娶她！"苏力德有点犯愁。"我不敢，一旦人家姑娘不答应怎么办？"苏德忧虑。苏力德见朋友一副可怜相，产生了恻隐之心："如果她跟我说不行怎么办？""你是著名摔跤手，她不会直接回绝你。"苏德说，这一点他有把握。"我明白了，你个馊主意的皮囊，原来想拿我的名义娶老婆。如果那个姑娘不答应，你就要把责任全推在我身上，我才不去呢！"苏力德找到了推辞的理由。"不成我也不会埋怨你，你给我去打探一下就行了。"苏德像驴皮胶一样粘住他不放。苏力德无奈地说："从我嘴里听答复跟从姑娘的嘴里听有什么区别吗？"苏德说："不一样，不一样。如果我自己去听了，她回绝了我，我就没有再去的余地了！"苏力德总算明白了朋友的轮番进攻战略，逗他说："你要是不怕我捷足先登，你就让我去吧！""我有啥怕的！你不吓跑她就行了！"苏德反过来将了他一军。临出发时苏力德说："也许我把她吓蒙了呢，备不住发生对你不利的事件。""你这次去，别以为是专门替我跑腿。还有你在敖包那达慕上打过印的姑娘呢，顺便看望一下吧！"苏力德的眼睛陡地亮了，说："那么漂亮的姑娘，早就名花有主了吧？"他说完马上蔫头耷脑了。"只要有缘分，就会成功的。你是远近闻名的摔跤手，这一点别忘了。"苏德这么一说，苏力德恍然大悟，原来朋友不仅是为了自己，他是实施了双重策略。苏力德二话没说，策马而去。

苏力德的一腔热望被娜仁的几句话打了回来。这丫头好厉害，不可能让蔫巴苏德靠近。听说乌纳干河的姑娘们都伶牙俐齿，真是名不虚传。看这样子没戏了，继续唠下去也没啥意义！苏力德无心恋战，骑上马返回去了。娜仁在心里想，斯崎敖包的青年们多数都有点"二"。她被自己的幽默逗笑了。

苏力德向前驰去，微风灌满了他的蒙古袍，从后面看上去俨然一只展翅的雄鹰。娜仁暗暗欣赏，果真是一条汉子，这样的青年怎么不来找我呢？她心里有点遗憾。

苏力德回去后，把娜仁的话一五一十地向苏德学了一遍。苏德沉思了片刻说："难道她们都有主了吗？如果没有，咱就像调教生格子马一样温和一点，也许还能行。"他这种远见卓识果真成就了两个家庭。

娜仁回忆着结婚之前的这段浪漫史，后来的事情又出现在她的脑海里。我的蔫巴苏德是个有计谋的人，黏糊得我简直一点办法都没有。我一想，我有啥了不起，还相不中人家，都是一样的牧人子弟。再加上父亲相中了他，于是就给了他台阶。但他还不罢休，想法把萨仁和苏力德也凑合到了一起。这样我们家有了好邻居，生活中也有了幸福和快乐。然而，谁能知道乐极生悲。建立一个家庭很不容易，毁掉一个家庭却在一瞬间。看来，这就是所谓的人生无常吧。

被牛虻追叮的牛们撅着尾巴狂奔乱窜，把沉浸在往事中的娜仁惊醒了。为了完整地挤取一天的牛奶，必须把牛犊赶回来。她匆匆走了，蒙古袍的长襟在风中飘扬。

11

萨仁来到旗镇，租了一户人家的厢房住下了。小叔子说这是临时住处，很快会搬进楼房。她在乡下时什么事都能自己做主，然而来到这里找个安身之处都要看别人的脸色。不过，这是旁人的话。萨仁从来没把自己的小叔子当作外人看。她在心里想，事情已经到了这种程度，老弟你自己看着办吧。她也从来没产生过住高楼大厦的念头，反而因为自己作为嫂子这些年没怎么帮过小叔子，使他至今没住上像样的房子而惭愧。她一直在想，如果法院判给她的钱够买楼房，先让小叔子他们住着，这样丈夫的亡灵也会得到安慰。

来到这个举目无亲的地方，她总觉得心里空落落的。以前过年过节或看那达慕，每年也就来这里一两次，可是现如今却要在这里定居生活了。人的一生果真是"不想走的路走三遍，不想见的人见三面"。她这样落寞地过了一个时期后，发现这地方也有不少乡下人，并跟他们来往上了。她的房东有好几个厢房。住户大都是从草原来的人，这些人言语通达能说到一起。而且这些人都比萨仁来得早。他们进城的原因各不相同。有的牲口没了拿着出租草场的一点钱维持生活，有做小买卖的，有打零工的，有跟随儿孙进城陪读的，有沉迷于城市美好生活整天耍钱赌博的……这些人比起萨仁可算是有丰富城市生活经验的人。萨仁在他们中间简直是傻瓜一个。这样，在草原上时只有一个邻居的她，来到这里有了诸多邻居。

或许人多的地方热闹的缘故，日子过得飞快，不知不觉中半年过去了。她在乡下时整天忙碌惯了，来到城里无所事事，整天待在屋里头昏脑涨很不舒服。来之前小叔子苏尔泰巴特尔所说的经营奶茶馆一事，看样子要跑成了，这阵子又是要照片又是要体检证的，使萨仁不得消停。幸亏家里有一个明白人，否则像她这样的乡下妇女跑一辈子也办不成这种繁琐的事情。她这样想。这天早晨，弟媳新赛罕跑来说："嫂子，今天去体检。我俩早点去吧，去晚了人就满了。"乡下人不在乎头疼脑热的小毛病，更何况好好的要去医院检查，疯了？萨仁想不通，说："我没啥毛病，检查啥呀？"一句话把弟媳险些笑晕。

"不是说你有病，经营饮食行业厨师必须体检取得健康证，不然防疫部门不允许经营。"新赛罕这样一说，萨仁就明白了，默默跟她走了。然而，体检只是走个过场，实则找个熟人填个表而已。而萨仁却认为这就是体检，确信自己没有毛病了。

几天之后，萨仁成了"草原奶茶馆"的法人。奶茶馆离正街稍远，门朝北，一间大厅后面连着两间小屋。大厅里放了六张小桌，一间小屋当厨房，另一间做了能容纳十几个人的雅间。规模虽小，五脏俱全。苏尔泰巴特尔说，奶茶馆不在规模，重在经营。想来也是，即使是免费就餐，没有顾客也是白费。

开业第一天，苏尔泰巴特尔请了不少同事、朋友、老乡。萨仁几乎没有一个认识的。来宾都是旗里有头有脸的人物，其中还有苏尔泰巴特尔单位的领导。所谓开业典礼，也就是让顾客认门儿品尝味道以后好让他们掏腰包的一个引子。所以，奶茶馆拿出所有的手艺做了手把肉、血肠、肉肠、奶酪、奶油、奶皮、蒙古包子、馄饨、杂碎汤、油面卷、烙油饼、乌乳膜拌炒米、肉干奶茶等，把开业宴弄得相当丰盛。宴席上，萨仁虽然被誉为进城办企业的巾帼，但她深知自己的能力，只能当跑堂的端盘上茶，厨师不赶趟时打打下手。特别是苏尔泰巴特尔单位的头头脑脑光临，使得小小奶茶馆蓬荜生辉。在这样特殊的场面上，哪有萨仁一显身手之地，全由苏尔泰巴特尔和新赛罕来应酬。"一个牧民妇女进城做生意容易吗，我们不支持谁支持!"头头脑脑们这样说着扔下一张或两张"红头票子",更加显示了仪式的隆重程度。做人就是一张脸。为了感谢大家的光临,苏尔泰巴特尔连连提酒,诸如开业酒、感谢领导支持酒、欢迎贵宾酒、开吃菜肴酒、征求意见酒、欢迎以后多多光临酒、献歌酒、玩笑酒、交友酒、回敬酒、比量酒、罚酒、被罚酒等等。到了晚上,他喝得已经站不起来了。宴席接近尾声时,剩下的只有一大堆锅碗瓢盆和两位烂醉如泥的醉鬼。萨仁忙了一天实在疲惫,想趁机歇歇脚,然后去洗刷那些堆成山的碗筷。她刚要坐下,就被两位醉鬼缠住了。对萨仁来说来的都是贵客,无论如何态度要好一点,更不能赶走他们。可是二位的纠缠不是一般的纠缠,他们仿佛没见过女人一样盯着她不放,一边不停地夸她如何如何漂亮,一边拿酒来威逼她。萨仁很是无奈,这是公家人的思想开放呢还是酒后胆大妄为呢?她在懵懵懂懂中被两人灌了好几杯酒。她一直惦记着厨房里成堆的碗筷,想脱身出来去洗刷,却被两人夹在中间不让起来。幸亏这时新赛罕过来解救了她,萨仁这才抽身进了厨房。

新赛罕今天承担的是收礼金、记账单等吧台上的工作,所以她累得差一些。她又是在城里长大,人也灵活机敏,对付这样的醉鬼也算经验丰富,以前她老公有时跟别人喝酒顶不住时她就赤膊上阵,代表老公跟他们一杯一杯地碰杯,碰倒过不少硬汉子。所以,对她来讲应付两个醉鬼可以说是小菜一碟。她虽然心里十分厌恶他们,脸上却满面笑容。喝了一天酒的两位嗝儿嗝儿地干呕着。她在心里想:他们这种状况还能坚持多久?猛灌他几杯肯定口鼻喷酒,受不了自然回家了。新赛罕斟满了酒跟他们干杯。那两位虽然很费劲,但还是咽了下去。再灌一两杯注定把他们拿下。新赛罕又斟满酒与他们碰杯。对方喝得很痛苦,一味地咧嘴,却依旧迤里歪斜地坐着不倒。而一天没正经吃东西的新赛罕却浑身燥热起来,脸发烧头发涨。她恨自己不争气，连这两个已经耷拉脑袋的醉鬼都喝不倒。女人的好胜心再度迸发，她举起酒杯说再来一个。那二位没说不，反而眯着眼睛越加兴奋起来。醉也快醒也快的两位醉鬼对她敬的酒不仅不反感，反而显得兴致盎然越喝越高兴。喝了一会儿，新赛罕不仅没把他们喝倒，自己却喝蒙了。当萨仁洗完碗筷从厨房出来时，那两个醉鬼把她弟媳夹在中间正往她两颊上啄。萨仁的眼睛跑到了额头上，她急忙跑过去，试图把弟媳从魔爪里救出来。这时，其中的一个醉鬼站了起来，满嘴喷着酒糟气，把鼻涕唾沫一起蹭向萨仁的脸。他亲完萨仁，正得意忘形地大笑时，砰的一声巨响，醉鬼往前一倾，脑袋无情地撞在桌角上，软绵绵地倒了下去……

12

萨仁无意间背上了打人的罪名。那天晚上，那个醉鬼摔倒时脑袋磕在桌角上，再没能爬起来，酿成了大祸。要说这事，不能赖萨仁。当时，苏尔泰巴特尔喝得烂醉，在里屋的靠椅上坐着睡了一小觉，酒醒了一些，听见外屋有吵闹声，便走了出来。他看见醉鬼正在纠缠嫂子，便照着醉鬼的屁股一脚踢过去，不幸闯了大祸。虽然是醉鬼，但毕竟涉及一条命。他吓醒了酒。大伙儿马上想到给醉鬼家属打电话。然而谁都不知道他家属的电话，到处打电话询问，依然没找到。后来另一位醉鬼从同伴口袋里翻出了手机，总算找到了他老婆的电话，打过去告诉了她老公摔倒的事情。醉鬼老婆正在麻将桌上发狂，她死活不信，差点急死这边的人。起初她说："我们那位醉酒摔倒是常事。"之后挂了电话。再给她打电话，她说，"待一会儿就起来了，肯定死不了。"又把电话撂了。再一次打过去，她说："实在不行就把他拉到家里扔下吧，不用管了！"照旧挂了。第四次打过去，她很不耐烦，"你们灌酒尽管灌你们的酒，捣什么乱？不让人家安心玩，真讨厌！"啪一声关了手机。第五次，她万分痛苦道："哎呀，你们有强迫症啊，人家输得够呛呢。"第六次，她发飙道："去他爹的，去他妈的，别说死一个，死一万个才好呢！"第七次打过去，她没接。实在没招了，他们把那位醉鬼送到医院去了。等医院快检查完了，在三番五次电话催促下，醉鬼的老婆才气呼呼地来了。因为输了钱，她一路恼怒，仿佛找到了发泄的地方，没头没脑地谩骂着丈夫，冲进急救室一看，不是她想象的那么回事，才算罢休。旗级医院，技术水平差一些，但毕竟还有医生，很快初诊结果出来了——大脑损伤，情况严重。大家傻眼了。虽然诊断结果有了，但他们医院做不了脑外手术，急需送到上级医院去。事情到了这个地步，到底谁送去谁出钱成了问题。大家为此费了不少口舌。在丈夫生命的紧要关头，醉鬼老婆开始寻根究底了。苏尔泰巴特尔为了逃避罪责，说她老公是调戏妇女自己摔伤的。这个理由显然没能糊弄住醉鬼老婆，"你们一起喝酒的人，必须共同负责！"她死死抓住大家不放。另一个醉鬼原先以为事情与他无关，一看同伴的老婆把他也抓住了，无奈把事情的前因后果全说了出来，然后又补了一句："这不是故意伤害，都是酒的事儿。"醉鬼老婆一看他们要推诿责任，马上瞪起眼珠子说这是"有预谋的伤害"。还说要告状。一句话把苏尔泰巴特尔给镇住了。苏尔泰巴特尔非常熟悉他们，男的叫呼和，女的叫乌兰，一个是酒鬼，一个是赌棍，家里七零八落债台高筑，而两人不管不顾，还自称是有头有面有朋友的人，在社会上混得相当张狂。在他们诸多有头有脸的朋友里面苏尔泰巴特尔算一个。眼下的社会风气是只要照过面就是朋友，想方设法从你兜里掏一点，奶茶馆开业时邀请他们的缘由也在于此。可是没想到事情反过来到了这种地步，况且弄不好要出人命。苏尔泰巴特尔躲都躲不开了，只好跟着去了。到了上一级医院，诊断结果还是大脑损伤，可是没有手术医生，大家非常着急。医院明确交代说，病人能否活下来全在能不能及时做手术上，并且给制定了两套方案：一是往大医院送，二是请专家来。院方明确指出，无论执行哪套方案，都不能保证伤者的生命，只能尽最大努力。并且告诉大家费用不会小，要做好准备，不然很难保住伤者的生命。

　　"不管费用多大，首先要抢救人。钱的问题你们必须想办法！"乌兰眼看要失去老公，向苏尔泰巴特尔下了狠茬子。只要不告就行，苏尔泰巴特尔这样想着，丝毫没违抗乌兰的命令。接踵而来的是医疗费、专家费、来回路费、亲戚朋友吃住费等一大堆费用。这些费用靠他有数的工资是无法解决的，只能拿法院判给他嫂子的牛羊钱来填堵。萨仁作为草原奶茶馆的法人必须承担责任。就这样，萨仁的存折快要空了的时候，经过几个月的住院治疗，伤者的性命总算保住了。至于康复到什么程度，只能靠出院后慢慢养着看了。然而，这个世界并不都是冷血动物，还有真情实意。在苏尔泰巴特尔的求情和百般努力下，没打官司也没打破他的饭碗，事情就过去了。这是佛祖在保佑，乌兰这样告诉他。究竟哪个佛祖在保佑，只有乌兰知道。

　　那时候萨仁也是特别担心，仅靠单职工工资维持生活的小叔子一家遇到这样的不幸，不仅欠下天坑般的债务，弄不好还要打官司蹲班房失去铁饭碗。只要老弟不摊事平安就好。萨仁这样考虑，想方设法把所有的不是都揽在自己身上，毫不吝啬地倾其所有，总算把事情了却了。蒙古语里有句俗话"善心尽头是奶汁"，萨仁这样做的结果是世上所有的厄运仿佛都绕道而行，"踢人"事件在草原奶茶馆的法人名义下顺利解决了，没涉及到苏尔泰巴特尔的饭碗，使他妥妥帖帖地脱身了。那位大脑损伤的呼和虽然出了院，但留下了半身不遂后遗症。随之而来的吃药费、护理费等费用没完没了地纠缠住了萨仁。起初，乌兰因为这些费用的事去找过苏尔泰巴特尔，可是苏尔泰巴特尔总是把这事推给嫂子，后来乌兰索性直接找萨仁要。

这天喝早茶的时候，乌兰又来到草原奶茶馆。新赛罕深知她的来意，以端奶茶为由转身进厨房，对正在熬奶茶的萨仁悄声说："你那位又来了。"话音未落，传来一声十分熟悉的声音："姐姐在吗？"乌兰旋风一样飘了进来。萨仁急忙问："妹妹，你家那位怎么样？"

"药吃完了，怎么也得给他买点。"乌兰现出很无奈的样子。

"那你就赶快给他买嘛。"萨仁说。

"那药太贵了，不然我们自己买了。"乌兰伸手。

"多贵的药呢那是？"萨仁扔下手里的活计，上上下下摸遍全身，没带钱，目光直指新赛罕。新赛罕心知肚明，却装作与己无关的样子对乌兰说："这阵子嫂子身上没钱。喝茶的人马上来，一有钱立刻给你，行吧？"乌兰一听这话，心里很不舒服，她本以为"软的好捏"才找萨仁要钱，新赛罕这个家伙却阻拦她，真不要脸，还说这阵子嫂子手里没钱，按理这是你男人作的孽，跟你没关系吗？她真想揭穿她，又一想，爱怎么着怎么着吧，我拿我的钱得了，便说："哎哟，我忙得不行，现在就给钱吧。"虽然昨天的收入在抽屉里有一些，但新赛罕决意让萨仁出这个钱："你拿钱也罢，现在医院和药店都没开门，先喝茶吧，嫂子马上就有钱了。"

"嗨呀，你们俩谁跟谁呀，先把你们昨天的收入拿出来点，怎么也够买点药吧？你先拿钱，然后让你嫂子补上不就行了吗！"乌兰直逼过来，心里恨恨地想，我这是给你面子了，跟你要钱有的是理由。说实在的，事件的来龙去脉，新赛罕心里比乌兰还明镜，如果往深里追究后果不堪设想。她翻了半天抽屉，找出零零碎碎的几百元说："眼下有的也就这些了。"乌兰一看，知道再逼她也是豆壳榨油白费事，说："先把这些给我吧，能买多少药就买多少。"她伸手过去拿，指甲虽然染成五颜六色，但麻将桌上的污垢深深嵌在指甲缝里，看上去仿佛撕扯人肉的魔爪使人生畏。新赛罕将手里的钱掷在吧台上。乌兰并不恼，把钱一一拾起来，按照过去从萨仁手里拿钱的习惯转身要离去。新赛罕在她身后喊："你先等一等，写个收条吧，不然……"乌兰回过身强笑着："哦，完了我，老公的事让我担惊受怕，人都糊涂了……"说着拿起新赛罕递过来的纸和笔，歪歪扭扭写起来。乌兰刚才的话对新赛罕来说只是懒人的瞎扯，可是失去丈夫的萨仁听了却起了怜悯之心：可怜啊，能不担惊受怕吗？她也是跟我一样命运不济的女人！

乌兰原本就是不怎么接触笔墨的人，写起字来很是费劲。这时新赛罕从旁边说："按道理，你应该拿来买药的单据才对。这次就这样吧，以后……"

"对我来说，与其这样费劲巴拉地跟你们要钱吃药，真不如直接住院治疗来得方便。可是，对你们就有点……"乌兰的反驳仿佛当头给了一个软棍子，新赛罕缄口不语了。她自从来到这个世界，从没看过别人脸色，这样被人欺诈不免怒火中烧。她家庭地位虽不算高，也不算低，生在城市，外部环境给她创造了成长的优越条件。她的聪明伶俐并没表现在学习上，高中毕业后考上了一所专科学校，生性浮躁爱虚荣的她勉勉强强混到毕业，做了几年买卖，虽然辛苦收获却不大，后来遇到苏尔泰巴特尔恋爱成家，这可算是她生活中的一大胜利。乌兰的那种跟别人要钱还要贬低别人抬高自己盛气凌人的做法着实让她嫉恨。新赛罕想找几句带刺的语言来贬斥乌兰，终究没找到。

乌兰毛毛草草写了几个字，卖弄人情般评功摆好说："哎哟哟，站着写字脚都麻了……"萨仁忙说："来，坐下休息一会儿吧！"一边说一边搬过来一把椅子。乌兰说："我家那位已经成了大家的累赘，还不知是死是活在那边等着呢，我得赶紧回去抓药。"说完转身走了。也许如愿以偿得了几个钱，她腿脚灵活扭着屁股走得欢实。新赛罕用愤怒的目光从她背后恶狠狠盯着说："她买屁药吧，肯定是打麻将去了。"

"不会吧，她丈夫病成那样，能不操心吗！"萨仁一声叹息。

"你还可怜她！她再来要钱，谁爱给就给吧，我是不给，这样给下去开奶茶馆有啥用！"新赛罕气愤至极。

13

近期总有消息传来，说是宝音老汉的儿子被官司缠身了。最初宝音没把它当回事，后来听说儿子因此背了巨大债务，他再也坐不住了。按理说已经走出去的孩子用不着太多操心，然而毕竟是亲生骨肉，无法不担忧。加之老伴儿几天来不停地唠叨，宝音起大早进城去了。他这辈子没少去旗镇，不过从来没有像今天这样心情沉重。他知道这会儿去儿子家也是扑空，所以打算直接去草原奶茶馆。然而他不知道孩子们经营的奶茶馆在城里的哪个旮旯胡同里。有人说询问出租车司机就能找到，可是问了好几个司机，都没告诉他。他暗自骂他们整天满街跑，眼睛成了窟窿眼。后来他醒悟过来，原来是没坐他们的车他们才装糊涂不告诉他，于是连招手带呼喊招来了一辆三轮摩的。司机是一个干瘦的老头，焦黄的牙齿出了一个大豁口，说话时舌头从豁口处探头探脑，吐字不清很难听懂。指手画脚外加磕磕绊绊的汉语沟通，老头伸出了一个手指头。不就是一块钱嘛，坐就坐吧，宝音拖拉着长袍、靴子爬上了三轮摩的的后厢里。他虽然没怎么相中瘦老汉和他的破车，但毕竟一根手指头的价钱还算便宜。他稳稳坐在车上，沿着坑坑洼洼的街道一路寻找奶茶馆去了。差不多跑了小半天，总算到达了目的地。可是价钱不是一根手指头了。宝音坚持按说定的价格付钱。瘦老头却死活不依，还说出了许多路过的地名。

"那你为什么一开始时不说要路过这些地方呢，你要是明说了我能坐吗？"宝音固执己见。

"我都是按着你指挥的路线走的，你要是明确说了哪有这么多事！"瘦老头也坚持自己的理由。在路上，宝音确实当明白人没少指挥，司机也确实很听话地按他所指的方向一路走来的。宝音老汉终于明白自己吃了瞎指挥的亏了，拿出了五元钱。瘦老头却展开两个把掌十根手指头，像驴皮胶一样黏糊着不放。

萨仁被厨房的烟火熏得满脸通红，跑到外面乘凉，看见老公公在门前正跟一个黑瘦老头费口舌。或许亲人久别的缘故吧，萨仁仿佛住校的孩子见到了家人，高兴得两脚不着地飞也似的跑到宝音跟前，轻声问候。宝音正跟黑瘦老头大声吵吵，没听见她的声音。

"阿爸好吗，什么时候来的？"她提高了嗓音。宝音老汉这才看见儿媳妇在一边问候，忙说："好好！一个没意思的事费口舌，我这是多余。"宝音按老头的意见打发了他。

"我来看望你们，路上遇到了这么个不怎么地的破老头，发生了口角。"宝音边自责边走进屋来。新赛罕在吧台里笑盈盈地问："啥时候来的？"城里孩子不懂礼节，见到长辈连问候都没有，好像跟平辈说话一样。宝音老汉心里很不满，说："刚来。"萨仁急忙指着椅子说："阿爸坐这儿吧！"跑去端来奶茶。新赛罕依然站在吧台里面不疼不痒地问："坐什么车来的？"宝音也不冷不热地说："坐班车来的。"萨仁想给老人拿点东西吃，她手拿盘子，眼睛在柜台上的肉食上寻觅。新赛罕一把拿起竹夹子夹了两个麻花和巴掌大的一块胸脯肉放在盘子里，扯了一下萨仁的衣襟，用眼色示意——行了。柜台上放着几大盆子肉，老公公从大老远的乡下来，才拿出这点东西。萨仁不禁两颊发热，也用眼神示意这怎么行呢，并用手指了指肥瘦相间的几块骨头肉。新赛罕把竹夹子啪地扔在了柜台上。萨仁给她暗示了一个责备的眼色，新赛罕转过身不理。这些细枝末节没能逃过宝音的老眼，他心想：小儿媳的手颇黑，做买卖的人也是为了多卖几个钱吧，不然哪能对我这么吝啬？

　　见大儿媳过意不去，宝音说："孩子们，爸爸路上遇见熟人，在路边的饭馆吃过饭了，不用拿来那么多东西。"宝音的话虽然顾及了两个儿媳的面子，她们却不敢正视老公公的脸了。

　　喝茶的人陆陆续续来了，看样子工薪族已经下班了。一时间茶馆里人声鼎沸，萨仁和新赛罕开始忙碌起来。对饮食行业来说当然是顾客越多越好。留下的也好走的也罢，表明这一小小奶茶馆在人们的视野里，因此她们必须面带微笑接待每个顾客。新赛罕遵循这个常理，对每位顾客都是笑脸相迎。顾客中啥样人都有，有的问完价说声这么贵呀，撇嘴走了。有的挑三拣四，恰似餍水的牛，擤擤鼻子走了。有的装模作样挑半天，选了少许东西，还要讲价钱。不给现金，想打白条的也有。有的记在旧账上，坐在那里就着咸菜白喝茶。有的惦记"早餐剩下的"，补吃一桌。宝音下饭馆从来都是自己掏腰包，一辈子没让对方摸过口袋，看着这些形形色色的人物，默默地坐在一边想了许多。城里干点事业多不易，在人面前低三下四的。看样子小儿媳对此很在行，他开始还看不惯她那副假惺惺的面孔，这阵子却觉得自己太古板了。孩子的喜怒无常也是为了生计，尤其这种地方没有一个会来事的人如何得了。如果都像可怜的大儿媳那样，客人不全跑才怪了。宝音正在如此这般思考的时候，大厅里的桌席已经客满为患，有几个人没有座位在地中央来回晃悠。作为饭馆，如果没有座位放走客人，那是个遗憾的事情。新赛罕想让老公公腾出地方来，可又不好意思直说，正犹豫时，萨仁出来往里邀请公公道："阿爸请到里面坐吧。"宝音刚抬起屁股，新赛罕嗖地过来，收拾了桌子，重新摆上了碗筷。宝音顿悟，自己没事闲坐着占地方耽误了孩子们的生意，便自言自语地说："挣点钱真不容易啊！"一边拖腿拉胯往里屋蹒跚而去。

宝音认为做买卖就是刮顾客油，但顾客油是不好刮的。新赛罕在各式各样的顾客面前言语谦和，态度和蔼。宝音很同情她。这个世界上啥样性格的人都不多余，所谓"一物降一物"便是这个道理。当老公公的偶尔来一趟，却不能消停坐一会儿，连一碗茶都不能舒坦享用，使得两个儿媳妇很是为难。他刚才说的"挣点钱真不容易啊"这话，其实就是为了让她们在心理上得到宽慰吧。

忙碌了一阵，时间过午时客人逐渐散去。填饱了客人的胃口，该喂自己的肚子了。方才宝音在两个儿媳妇面前说的那是空话，其实从早晨到现在他粒米没沾牙，肚子已经空空如也。餐馆经营者的饮食不像拿钱下饭店，仅仅两个菜和馒头而已，外加一个汤是给老公公的一个很大面子。几位和厨师围着餐桌刚坐定，进来一男一女两个年轻人。面门而坐的新赛罕看见他们进来，一跃而起问："吃饭吗？"男的点头称是，女的却东张西望问："萨仁姐在吗？"新赛罕见此情景，断定他们又是那种蹭人情饭的家伙，脸上的笑容顿时消失。背门而坐的萨仁虽然没看见来人，但声音特别耳熟，回头看了一眼，不禁失声道："喂，原来是你们俩，咋有时间来了？"那位女子微笑一下说："今天专门给你增加收入来了。"新赛罕的眼睛瞬间亮了。

"这是怎么回事？"萨仁用微笑来回敬。

"今天的手气特好！"男的哇哇叫着挺肚仰脖坐到椅子上，仿佛赢来的钱马上要撑开口袋一样。这两位也是跟萨仁一样租住别人房子的乡下人。男的叫额日勒，女的叫哈妮拉，乍看两位真像一对夫妻，门口歪嘴邻居见人就打听，这才知道他们不是真正的夫妻。当时萨仁很是惊奇，后来经过接触才感觉这二人为人和蔼，做事通达，是不错的弟弟妹妹。可是，他们一个扔下老婆孩子，另一个撇下孩子老公，进城要钱赌博。萨仁奇怪地问过："他们就这样一起过吗？"有人猜测说："钱花没了就该各奔东西了吧！"萨仁双手合十放到额头上："怎么是这样铁石心肠呢！"对方解释说："不是因为铁石心肠，社会风气就如此。"萨仁顿时张口结舌。不管别人的嘴怎么黑他们，两位却对萨仁很友好，姐姐姐姐地叫着，胜过亲生的弟弟妹妹。萨仁虽然对他们要钱赌博不怎么赞同，但也没见他们有其他恶习，认定他们玩儿够了总会回家的，所以没拿白眼看他们。

　　从衣着上看，二位绝不像乡下人。男的留着长发，脑后打了一个结。女的反而像男人一样剪了短头发。她脸上虽然抹了不少"涂料"，但风吹日晒的痕迹依旧明显。宝音也判断出他们是乡下孩子。女的穿着漏洞百出的牛仔裤，大腿后臀肉露出来很是耀眼。她晃着高挑的个子，看上去很扎眼。人这个东西不管老少，好奇心人人皆有。宝音也是人，虽然老一点，但毕竟不是死人，看着她露大腿的破牛仔裤，觉得有什么地方不得劲，忽然发现，这条裤子穿在她身上，裆下空洞洞的，一只揣羔的母羊钻出去都不会挂裤腿。他这样胡乱想象着差点笑出声。正如活人无法管住自己的眼睛一样，他的目光下意识地落到两个儿媳妇身上。小儿媳也是穿着那种紧身裤——这大概是城里人的习惯吧，宝音这样想。大儿媳穿的是裙子，裙摆很长，遮住了里面的裤子。不然也许会像那个女人一样成为人们的笑料。我们草地人穿长袍还是比较合适的，因为服装就是遮羞布。他坐在那里胡思乱想。

新赛罕看出两位要买不少东西，立马放下碗筷直奔柜台而去。宝音看着很不是滋味，这是什么营生，连吃饭都不得安宁。新赛罕在桌子上摆了两套干净餐具，提来一壶奶茶问："吃什么？"额日勒说："想好好吃一顿手把肉，像样的肉有没？"说着深深地伸了个懒腰，仿佛要舒展一下麻将桌上日夜鏖战的筋骨，嘴里喷出熬夜人常有的口臭。新赛罕差点被熏晕，但为了让他掏腰包强挺着说："有刚出锅的肉，要多少？"

"肩胛骨肉和四宝有吗？"额日勒这一问，新赛罕蒙了："肩胛骨肉是有，四宝是啥玩意儿？"

"连四宝都不知道还卖啥肉，你这蒙古人是徒有虚名啊！"额日勒毫不留情讽刺她说。宝音听了这番话，心里直点头。新赛罕虽然不高兴，但也知道，如果反唇相讥，那将是"进了嘴里的肉，用舌头推出去"的后果，所以依旧保持笑盈盈的姿态。

"还是我自己来吧。"额日勒从椅子上蹦起来，到肉盆里选了肩胛骨肉和四宝、胸脯肉、肚子、肠子等一大堆放到了秤上。萨仁一看两个人买这么多东西，急忙制止说："就你们两个人，能吃完吗？"她这种替别人着想的好意，弄不好要败坏一笔好买卖。新赛罕厌烦地瞪萨仁一眼。

"吃不完没关系，拿来吧。"额日勒摆出大款的样子。新赛罕缓和口气说："吃不完有啥关系，拿走呗……"

额日勒又点了几瓶啤酒，大方地邀请萨仁她们过来一起吃。吃客人的饭是开饭店的一大忌讳，萨仁她们没动地方。

"嘿，客气啥，怕我不给钱吗？"额日勒又邀请一遍。

"哪有的事，你们是嫂子的熟人，那点钱不给都行。"新赛罕突然变大方了。

"那就过来坐嘛！"额日勒摆起了椅子。

"我们都吃过了，你们俩慢用吧！"萨仁连忙说。

"那也坐过来喝点啤酒！"额日勒还在让座。

"我不会喝那玩意儿！"萨仁摆摆手。

"那就那位美女大姐来吧，今天就想喝点花酒。"额日勒朝新赛罕夸张地笑。哈妮拉用身体碰他一下说："别没大没小的瞎闹了！"

萨仁见他在自己老公公面前这般胡说八道，很不好意思，说："喂，老弟你就稳当坐着喝你的酒吧！"新赛罕却刺激他说："呸，就拿这点东西想跟姐姐喝花酒，咋是这么小抠的弟弟呢！"萨仁急忙拿眼神制止，怎么能在老人面前这样胡闹呢？新赛罕吐了一下舌头默不作声了。所谓喝花酒，说的就是男人跟女人一起喝酒的意思。宝音却不知道内涵，问："什么，这孩子老说花酒花酒的，我喝了一辈子酒，却没见过那种酒。那是什么酒？要是能品尝一下就好了，孩子们这么喜欢，必定是个好酒！"萨仁一听老公公这话，不禁失声叫道："天啊！"新赛罕却幽默地说："那是年轻人喝的酒，老年人不能喝！"捂着嘴哧哧笑。额日勒和哈妮拉也禁不住放声大笑起来。宝音觉出这不是什么好"酒"，说："嗨，老爸我糊涂了，扯到孩子中间……"本是一句责备自己的话，却起到了制止他人的作用。那几位收住缰绳，关于花酒再也没人提及。

额日勒灌下几瓶啤酒后话语渐渐多起来，对萨仁说："你说的那个叫乌兰的女的，今天跟我们打牌输了个精光！"

"哎呀，她丈夫病成那样……"萨仁刚说半句，新赛罕扯了一下她的衣袖。萨仁这才想起来，踢人举债的事一直隐瞒着公公，赶忙收住了话，却无法堵住额日勒的嘴。

"那个女的输了钱毫不在乎，说是明天还要上你们家来拿，还说不要白不要，很张狂……"

额日勒的酒话，证实了宝音所听到的传言。宝音的脸上顿时阴云密布。

14

到了晚上，两个儿媳妇都想把老公公请到家里住宿，宝音说："我晚上总起夜，闹得你们也休息不好。"没跟她们去。他口头上这么说，其实心里在想，自己浑身的污泥和汗臭会为难小儿媳，还不如住旅店伸展一下腰腿舒服休息的好，于是找了一个价格便宜点的旅店。到了旅店，他早早地躺下了，然而白天听到的坏消息困扰着他，困意仿佛被狗吃掉了。

白天，萨仁和新赛罕两人怎么暗示也没能堵住额日勒的嘴。额日勒的脑子仿佛啤酒冒沫子般兴奋，给宝音讲了许多事。额日勒和哈妮拉走了之后，宝音追根究底从两个儿媳妇那里得知了事情的大概经过。把一个好好的人弄成残疾也是个严重的事情。对打人的和被打的两家来说都是灾难。这样下去可不行，怎么也得把它理出个头绪来。他躺在床上翻来覆去琢磨，想不出一个合适的办法。两个儿媳说的话在他耳边回荡。大儿媳失去丈夫的悲伤刚刚缓过劲来，又摊上了这样一个闹心事，怎么这样苦命呢！可能是别人的东西不受用吧。如果没收人家的牛羊让人家倾家荡产，也许不一定会摊上这个灾难。纯属那几个钱烧的，又是开馆子又是做生意，招来了如此大的灾难。我那小儿子拿法律冲昏了大家的头脑，不然事情不至于到这种程度。你拿法律说话，别人也会拿法律说话。"歪棒子打自己的头"这句话不知是哪个智者说的，太有哲理了。我听说都是我那个小儿子干的好事。大儿媳是个老实人。问她到底是咋回事，她就说："不管谁干的都是咱家的事。"小儿媳却说："人家说，从法律上来讲主要责任在嫂子身上。"宝音仔细一琢磨，事情不像小儿媳说的那样。老伴儿曾经说过"十个大儿媳干不过一个小儿媳"。嗐，我这个老糊涂，一样儿媳怎么能不一视同仁瞎猜乱疑呢？这不是偏心眼儿吗？

也许是白天奶茶喝多了的缘故，尿憋得不行。宝音爬起来，顺着墙皮摸来摸去，找到电灯的开关，啪地按了一下，突然的强光晃得眼睛瞬间失明了。他用歪歪扭扭变形的大手挡住灯光，等眼睛适应后，披上衣服穿了鞋站了起来。这个旅店价格便宜也有便宜的原因，屋里没有厕所，必须通过狭窄的走廊，到尽头的一处仅能容下一人的厕所入厕。走廊两侧几个房间都亮着灯，还能清楚地听见人们说笑的声音。宝音这才明白自己失眠的原因，原来时间尚早，自己当然睡不着觉。他知道自己尿频，早早跟服务员打听清楚了厕所的位置。他趿拉着拖鞋，满走廊都是橐橐的声音。整整一天他走在大街上都没听见脚步声，这阵子听到自己走路的声音很大，心里奇怪，难道城里的鞋子也不适合我？到了走廊尽头，刚才还是憋得不行，站到厕所坑前却尿不出来。挨着厕所的屋是个间壁起来的房间。他听见一对男女好像为一个什么生意的事讲着价钱。买卖人一天到晚除了钱不讲别的。宝音没把它当回事。过了一会儿，听动静好像是讲妥了价钱。做买卖的到深夜都不休息，这些生意人真是了不起。宝音佩服得五体投地。突然传来粗声喘气的动静。作为过来人，宝音立刻听出这不是一般动静。接着是大喘、拍打、呻吟，各种声音节奏强劲地传来。宝音想，我这是住了什么烂店，不是那种卖淫的地方吧？听说那种地方很可怕，弄不好要倾囊……他吓得急匆匆往回走。刚走到半路，后面传来脚步声，一个女人从他身边擦肩而过。女人穿着破烂不堪的牛仔裤，大腿和臀部肉显眼地露在外面，两腿间空洞洞的，颠儿颠儿往前走的样子使宝音立刻想到了白天在奶茶馆吃饭的那个女人。她上这地方来干什么？宝音突然想起新赛罕说的"她男人酗酒喝光了牛羊"的话，大概知道是怎么回事了。那个女人进了宝音的隔壁屋，啪地关上了门。宝音回到屋里躺下，还是没有困意。这时他听见隔壁屋的那个女人好像在打电话。宝音这才发现这些房间都是用薄板间壁起来的。隔壁屋的女人打电话的声音他听得一清二楚。

"喂，怎么总也见不着你的影子呢？"

"……"

"啥事这么忙，泡女人吧？"

"……"

"跟烂糟的女人瞎混，可别得病了。那样休想靠近我。"

"……"

"不管怎么着，还是老乡可靠安全还便宜，是吧？"

"……"

"哎，你告诉他我在这儿，一次二三十算啥，都跟他说吧。"

"……"

"呸，这有啥不能说的，现在是什么时代了，好好看看吧。"

"……"

"这买卖不仅仅是我一个人干的，也不只在内蒙地区有这事。"

"……"

"解放思想嘛，知道什么叫创新吗？不就是啥来钱就干啥吗……而且我们也不是没长那玩意儿。他们的能挣钱我们的怎么就不能挣钱呢？哈哈哈……"

"……"

"小偷也好妓女也罢，这些东西齐全了才形成一个完整的社会。

这是一位文化人告诉我的。"

"……"

"不是有句话吗，头蹄下水满一锅！哎别别！别忘了把我刚才的话往那边转达一下……"

宝音听着这些话，哪里还能睡得着？当铺、妓院两个啥好玩意儿，进入新社会已经灭光了。现代社会用不着那样也能过好日子。怎么能这样稀里糊涂生活呢？人要知耻，知羞者人也。人若不知羞耻胆子就大，胆子大就惹是生非，惹是生非就招来麻烦。现在的年轻人不知道羞耻了，能不惹祸吗？能不吃官司吗？唉，我还讲什么法律这个那个的，那种行为从来也没有相应的法律。只要两人愿意，法律也是睁一只眼闭一只眼过去了。这真是混淆黑白、颠倒是非。咳，爱怎么着就怎么着去吧，一个牧人用不着挑社会的毛病，自己的事都抖搂不清呢。

宝音这样海阔天空地想了半天，闭上眼睛准备睡觉，可是眼睛闭上了大脑却不肯睡。又来尿了，想起来，又有点发懒，后来还是没坚持住起来了。他依旧趿拉着拖鞋，顺着走廊走向厕所，路过隔壁屋的门口，恰恰撞上了两个年轻人，其中一个很眼熟。

两个年轻人像被狗撵的兔子一样钻进了那个女人的屋里。到底是谁呢？宝音绞尽脑汁想了半天，好像是聋子巴图的儿子。聋子巴图是跟他相邻牧场的老牧民。聋子巴图的儿子就是这个模样，留着长长的头发，穿着水光溜滑的衣服，说是在旗里上学，时常在城镇和牧场之间游荡，竟然蒙蔽他爹干这种勾当。这穷小子，把他父母拼命挣来的一点钱撒在这种地方，就这样报答父母之恩，什么东西！唉，可怜的巴图，他这是哪辈子造的孽。这孩子也是，不学好，学这种烂东西倒是挺熟套。这种不学习不劳动不务正业的孩子现在太多了。像他这样上学有什么用！这叫不明方向道路偏。宝音很闹心地回到自己的房间，顺手猛劲关上了门。

"砰"一声响，惊动了隔壁屋。

"老头好像认出我了！"

"跟他有啥关系！"

"我们是邻居，有点不好意思，告诉家里人可就糟了呀！"

"屁股都抬不动的老公羊，管这些与他无关的闲事干吗？"

"那就把这糟老头也拿下算了。"

"哈哈哈……"

"嘻嘻嘻……"

听见隔壁屋的胡闹声，宝音气得蹦起来，真想冲进去给他们每人一个大耳光。他噔噔噔走到门口，咔嚓一声开了门锁。

"老头有钱。"好像是聋子巴图儿子的声音。宝音停住脚步侧耳偷听。

"那就想法子嘛。"另一个说。宝音浑身激灵一下。这些坏蛋是要整死我呢，宝音关上门，又不放心，反锁了，但还是觉得情况不妙。一寻思刚才要给人耳光的想法，不免有些后怕起来。不听孩子们的话，没去他们家里住，他后悔不已。他想，不管怎么样先穿上衣服再说。他一边穿衣服一边还想，假如他们不拿刀枪闯进来，自己对付几个破孩子还是可以的，这样一想胆子又大了起来。

"呸，再有钱又怎样，死在我身上就麻烦了。"是那个女人的声音。宝音不服气，"台吉倒霉了也是皇上的亲戚，公驼老了也能使母驼怀孕。"知道不，烂货！宝音上床安然躺下了。

"这老头就是那位苏尔泰巴特尔的父亲。"聋子巴图的儿子说。宝音的秃顶脑袋从枕头上举了起来。

"哪个苏尔泰巴特尔？"

"就是那个把人踢成残废的苏尔泰巴特尔呗！"

"踢谁了？"

"知道有个草原奶茶馆吧？开业那天他踢了一个醉鬼不是。"

"也是个英雄，据说往醉鬼的屁股上一脚踢过去了。"

"那样当英雄有啥用，被人赖上了，一辈子还不清的债务。"

"那件事后来到底怎么样了？"

"能怎么样，他嫂子是个老实人，把所有事情都揽到了自己身上。要不然打起官司，英雄的饭碗注定丢了。"

"哦，是吗？可是他老婆说是嫂子推的。"

"他老婆的话你还信啊，一句真话都没有。"

"现在只有傻瓜才打人。聪明人挨打，讹人。"

"哎，别说那么多了，你们谁先来？快点！早点整早点休息。哎哟，累死了……"

传来不堪入耳的声音，肉搏战又开始了……

15

宝音老汉被折磨得一宿没睡好，清晨起来往奶茶馆方向蹒跚而来。萨仁已经先到奶茶馆了，正在熬奶茶。她必须早点来做好准备，不然人多起来哪儿哪儿都顾不上。起早生火煮茶收拾屋子是萨仁的工作。煮茶、煮肉、烙饼、蒸包子，一切都妥当了新赛罕才过来，她站到吧台里开票收钱，偶尔帮忙端盘子摆碗筷。一天的生意就这样开始。昨晚宝音在旅店无意中听到一些话，趁奶茶馆还没来人，他想从萨仁那里证实一下，便问："孩子，爸想跟你问一个事儿。"

"哦，问啥呀，爸？"萨仁垂手恭听。

"有人说咱家那个生格子打人了……"宝音刚开口，萨仁就截住说："有啥打不打的，喝多了……"

"哪个喝多了？"宝音进一步追问。

"哪个都是……"萨仁说了个妥圆话。

"都是酒惹的祸。这犊子这么年轻就醉酒惹事了！老爸我喝了一辈子酒，从没打过人。喝点酒控制不了自己，还喝啥！"宝音坐到椅子上摇晃着身体说。

"行了，爸。已经过去了的事！"萨仁劝慰老公公。

"什么东西！自己惹的事推到他的孤寡嫂嫂身上，咱家没这个儿子！"宝音气愤地空唾一口。

"事情已经这样了，谁承担还不一样呢！"萨仁说。

"孩子，爸不是不知道你的心意，你的心意是好的。但他们这种做法像是领情的样子吗？只有天知道……"宝音怒气冲天。

新赛罕进来了，见宝音的脸色不好，猜出老人已经知道了那件事的始末。她怀疑萨仁多嘴说了坏话，恼怒地将挎包摔在柜台上，高跟鞋几乎要敲碎地面砖，冲进厨房质问萨仁："爸爸为啥生气了？"

"他知道了那件事！"萨仁说着摆了摆手，示意她不要吵吵。

新赛罕乜斜她一眼，气火火地问："哪个破嘴传的话？"萨仁伏在她的耳朵上悄声说："哪有不透风的墙。弟妹别吱声了，爸生完气就没事了！"

新赛罕的火暴脾气丝毫未减，摔摔打打走出厨房，乒乓地扔东西，大有一根火柴擦火就着的架势。恰这时乌兰进来了。

"哈，多么香的奶茶，直扑鼻子。"乌兰笑容可掬地看新赛罕，后者却绷着脸没应声。如果在平时，新赛罕见到乌兰早就一跃而起，热情洋溢地往里请了。从今天的表情上乌兰看出新赛罕有点不对劲，心里思谋：这家伙要是疯狂起来我也是很难招架，还不如找老实的说话好，于是柔声问："姐姐在吗？"新赛罕依旧绷着脸，用下巴颏示意萨仁在里面，而后禁不住问："昨天输了多少？"刺探意味明显。刚要推门进去的乌兰陡地站住了，这人怎么知道我输了钱，不会拿我输钱做理由不给钱吧？她勉强堆出笑容说："昨天的手气老好了。可是，我手里就那点自己打牌的私房钱，都拿出来怎么行呢？"意思药费你们非拿钱不可。

"你家大哥身体那样，你还有心思玩？"新赛罕故意给她听小话。乌兰给自己正身道："我那不是娱乐嘛，散散心呗。我那个老东西过去酗酒让我操心，现在病痛折磨让我闹心！"

"你打牌他的病痛就好了吗？"新赛罕拿话攻击她。

"他的病痛也不是我打牌打的！"乌兰梗起了脖子。两人唇枪舌剑你来我往。

"不管怎么样，今天没有钱！"

"你说没钱就行啦？"

"不行能怎么着？"

"你不知道怎么着吗？"

"不知道！"

"那你就等着吧！"

"等着呢，怎么着！"

"我要告你们！"

"告去吧，看谁能告过谁！"

"吓，你们拿啥告我？我一没偷窃，二没诈骗，三没打人。"

"打牌输了，上这来要钱，没门儿！"

"我愿意，你能怎么样？这是我的权利。"

"那你就爱干啥干啥去，别上这来闹！"

"把人打伤了，想没事似的过去呀？没门儿！"

"该给的都给你了，打牌的钱你上哪要就要去，给你的打牌钱我们没有！"

"你们不给钱，我就不走！"

"你愿意就待着吧！"

"我现在就去告你们！"

"行，行！"

两人正抻着脖子比高音时苏尔泰巴特尔进来了。乌兰一看他，恶人先告状道："你看看，你老婆一点都不讲理。"

"有事就好好说嘛……"苏尔泰巴特尔刚开口，乌兰瞪起眼珠喊道："什么，我没好好说吗？"

"哦，有什么事你就好好说吧，我们也不是听不懂话的小孩子！"苏尔泰巴特尔若无其事地说。他以为父亲还不知道他踢人的事，装腔作势的意思是让老人相信那件事与他毫无关系。

"我们是看在过去好朋友的分上给你们留了情面！可是你们现在跟我们纠缠不休，你以为你丈夫是因为我们受伤的吗！"苏尔泰巴特尔出人意料的平静。

乌兰大为恼怒，指着苏尔泰巴特尔的鼻子吼道："你们把人打成残废了，鼻子下面有嘴巴就胡说呀！"

"你要知道，不是我们打的。你的人喝醉了调戏妇女，自己摔倒的……"苏尔泰巴特尔绷着长满疙瘩的脸说。

乌兰蹦高道："你们想推卸责任吗？妄想！"

新赛罕从旁观者角度火上浇油道："你连自己的丈夫都管不住，上这来呜哇喊有啥用？好好管教你的男人吧！"

乌兰气得半死："我不会轻饶了你们，等着吧！"她摔门而出。

吵吵闹闹过了饭时，今天早晨的收入仿佛回奶的牛乳没滴答多少。

"该死的刁婆娘，毁了我一早晨的生意。"新赛罕又气又恨。

一直默不作声的宝音，把孩子们叫到身边坐下来说："别人的恶习不沾身。如果你们谨慎处事，能摊上这种烂事吗？孩子们，为人要正派。我听说你们确实打人了。我知道大儿媳不会打人。如果是打了就得承认，没打就没打，必须实事求是稳妥处理。刚才那个女的说她丈夫痛苦不堪，她肯定有很多难处。你给人家带来了灾难，就应该尽量想法减轻人家的痛苦。别为了几个钱丢人现眼，企图逃避处罚。没钱了可以挣回来，丢人了可是找不回来的。法律对恶人严，对好人是松的。要知道，公共场合要注意控制情绪！"

父亲讲的许多道理，苏尔泰巴特尔只当耳旁风，并不赞同。都什么时代了，还讲老一套。什么实事求是的，求实到哪去？你坚持实事求是，人家拿虚假来吃掉你。现在是老实人吃香的时代吗？别拿乡下跟城市比……苏尔泰巴特尔只是心里这么想，没敢表达出来。萨仁却把老公公的话当回事了，沉默片刻说："这个妇女也是个苦命人，丈夫被伤痛折磨，她又没钱，一定是很苦恼。"

"苦恼个屁吧，她知道啥叫苦恼吗？那个年轻小伙不是说了吗，昨天她输了许多钱。现在她打牌没钱了，才豁出脸来搜刮我们的钱！"新赛罕一脸怒容。

"那女的一气之下不会告状告出事吧？"萨仁担忧地说。

苏尔泰巴特尔恶狠狠道："告去吧，别说告一次，告一万次我都不怕！"

"这事不是那么回事，这样吵闹好像解决不了问题，还不如心平气和地商量解决的好吧！"宝音用商量的口气对孩子们说。

萨仁说："我也是那么想。真要是告了怎么办？"

"告状她有证据吗？"苏尔泰巴特尔稳稳地坐着，毫不动摇的样子。

"你这种做法弄不好会把事情弄糟！"父亲这样提醒道。苏尔泰巴特尔说："没事，爸不用担心没用的事……我上班时间到了。"说完匆匆走了。宝音望着儿子的背影，嘴里嘟囔："是那么简单的事情吗？"

"哎，不知道啊，真让人闹心！"萨仁长长叹息。

"那刁婆娘再来，坚决把她赶出去！"新赛罕依然怒气未消。

16

乌兰怒冲冲回家，将挎包狠狠摔在沙发上。坐在一边看电视的呼和判断出她注定遇到了不愉快的事情。呼和奇怪，她一大早晨不声不响地出去，这会儿疯疯癫癫地回来，究竟发生什么事了呢？跟人吵架了？大早晨的跟谁吵架？如果是打牌去了，那牌局不可能这么早散场吧？也许因为他没做饭而发火，看那样子也不像。不管是啥原因，她肯定遇到了不快的事情。他正翻来覆去地揣摩，乌兰一屁股坐到沙发上说："一群不要脸的东西，告他们去！"说话时由于用力过猛，气流带着唾沫喷溅而出。

话一出口，呼和已经明白她干啥去了，心里很是不悦。人们都知道，呼和这个人虽然酒后失态，但本质是好的。伤病后，他认为其中也有自己的过错，老婆却不认账。乌兰认为，丈夫受伤的事情都是别人造成的，就是自己有点过错也不能承认，管他是公家的还是个人的钱统统要就对了。两口子在这件事情上，一个考虑脸面，一个考虑金钱，所以总是意见不一致。

一听老婆要告状，呼和说："咳，得了吧，我还想从今天开始上班呢！"

乌兰听了丈夫这句话，仿佛被人抢了饭碗，气得鼓鼓的。

"你疯了，谁催你上班了？傻瓜！"乌兰吼起来。

"那我一辈子就这样待着？差不多就行了，上班吧！"呼和梗着脖子说。

"你不着急喝那个狗尿的话，工资里一分钱不扣，急你爹的头！"乌兰摔碗扔筷子骂骂咧咧的。

"行了，你有点素质好不好？"呼和翻白眼。乌兰仿佛铁钉子扎了屁股，跳起来说："没素质怎么了，都是为了你，为了这个破家。"

"不管为了什么，不能太过分了吧！"呼和的声音提高了八度。乌兰也不示弱："你替他们着想干吗？我做的一点也不过分，是他们太过分。这不是我们在勒索他们，是他们必须给的。"

"不论走到哪里，我也不会讹诈人，那种钱我不要。"呼和把瘦削的下巴扭过去说。

"你不要我要。你闭嘴老实待着吧！"乌兰豁出去了。

"人做事要有度，这种事谁摊上都不容易，况且人家也出了不少钱。"呼和警示她。可是乌兰把它权当耳旁风，一句都听不进去。

"哎哟，你这纯属乞丐替皇上担忧，听说那个女人有的是牲畜和财产，不像我们俩这样靠着几个工资过日子。"乌兰扯着他的耳朵说。

"你这是什么人，老惦记别人的钱财！自己有工资，还盯着乡下一个苦命女人不放！"呼和生气道。这话更加激起了乌兰的妒忌。

"哦，你倒是挺可怜那个破娘们儿，你这个不要脸的东西！祖护一个乡下破女人，跟自己的老婆吵架，你什么玩意儿！"乌兰脸色铁青，瞪起三角眼咬牙切齿地说。

"哎呀，你怎么不懂道理呢！好像谁把你家祖宗的遗产抢光了似的。"呼和伸着脖子说。

"你懂道理，调戏一个乡下女人，看你嘚瑟的样子吧，真恶心，呸！"乌兰吐了一口痰，在上面狠狠踩了一脚。呼和被揭短，心生嫉恨。

"你别污蔑人，你以为我不知道你呀，打牌输光了钱，想讹诈一个落难的牧民妇女……"

呼和的话戳到了乌兰软肋，她发狂般手指点着呼和的脑袋，跳脚骂道："不知好歹的混账，整天耷拉个窝囊头，已经毁了这家，还不知羞耻说我！"

"我喝酒也是花自己的钱喝的，毁掉也是毁掉自己。你赌博不仅毁了咱家，还想毁掉两个家庭。我喝酒比你赌博好百倍。"呼和啪地把她的手打过去了。乌兰气急败坏，手上挨了一巴掌，恼怒得浑身血液直往上涌，她抬起一只穿着高跟鞋的脚踢向呼和，却身体失衡，瓷砖地板仿佛要惩罚她，另一只鞋的高跟在砖面上划出一道痕迹，她仰面朝天倒下了，在坚硬的瓷砖上磕了一下尾骨，疼得脸色苍白两眼冒花。

"混蛋，恶人诅咒我倒霉。你想让我死，我死了你就舒服了吧……"乌兰眼含泪水挣扎着，呼和伸手想拉她起来，乌兰却哎哟哎哟喊起来，"我的手脱臼了。你想杀我呀？你杀了我，想跟谁过呀？"乌兰的话仿佛给呼和兜头浇了一盆凉水，刚才热乎乎伸过去的手，变得冰冷缩了回来。乌兰说着狠话爬起来。

呼和一瘸一拐朝门口走去。大脑受伤以后，他的左腿瘸了，幸好没有落下别的毛病。整天待在家里很是寂寞，最近他又开始偷偷摸摸喝点酒了。这事乌兰不知道，见他往外走，以为要去奶茶馆搅黄了她的好事，急忙跑过去拉住他的袖子说："你拖个跛脚上哪儿去？"她铁青色脸的后面显现着"妻管严"的威严。

"我去哪儿你管不着！"呼和一甩手，哧啦一声袖子被撕开了三寸长。一股酒气从呼和的嘴里喷出来，乌兰一惊："你又灌那个狗尿了吧？"严厉的目光在呼和身上来回扫描。呼和动了倔脾气，决意趁机把喝酒"合法化",说:"是,怎么着?"这话对乌兰来讲比棒打还恶毒,她在心里想,你又这样喝酒,我的一切如意算盘都白打了!她眼前一黑,一屁股坐在地上号啕起来:"我为什么这么苦命!跟这样一个牲口过日子,为这个破家卖命,谁能领情……"她边哭便骂便踢腿,还拳打地面砖。呼和看着老婆的"样板戏",又好笑又怜悯,心想"三十六计走为上",先躲出去再说,他瘸着左腿迈出门槛。

"脑袋朝外的狗东西,有地方收留你就别回来,滚!"

呼和身后传来乌兰沙哑的声音,很是刺耳。

17

苏尔泰巴特尔走出奶茶馆直奔办公室而去。他沿着马路边低着头走。"我不会放过你们!"乌兰咬牙切齿说的话与马路上穿梭的车声一起回响在他的耳边。刚才他在父亲面前说话时嘴上很硬气,那是为了掩盖自己的过错。其实他也害怕乌兰给他造舆论带来麻烦。乌兰气愤的铁青脸、充满仇恨的三角眼不时浮现在他的眼前。他不禁想,不能这样下去,平常怎么都行,这是决定我命运的关键时刻。我是正牌大学毕业生,又是土生土长的年轻干部,领导们非常赏识,看样子好像打算让我担任苏木的副职。先担任副职也行,正职慢慢会来的。我岁数小,再往前努力的话一定能实现自己的理想。别在这个时候整出事来耽误了前程,那样的话会毁了我一生。看那老娘们儿的样子真要整出事,不采取点措施不行。措施嘛,除了把责任推给嫂子别无办法。嫂子是个好人,替我承担那事没问题。不行就花几个钱。即使是我承担,嫂子也会出那个钱。还不如让她把所有的过错都揽过去的好。再说,我怎么能失去这次的机会呢?先提拔为快。我也不是那种过河拆桥的人，以后报答嫂子也不迟。唉，这是实在没招的下等策略。有什么办法呢！打官司的关键是证据。那么这个事件的关键在哪里？哦，对，在于另一个醉鬼。要是把他套住了，那就没问题了。想法堵住他的嘴，那个破老娘们儿也就没证据了。没证据，你能告到哪去？就这样！这样做的话钱也花不了多少。谁的钱也没有多余的，关键时候往上送点，解决关键问题……先考虑一下，怎么能堵住另一位醉鬼的嘴呢？对付酒鬼还是得用酒。但是，眼下可以用酒来对付，不可能一辈子拿酒对付吧？那家伙一旦翻脸，说出实情怎么办？他确实是个见酒不要命的家伙，而且一喝酒就爱跟小姑娘小媳妇调情……对，投其所好……

苏尔泰巴特尔如此这般运筹帷幄地谋划着走进了自己的办公室。对面桌的年轻人看见他进来，站起来说："刚才领导过来了，问你来没来。看样子有什么急事。"一听这话，苏尔泰巴特尔立刻想到那个破娘们儿，是否她来告状了呢？他不假思索地问："知道什么事吗？"他眼巴巴地望着年轻人的脸。

"不知道，方才看见有一个妇女气火火地进了领导的办公室。"年轻人的话证实了苏尔泰巴特尔的判断。苏尔泰巴特尔脸色陡变，心跳加剧。这么快吗？他在嘴里叨咕，事到临头爱怎么着怎么着吧，领导不会只听一面之词，应该听听我的陈述吧。他大着胆子，敲响了领导办公室的门。

"进来！"

苏尔泰巴特尔轻轻推开门进了办公室。领导的脸色不冷不热，指着前面的沙发示意他坐下。苏尔泰巴特尔哪还有心情坐下，揉搓着两手，点头哈腰问："领导找我有事吗？"他的上司是个四十多岁的胖汉子，仿佛抽筋了一样抽动两下脖颈，说道："坐吧，坐吧！"苏尔泰巴特尔不敢坐，依旧站在原地谦卑地说："不坐了，不坐了。"

领导不管他坐不坐，拿起面前的茶杯，揭开杯盖，噗噗吹气，然后滋溜滋溜地喝起来。

"坐吧。有啥呀，你们年轻人遇事不要着急忙慌的，稳当点。坐！坐！"上司把嘴里的茶叶吐了出来。

"好的，好的。"苏尔泰巴特尔尽量装出恭敬的样子点头哈腰，但他天生魁梧的身材怎么点头哈腰也不像恭敬的样子，反而显得特别滑稽。

上司装模作样半天才说："刚才来了一个妇女……"这时桌子上的电话急促地响起来。"又是啥事？"上司很不情愿地瞄了一眼座机，从显示屏上仿佛认出了电话号码，腾地站起身，闪电般抓起话筒，死死贴在耳朵上。

苏尔泰巴特尔从领导的举动上猜测出来电者注定是比上司更大的领导。上司在电话上低三下四忙得不亦乐乎。苏尔泰巴特尔忽然发现自己不知什么时候已经坐在了沙发上。他急着知道上司对那件事情的态度。只见上司拿着电话连连点头说："好，好，坚决照办！"苏尔泰巴特尔不知道他们说的是什么事，瞪眼瞅着上司的嘴。

上司放下电话，仿佛忘了他的事，问："什么事来着？"蒙了一会儿说，"哦，就那个事，年轻人注意点就行了。以后再说吧，现在没时间了。"上司站了起来。苏尔泰巴特尔万没想到事情这么容易就过去了，身上略显轻松。然而，领导就是不一样，看出了他表情的细微变化："那件事不妥善处理的话会影响你的进步，知道不？"上司一脸严肃地迈出门槛去。

苏尔泰巴特尔灰溜溜地跟着出来，钻进了自己的办公室，心里七上八下很不踏实。破娘们儿果真来单位告状了，真他妈歹毒，这样纠缠下去肯定要惹出麻烦。单位也许能应付过去，如果上法庭怎么办？哼，去他爹的吧，能怎么样，法律是重证据的。没有证据，她奈何不了我。把另一个醉鬼拉拢过来，看她能怎么样……苏尔泰巴特尔掏出手机找号码，找了半天没找到："不对，这家伙号码多少了？"绞尽脑汁想了想，没想起来，拉开抽屉翻了半天，翻出一个小本子，终于找到那个醉鬼的电话号码。他像个吃到巧克力的孩子般乐了："混账东西在这儿呢！"他抓起办公桌上的电话，嘴里叨咕着号码，一一按了下去。第一次打过去，没打通，以为自己匆忙出手按错了号，细眯着眼睛对着小本子上的号码一一核对了一下，没有错，重拨，等了半天通了。

"喂，哪位？"苏尔泰巴特尔问。

"你找谁呀？"听筒里传来女人的声音。

"我找老查，这是老查的电话吧？"苏尔泰巴特尔确认道。

"对是对，但他还没起来呢。"女人说。苏尔泰巴特尔开玩笑道："呵呵，查干大哥昨晚干啥了，到现在还不起来？"

"他跟我俩干个头，还不是喝得烂醉。"女人的声音很是凌厉。苏尔泰巴特尔心里揣摩，这女人这么冲动，可能是怕我找查干喝酒吧。他正手足无措时，女人的声音软了下来，"你是谁呀？我还不知道你是哪位，失礼了。"

苏尔泰巴特尔终于有了可乘之机，说："我是苏尔泰。嫂子不认识我了？"他尽量拉近关系。他这样用半个名字介绍自己也是有其特殊意义。汉族同胞为了记忆方便，常把苏尔泰巴特尔叫苏尔泰，久而久之单位人都叫他苏尔泰，社会上知道他全称的人越来越少了。爹妈起的名字虽然被甩掉了一半，但大家都这么称呼也很亲切。所以，他今天给查干的老婆如此亲切地通报了苏尔泰这个名字。他的半个名字似乎起了作用，对方也亲切地说："哦，原来是苏尔泰弟弟呀！没听出来，你的声音咋变了呢？"人们都说，查干的老婆无论从相貌人品能力哪个方面看都不像是嫁给一个醉鬼的人。其实，查干除了在喝酒方面把持不住自己，其他方面也不比别人差。但人们还是认为他老婆比他强。没人能搞清楚其中的究竟。有的人说她对人和蔼，有的人说她虽然算不上太漂亮，但看上去很顺眼。有的人充当诸葛亮说，查干作为公家人，整天喝酒吊儿郎当的，单位没把他开除公职全靠他老婆的能力。现在苏尔泰巴特尔听她开玩笑，也嘿嘿笑着说："哪有啊，嫂子的耳朵能听出一般人的声音吗！"

"听说弟弟要提拔了，当了官可别忘了无能的哥嫂哦！"

"哪里哪里，弟弟进步只能对哥嫂有好处，不会有坏处，对吧？"苏尔泰巴特尔面子话说得八面玲珑。

"好啊，但愿如此！嫂子这里就先谢谢弟弟了。"查干的老婆发出甜蜜的笑声。

苏尔泰巴特尔尽量把声音变得更加亲切，说："应该是我感谢你们，就今天晚上，请二位吃饭！怎么样？"

"单位领导说是晚上要请一个什么人，非要让我参加，不去的话怕领导生气，我得上那边去，麻烦死了。这次只能辜负弟弟的好意了，以后再一起坐吧。"

查干的老婆这番客气正合了他意。他本来就担心她跟查干一起来。哄查干好哄，哄骗这位在领导中间游刃有余的女人可不是件容易的事情。那件事她知道了可不得了。现在的人摸不准，一个乌兰已经把他折磨得死去活来，再出来一个"乌兰"那就糟透了。如果他们两口子一起去，无法回避她，更何况他们是夫妻，枕头边被窝里能不交流吗？苏尔泰巴特尔一直担心的问题，因为查干老婆的主动弃权迎刃而解了。但他明白"话迟一切都跟不上"的道理，虽然心里十分庆幸，但还是装出很遗憾的样子说："像我这样人的桌面上能请得动嫂子吗！"

"坏弟弟，你就油嘴滑舌吧。诚心想请客的话，嫂子有空时请嘛，别人请了你还卖空头人情……"查干老婆点了他的要害。他唉了一下说："嫂子被领导抢先上手了……"查干老婆听出话里有话，假装生气道："破弟弟你差不多就行了，越来越不像话了。领导找我，我有啥办法。"

查干老婆装一本正经，苏尔泰巴特尔也一本正经地说："嫂子你等一会儿，你总说领导领导的，你说的领导是那位六领导吗？"查干老婆好像来气了，语调生硬地说："是又怎么样？"

苏尔泰巴特尔发现自己走嘴了，手里的电话柄也变得冰凉起来。按理，这话是不能问的。查干老婆单位有个姓刘的领导，有人开玩笑称他是"六领导"（"六"是流氓的"流"的谐音），意思是流氓领导。后来大家在背后都叫他"六领导"了。

18

宝音清晨起来就叼起了烟卷，一时间房间里烟雾弥漫。前天晚上透过墙壁钻进来的那些话成了挂在他耳朵上的铃铛，时刻不停地回响着。他断定二儿子肯定踢人整出事了！事情究竟到了什么程度，他不得而知。如果花点钱能解决，哪怕借钱举债都无所谓。若受到法律制裁，那可就不得了，将在家族史上写下一笔从没有过的耻辱。宝音只有这么一个知书达理的儿子，他如果蹲监狱，就会丢尽祖先的脸面，被世人辱骂，让过世的先人也不得安宁。宝音想，我已经是个拉不动套子的老牛，遇到了这么一个麻烦事。在这举目无亲的陌生地，找谁解决又该怎么处理这个事呢？唉，我这简直是"没见水就脱袜子"了，事情还不致于到那种糟糕的地步吧！都是关系好的蒙古族孩子，好说好商量嘛，有啥解决不了的！咳，现在的孩子们都不懂事，还没怎么商量就吵吵打官司这个那个地争执起来。打官司有什么好，把一个打进牢房就好了？人家要告状，被告却满不在乎。我那个儿子怎就眼睛长在头顶为什么就不怕打官司呢？让人家告状对簿公堂是啥好事？人家都回避冲突，他却整出事了也不害怕，啥怪物！

宝音被那件事纠缠着，用苦辣的烟卷送走了黎明。他在草原的风雨中养成了朴实正直善良的性格，在家乡行得直做得正，这阵子为孩子们的事闹心，忽然产生了一个想法，决定立马回去。他知道这件事不会那么简单了结，最起码要花一笔钱。现在啥事都是围着钱转，那个妇女胡搅蛮缠不就是为了钱吗？给钱能解决的话趁早拿钱打发她算了。钱钱钱的，到底多少钱才能私了呢？处理几头牛怎么也够了吧。行，卖几头牛无所谓，牛还会繁殖的。人比牛重要，不管是别人的家人还是自家人，安然无恙就行了。谁愿意被伤痛折磨，受了伤病能没有痛苦吗？一人得病全家遭殃。男人被打成那样，当老婆的哪能不着急上火呢？"无病是福，无债是富"，大家谁都不亏就可以了。就这样吧，我这个老头现在还有点能力，孩子遇到了这么大麻烦，应该拉他一把。他是个国家干部，其他方面我也帮不了什么，顶多卖几头牛拿点钱帮他消灾而已。这是对的，先准备点钱，必定有用得上的地方。

宝音主意已定，想联系收购牲口的老客。走到外面一看，天色尚早，人们还在睡梦里，他着急忙慌地朝车站走去，却突然想起应该跟孩子们打个招呼，于是调头奔草原奶茶馆去了。

当他摸黑来到奶茶馆时，正在熬奶茶的萨仁惊讶地问："爸爸咋不多休息一会儿，这么早起来干吗？"

"我想早点回家。"

"爸你稳当坐着慢慢喝茶，忙啥回去？"萨仁急得手足无措。自打老公公来，萨仁就成了这个样子。昨天宝音就说要回去，萨仁没让他走，并且要求他把老婆婆也接来待一段时间。宝音以为，儿媳妇来到这样一个车水马龙的城市，身边又没有几个亲人，可能是寂寞难耐，他才多住了一天。不然，看那小儿媳的脸色，他早想打马回草原了。

"孩子，我出去找一找方便车。"宝音说完往外走。

"哎呀，爸怎么这么性急，吃完走也来得及。到了中午，我们这儿有的是乡下来的车马，顺路车也能碰上。"萨仁急得就差拉扯老公公的衣襟。

萨仁的话似乎提醒了宝音："你说的也对，我这样摇摇晃晃慢慢腾腾地上哪儿找方便车，还不如在这儿等着好是吧？"他回到座位上坐了。"父亲在山就在"，老公公没走，给了萨仁很大的安慰。而刚进来的新赛罕就不同了，她看见老公公自己占了一张桌堂而皇之地坐在那里喝茶心里很是反感。

干活惯了的人闲待起来，时间过得就像老牛赶山一样慢。宝音坐立不安，几次站起来想出去找车，都被萨仁拦住了。到了中午，萨仁给他炒了两盘菜。他只喝了自己定量的几杯酒，羊肉面吃得满头是汗，吃完饭擦擦汗，往后一靠叼上了烟卷。这时吃午饭的人七高八低地进来了，眼看着桌子紧张起来。小儿媳的脸色仿佛雨季的天气般阴沉沉的，迎着客人时满面笑容，回过身来满脸不悦。宝音毕竟不是痴呆，尤其经过这两天的察言观色，他脑子比较灵敏了。他假装热得不行到外面乘凉。太阳像一团火球一样当头照来，他才知道自己果真热了，解开衣扣扇了扇风。他想抽支烟，一摸怀里却没摸着，"不会丢了吧？"他这样嘀咕着坐到门前的台子上，手继续往深处摸索。

"阿爸您好！"传来熟悉的声音。宝音停住了手。这几天他在繁华的街里逛游，语言不通很憋闷，突然听见家乡的声音，不禁喜出望外，他从怀里拔出手，把手搭在额头上抬眼看去，就见一个胡子拉碴的魁实汉子站在面前。这是谁呢？宝音一时发蒙，突然认出来："哦，这不是朝克吗！"再看他身后的几位也都熟识，都是摔跤手。宝音是个摔跤迷，一说摔跤他就两眼发亮。前几天听说这几位摔跤手去了南面的哪个旗，说是要参加那里的那达慕。

"啊呀，摔跤手们回来了。怎么样？"宝音急切地问。朝克摇摇头说："不用提了。"

"噢，为什么呢？"宝音紧追着催问。

那几位闪烁其词说："说什么呀，要说的话话就长了。"一个个摇头晃脑。

"到里面坐吧，坐下了好好聊聊……"宝音往里请他们。几位也异口同声地说："那样最好。路还很远，肚子饿得吱哇乱叫。"

新赛罕一看，几位膀大腰圆的人跟着老公公进来，以为老公公又领来了蹭饭的，一脸不高兴。大厅里虽然没有空桌，但有的桌子可以合并，然而现在的人都不得意这种吃法，大有与敌人同桌的反感。几位想去别处找一个大一点的地方，又碍于宝音的热情，站在地中央踟蹰。

新赛罕暗自思忖，假如他们不是来白吃的，必定要买许多东西，那样可就能赚一大笔钱。再一看几位，眼巴巴地瞅着刚出锅的几盆手把肉垂涎欲滴，不像要离开的样子。他们早把身边的老头忘得一干二净，都扑到手把肉上，争先恐后地挑选大块肥肉扔到秤盘里。新赛罕见状乐得两腿不着地了。自奶茶馆开业以来头一次有人一下子买这么多肉。城里人见了肥肉，就像三九天的牛，只有摇头晃脑的份儿。几位选完后，盆里剩下的全是瘦肉。瘦肉好卖，新赛罕乐不可支，主动上前搭讪，热情地招呼别的顾客让地方。但那些散客们并不就范，对大块肉食和大块头摔跤手们毫无兴趣，照旧滋溜滋溜地喝着便宜茶，丝毫没有动地方的意思。新赛罕生怕一大盆子买卖要泡汤，骨碌碌转动着眼睛，目光一下子落到了一对年轻夫妇和他们的小孩子身上。年轻夫妇其实早就吃完了，坐在孩子两边轮流亲着孩子，享受着一家人温馨幸福的时光。新赛罕走过去说："你们一家吃得好吗？非常抱歉！你们看看那几位。"显出无奈的样子，指向端着肉盆站在一边的几位摔跤手。年轻夫妇听了这话，脸上的幸福和温馨瞬间消失了。新赛罕的话固然客气，但她所指的朝克他们买的一盆肉使他们很没面子，女的铁青着脸说："我们还没吃完呢！"

"哦，那就算了，你们慢慢吃吧！"新赛罕蔑视了一下桌子上的食物，仰起下巴颏走开了。这种蔑视的眼神和轻蔑的下巴颏使那个女人怒火冲天，说："这么捣乱呢！"

"不是捣乱你们的意思，互相照顾一下嘛。"新赛罕刚做解释，女人跳将起来说："我们是来照顾你顾客的吗？我们吃饭照样花钱了！"她尖着嗓子喊出来的声音像钢钉般扎进所有人的耳朵里。

"是是是，你说得对，完全对！"新赛罕尽量用和蔼的态度说。女人得理不饶人："大不了他们多买了几斤肉。真是狗眼看人低！"

新赛罕再也沉不住气了，她扔下手里的活计朝女人奔了过去。萨仁听见吵闹声，急忙从厨房跑出来拉住了新赛罕。萨仁把新赛罕推进厨房，走到女人的桌边上了一壶茶，笑盈盈地说："妹妹别生气！这么漂亮的人，还有这么可爱的孩子，生什么气呀！"一边抚摸了一下孩子的小脑袋。萨仁的和蔼可亲起了作用，年轻女人说："这话还像个人话。那就算了，看在这位姐姐的面子上！"女人的气也渐渐消了，坐下来往塑料袋里装着所剩无几的食物。萨仁安抚好了这位，刚要转身，有个身影盖住了她："你好吗？"忙得蒙头转向的萨仁，一直没时间关注屋里的人，听声音抬头看是朝克他们，失声道："哇，朝克你来了！真是少见。"

苏力德在世的时候，朝克他们经常来往于她家。她丈夫比他们都大，跤衣穿得也早，家里比他们富裕。摔跤手在摔跤场上不分年龄，但在日常生活中尊重长者，互相特别讲义气。他们口口声声地叫她丈夫"老大"，格外地亲热。大家去参加远近的那达慕都要路过她家，在她家吃喝住宿是常事。他们个个都威猛魁梧，几个人聚到一起差不多要撑开小小的蒙古包。偶尔不知因为什么事突然开怀大笑，几乎把包顶掀开。有时坐着坐着就摔打起来，踢倒门推倒哈那的事常有发生。男人们的玩笑有时候开着开着就把女人裹挟进去。被裹挟的总是萨仁，因为跟前只有她一个女人。"老大长得像铜壶，怎么娶了个这么漂亮的嫂子。"朝克拿话引导，另几位接茬说："对老大来说那算啥，他有劲儿。"或者说："被老大弄过一次的姑娘哪个还会拒绝他！"萨仁羞得浑身发烧。可她丈夫却厚着脸皮说："啊嘿，说得对。你们这些东西都不知道娶媳妇是怎么回事，不行就让你嫂子教教或者跟大哥说一声，大哥给你们当教练。"说着还做了一个摁倒骆驼的动作，把萨仁弄得毫无办法……

那两个带孩子的夫妇没有立马离开的意思。萨仁只好邀请朝克他们去自己平时休息的小屋。新赛罕脸面上过意不去了："先别进小屋，一会儿就有地方了！"她不好意思地瞅一眼垂涎欲滴的摔跤手们。

朝克说："对对！"眼睛却在萨仁的身上。

"这些人都是小弟弟，没关系！"萨仁固执己见。朝克他们端着肉盆进了小屋。这间小屋对于膀大腰圆的他们实在太小了，夸张一点说他们的大屁股就能把它坐满。他们找来几个小圆凳子，搭着半拉屁股，像抢食的恶狼般挤在了肉盆上。

"总算吃到了我们草原的羊肉，先把皮囊装满再说。"他们一边说笑一边狼吞虎咽地吃起来。巴掌厚的肥肉，他们半嚼不嚼吞进了肚里。萨仁看着忍不住逗他们说："哎哟，你们怎么这么馋肉了，不会是在人家的地盘上丢了胃口吧？"

几位根本没有工夫跟她斗嘴，亮汪汪的油顺着嘴角像小溪般流淌。新赛罕进来看了一眼他们的吃相，缩脖耸肩表情生动地退了回去。她既鄙夷这些人的吃相，又期盼他们天天来。可是萨仁知道摔跤手都是这样，不由产生了一种怜惜和慈悲。盆里的肉眼瞅着下去了一多半，几位这才空出嘴来喝茶抽烟唠起了家常。

那两位带孩子的年轻夫妇磨蹭了半天，总算抬起了屁股。新赛罕把朝克他们请到大厅里。不管怎么说，他们是消费大户。新赛罕的脸上洋溢着热情，动作也变得轻盈摇曳，穿梭于厨房和大厅之间，端茶端饭一片欢腾。肉盆空了，一只羊的五花肉全被几位摔跤手装进了肚里，好像还没满足，一位提议："再吃点肉粥嘛。"

"有新肉汤，要不要？"新赛罕急忙提示道。

"要，要！"几位异口同声地说。

"要几碗？"新赛罕提起笔，随时准备记账。

朝克不清楚她说的是什么碗，也不知道是大碗还是小碗，正磕磕巴巴答不出来时萨仁说："他们不是用碗来说话的，干脆把一锅端来算啦。"几位一致赞同。其中一位高兴得忘了老人在身边，信口开河道："还是老路好走，老嫂子……"萨仁瞪他一眼，警告他不要在老人面前瞎说八道。那位知道自己错了，不好意思地说，"哦，用这个盆子来一下子吧！"他机智地转移了话题。

"你说一盆子，那算几碗呢？"新赛罕斤斤计较。心想：不折不扣一群虎狼。

"一盆能出几碗就是几碗呗。"宝音从旁边说。新赛罕撇下笔，向厨房走过去。其实她没有必要去厨房，只是感觉到自己在老公公面前对他领来的客人过于苛刻了，心里不免有些愧疚，这才去厨房回避。萨仁正在准备肉粥。这时宝音又想起刚才说的话题，问："那么，摔跤情况怎么样？"

"说起来简直是一段故事！"朝克笑着说。宝音更加好奇，恨不得撬开他们的嘴巴，他急着问："哎呀，怎么啦？你怎么样？"

"我们老大尝到了铁棒的味道。阿爸你看吧，他那脑袋……"一位用下巴示意。宝音仔细看了看朝克，这才发现头上缠的纱布从帽子底下露出一截。

"这么倒霉呀，为什么呢？"宝音刨根问底。

"我进了前八。正好到了午休时间。我们吃完饭回到住处刚要休息，来了几个手拿铁棍子的人。我们觉出事情不妙，互相给了信号。他们警告说：'你们要是在我们的那达慕上拿冠军，非打断你们的腿不可！'我们也不是好惹的，跳起来就跟他们打了起来。我就这样挨了一棒！"朝克如是说。

"咋这么吓人呢，他们到底是什么人？"宝音本想听好消息，却听到了这个消息，吃惊不小。

"听说是街头的一帮小流氓。"朝克解释说。那几位却说："说是那么说，其实他们是那边的摔跤手们派来的打手！"大家说法不一。

"你的伤没事儿吗？"宝音很不放心地看着朝克说。

"没有太大事，脑袋受了点外伤，去医院缝了好几针。接着输液用去了一下午，哪还有时间摔跤！"朝克一脸沮丧。

"行了，没大碍就万幸，参不参加摔跤嘛无所谓，年轻人摔跤的机会有的是！"宝音舒了一口气，但仍不死心，问另几位，"你们几位怎么样？"

"都有点小收获，十六、三十二……"几位报完成绩笑也不是哭也不是。宝音的热切期盼成了泡影，一种"咽不下吐不出"的感觉油然而生，摇摇头说："嘿，你们就这样吃亏了，没长嘴吗？"他很是气不公，风吹日晒的脸色越发暗淡。

"长嘴了又怎么样，权力在人家手里！"朝克这样给几位解脱说。一听摔跤就热血沸腾的宝音，对他们的失望不可遏制地挂在了脸上。

"那地方怎么也得讲规矩吧！"宝音只顾念自己的经。

"规矩是有，刚开始时都讲好了。一到实际摔跤就变了……阿爸你没见过吧？"几位呵呵笑。

"你看你们，被人欺负了还有心思笑！"宝音用埋怨的口气说，说完也无奈地笑了。大家谈论说谁谁被收买了，故意输给对方得了多少钱，谁谁争权夺利黑吃黑了等等……

宝音听着这些奇闻不由叹息一声："摔跤都成了钱权交易，这简直是'娱乐成赌博，秋雨成冰雹'了。人的规矩别人糟蹋不了，只能自己糟蹋……"按自己愿望去追求世上所爱的东西是件美好的事情，然而追求的东西如果歪了就让人失望。

老少几位谈论着感兴趣的话题，宝音觉得一路跟他们同行是他今天的一大幸事。萨仁也觉得朝克他们有车，顺路把老公公送回家，充分证明自己的决策是英明的，一股暖流顿时涌上了心头，她说："咱爸在奶茶馆等车对了吧，就那么走了的话能碰上这么方便的车吗？"

"巴掌大的脸面，碰上了草原大的情分！"宝音也赞同早晨听萨仁的话是正确的。乡下人外出，愿意跟熟人同行，一路聊天路不嫌长。宝音今天要跟几位摔跤手同行，心里说不出的高兴。吃完饭，朝克要结账。新赛罕把写满各种菜肴的点菜单拿出来，给他们逐一念叨每一个菜肴的价格。朝克忍不住说："你就说总共多少钱吧。"

"肉粥就别算了。"萨仁抢先说。

"差不多就行啦。"宝音怕小儿媳往死里宰人，小声地提醒了一句。新赛罕觉得老公公和萨仁净跟她唱反调。她无法向老公公发脾气，就瞪了一眼萨仁，按朝克说的意思把菜单上的总数无声地指点了一下。朝克二话没说结清了账。宝音和萨仁到底也没弄清怎么算的账。新赛罕满心欢喜，心想这种买卖一天只做一个就够了！她脸上堆出了微笑。

朝克他们结完账正准备出发时，进来几位年轻人坐在了旁边的桌上。新赛罕跑过去问了些吃什么要什么之类。几位年轻人不但没点菜，还说这个不行那个不中故意挑毛病找碴子。新赛罕尽量把持自己，几位却越加张狂。后来新赛罕问你们到底要吃什么。这仿佛问了不应该问的私密，几位暴跳起来踢翻了桌子。朝克忍不住走过去一把抓住领头的双肩，轻轻提起来往下一摁，那位便成了水里泡的泥塑堆在了椅子上。另几位摔跤手同时动手让他的同伙也得到了同等待遇。几个小流氓一看这阵势，知道自己根本不是他们的对手，屁滚尿流地往外逃，跑到门外，像拼死挣扎的山羊般惨叫道："等着，我们还会来的！"

19

今夜草原奶茶馆冷清清的。但新赛罕对白天的一笔买卖十二分地满意。连日来忙得脚打后脑勺，没时间很好地搞个人卫生，衣服脏得面目全非，身上散发着汗臭味、葱姜味和牛羊肉的腥膻味道。新赛罕打算尽早关门回家，更衣洗澡舒舒服服地睡上一觉。她满面春风地对萨仁说："嫂子，今晚咱俩洗澡去吧！"

萨仁大部分时间忙碌在厨房里，烟熏火燎的浑身上下五味俱全，早就有洗澡的想法，便痛快地答应说："我也是这么想。厨房里干活不像在野外放牛，浑身被热气和油烟包裹着，身上油渍麻花的。"两人意见统一后，先把厨师放走了，收拾东西准备出发。不料，这时苏尔泰巴特尔领着查干进来了。

"我们打算早点关门去洗澡。"新赛罕踌躇。

"我今天刚好有点时间，想跟查干大哥好好喝几杯酒。你们什么时候洗澡不行。"苏尔泰巴特尔拉下脸说。

"我们俩洗澡是小事，什么时候洗都行。"萨仁赶忙脱掉外衣，戴上了围裙。新赛罕也只好说："你们俩先喝茶！"又叫回厨师，交代说，"快，简单整几个菜。"

"简单能行吗？我们俩是啥关系！"苏尔泰巴特尔向新赛罕挤眉弄眼。

新赛罕深知自己老公的打算，立刻领会意图说："可不是嘛，今晚必须让查干大哥喝好！"其实查干这个人只要有点咸菜、花生米之类就心满意足了，见这么隆重招待，被酒泡黑的脸上立时阳光灿烂了。

"不用做那么多菜，我们蒙古人喝酒有点肉食就行了！觉得太单调，再加上两个凉菜完事。我也不是外人，那么客气干吗。"查干有点等不及，坐在椅子上跃跃欲试，那样子仿佛在催"赶紧上酒"。

"查干哥来了，不能那么简单应付了事！"新赛罕甜蜜地笑着端上来两盘热菜。查干的酒瘾开始发作，两手禁不住哆嗦起来。苏尔泰巴特尔赶忙举杯说："咱们先慢慢喝着吧，菜上齐了你弟妹跟你喝花酒……"

查干的手哆嗦个不停，好不容易端起酒杯，却洒了一半，使了很大劲才把另一半倒进了嘴里。就这样连喝了几杯，手才不哆嗦了。不一会儿菜也上齐了。虽然每上一道菜查干总是制止说"这就行了",但新赛罕照旧上了四个热菜四个凉菜外加一盘手把肉。九道菜的礼遇充分证明了主人的重视程度和热情。

上完菜,新赛罕和萨仁还想按原计划准备去洗澡,苏尔泰巴特尔喊住新赛罕说:"查干大哥来了,你能走吗!"查干受宠若惊,屁股在椅子上几经扭动说:"像我这样的人,弟妹能瞧得起吗?"很有点耍赖的意味。

"你看吧,查干大哥都这样说了,你还走?"苏尔泰巴特尔向老婆递过去请求的眼神。若在平常,苏尔泰巴特尔在女人面前总是绷着脸装大丈夫,今天却突然温柔下来。新赛罕从丈夫的眼神里领会了意图,说:"我不是回避查干哥,我是担心查干哥受不了折磨……"说着向查干挑战般眉飞色舞。苏尔泰巴特尔接过老婆的话茬说:"嗯,查干哥你听见了吧,你弟妹在挑逗你!假如我是你,哼……"说完嘻嘻地笑。

"就算是你,又能怎么着?"新赛罕的脸色瞬间灰了。苏尔泰巴特尔以为新赛罕没懂他的意思生气了,心里对她的不理解和不配合很不满意,刚要发作。新赛罕的脸上起了化学反应,一团红晕飞上两颊,喜笑颜开地说:"你们这些男人,我也不是不知道!"顺手拉过一把椅子,坐到了查干的身边。查干看着新赛罕戏剧性的举止,觉得这比她上的九道菜还有味道,心里满是欢喜。

"俗话说'狼老了照样能吃掉羊',弟妹你明白这句话的意思吧?哈哈哈……"查干被自己幽默诙谐的语言逗得惬意地笑,两眼被酒精刺激得通红,眼角上挂着眼屎。酒过三巡,新赛罕忽然想起了萨仁,眼睛在屋子里寻找。此时,萨仁放走了厨师,钻进自己的小屋正在歇息。

"让嫂子也来吧。"新赛罕征求意见般盯着丈夫的脸色。苏尔泰巴特尔阴沉着脸不言语。

"吃吃喝喝的事，一起坐有啥呀！"新赛罕说。

"就是嘛！"查干兴奋得早已按捺不住了。

"嫂子成天在厨房里忙碌很累，让她歇一会儿吧。"苏尔泰巴特尔找了个理由。新赛罕打断他说："查干哥听见了吧？我累死他都不管，我们家老苏就是这样没心没肺。"说着站起来进了小屋，过了一会儿撇着嘴走出来说，"说是累了。"查干立刻就像霜打的草——蔫了。

查干就是这样一个人，人越多越热闹他越兴奋，酒喝得也无度，喝到兴奋处就毫不掩饰地道出心里话："大哥我没别的毛病，就喜欢女人。"甚至有时遇到性格开朗的女人就不客气地上去蹭她一脸口水，并把这当作无比的幸福，见人便标榜自我，也表扬那位女人说："她真行，确实不错！唉，可惜呀……"仿佛还有点什么遗憾。然而，无论他在别人面前如何标榜自己的"英雄事迹"，在自己女人面前却闭口不谈。

新赛罕拉过椅子，扭动着屁股刚坐下，查干脑后的窗户突然"砰"地发出一声巨响，玻璃碎片噼里啪啦掉了一地，嘎拉哈①大的一块石头飞进来落到了盘子里。这一突然袭击使几位一时搞不清楚怎么回事，蒙了一会儿纷纷骂道："这些小野种！"跑到窗户跟前往外看。外面却异乎寻常的安静。

萨仁刚刚打了个盹儿，被打碎玻璃的声音惊醒，惊慌失措地跑出来问："怎么回事？"眼睛疑惑地盯着每一位的脸，试图从他们脸上找到答案。苏尔泰巴特尔见嫂子吓成这样，忙说："没事，一帮野孩子。"话虽然不着边际，却起到了安慰作用，萨仁长舒一口气说："哎哟，这把我吓得！"

"我也吓蒙了！"新赛罕捂着胸口说，"我觉得不像是小孩子……"

---

① 嘎拉哈：东北方言，羊拐。

眼睛直视着苏尔泰巴特尔。

"我也这么想！"萨仁忐忑不安。

"我出去看看！"苏尔泰巴特尔站了起来。

"现在的孩子，哪有干完坏事不跑的？"查干当明白人。苏尔泰巴特尔一想也有道理，又坐到了椅子上。这工夫萨仁早拿来笤帚和簸箕收拾起残局。

"这回不接待客人了，我们把门窗关起来，好好热闹热闹！"新赛罕做出了决定。苏尔泰巴特尔开着玩笑说："我一要坐稳，她就给我下达任务，真麻烦！"说着抬起沉重的屁股就要起来。萨仁急忙拦住说："老弟你不用动，我收拾完就去关门窗。"不管苏尔泰巴特尔在社会上混得怎么样，对萨仁来讲他就是小弟弟。苏尔泰巴特尔心里清楚嫂子的一片好心，自觉地出去关好了门窗。由于他身材高大魁梧，行走起来犹如坦克在行动，拉下窗户上的薄铁板时震动了整个房屋。

"我们家老苏干点活就这样。他吃闲饭还行！"新赛罕话音未落，苏尔泰巴特尔已经呼哧带喘地进来了，仿佛刚打破世界纪录的举重运动员。

关了门窗，刚才的紧张情绪随之消失，屋里恢复了祥和的气氛。几位各自找到了位置重新坐下来。萨仁推脱不掉新赛罕的邀请，也坐了过来，这对查干是比加了一道名菜还高兴的事。

"人齐了，菜也齐了，这回我们的晚宴正式开始吧！"苏尔泰巴特尔向新赛罕示意倒酒。新赛罕抓住酒瓶先要给萨仁斟酒，萨仁捂住酒杯示意先给查干和苏尔泰巴特尔斟。

"不用那么客气，这不是乡下！"苏尔泰巴特尔提示萨仁不用按乡下老规矩来了。

"人有尊卑之分，还是男的先来！"萨仁死死捂住酒杯不放。

"这话是对的，绝对对。没有规矩哪能行？"查干十分赞同连连点头。

"哇，这里有个懂礼节的人。那就先给查干哥斟满！"苏尔泰巴特尔顺水推舟地说。

"以前查干哥对我们不是这么礼貌，见到嫂子就不一样了！"新赛罕往查干的酒杯里猛劲倒酒，由于用力过猛酒呛在瓶颈上，而后井喷而出溢满酒杯满桌面流淌，刺鼻的酒味弥漫了整个房间。

"你这人怎么毛手毛脚的。"苏尔泰巴特尔瞪一眼老婆，从她手里夺过酒瓶，大胖手握住瓶子往酒杯里倒酒，酒流成细细的一条线，手艺跟刚才拉门窗帘的动作完全不像出自一人之手。

苏尔泰巴特尔提第一杯酒。萨仁说自己不会喝酒没响应。第二杯酒在新赛罕的花言巧语中举起。萨仁只抿了一口，新赛罕不答应硬是让她喝了。桌上增加了新人喜上加喜，查干以这个名义站起来提了第三杯酒。因为喜上加喜的人是萨仁，所以她是无论如何逃不脱了。懂规矩的人都明白下一杯酒该谁提了，萨仁敬了第四杯酒，怕别人不喝自己提的酒，她硬着头皮大着胆子强喝了下去。她以前只喝自己酿的奶酒，哪知道烧锅酿出来的白酒这么有劲，连干几杯以后开始头昏脑涨，她想马上离开酒桌，可是查干大讲特讲酒桌上的规矩不让她离席。想喝，身体不允许。不想喝，规矩不允许。萨仁连敬酒带罚酒喝了不少酒，结果醉得一塌糊涂，强挺着站起来，钻进自己的小屋，歪在了床上。

除了萨仁，其他几位都是"酒精杀场"的老手，战到最后谁都没事。特别是查干，别看他像春风杨柳般东倒西歪的，照样能喝。苏尔泰巴特尔更是厉害，一般情况下一天招待几桌客人不在话下。从他脸面上丝毫看不出他喝没喝酒。新赛罕毕竟是女人，略显醉态。以前她特反感查干这样的酒鬼，眼下却紧挨着他不住地呢喃着悄悄话。她举起面前的酒杯抵到查干的脖子底下说："来，喝呀！"

"该喝的酒我都喝了，这是啥酒，非要让我喝？让大哥亲一口，我才喝。"查干提出条件，把嘴唇凑向新赛罕。这真所谓"宠爱的狗舔脸"了。查干如此放肆，苏尔泰巴特尔却耐着性子开玩笑说："喂喂，查干大哥，你今天要是亲你弟妹，我明天就去吻嫂子！"

"你嫂子同意的话，你就随便吧……哥还是先来吧……"查干不顾一切地站起来，在新赛罕的脸颊上"盖了一章"。新赛罕愣了，在老公的眼皮底下遭到突袭，她委屈地看一眼苏尔泰巴特尔，对方却无动于衷地嘻嘻笑着。难道我在你心目中就这样不值钱吗？新赛罕很是委屈。反过来一想，这也许是男人的大度吧，她心里有些许的坦然了。但她又担心老公真的去兑现刚才的诺言——明天去把他女人弄一下咋办？此类种种矛盾心理迫使她忘记了给查干敬酒的事情。

"喂，查干大哥，不能白亲了你弟妹吧，那杯酒咋办？"苏尔泰巴特尔这么一提醒，新赛罕把酒杯送到了查干的嘴边。查干趁机抓住新赛罕的手，连同酒杯一起捧过来，滋溜一下全干了。新赛罕不干了，只喝了一杯酒，还吃了我的豆腐，这太便宜他了！她说："一杯不行，喝三杯！"查干十分喜欢在酒桌上跟女人调情，这对他来说比参加国宴还高兴，所以后两杯酒也没拒绝。

"这回行了吧？"查干喝完最后一杯酒，把酒杯扣在新赛罕面前朗声笑。苏尔泰巴特尔不答应："你弟妹敬酒了，我作为弟弟也不能失礼呀！"他接着敬酒。

"你们两个坏蛋这样轮番轰炸我，我能受得了吗？"查干又一阵朗声。

"喂喂，你喝了你弟妹的酒，为什么不喝我的酒？"苏尔泰巴特尔挑理道。

"男子汉大丈夫别在一两杯酒上斤斤计较。"查干耍赖。

"男人敬酒你不喝，还有一大堆理由。女人敬酒二话不说就干。你这是什么道理？"苏尔泰巴特尔软磨硬泡。

"酒桌上尊重女人是礼节问题，这不只是因为我喜欢女人。"查干边咀嚼边说话，菜叶肉屑四下掉渣。

"亲吻是查干大哥尊重女人的独特方式，这哥是够格的哥！"苏尔泰巴特尔咯咯笑。

"你看看，心疼了吧？你这破弟弟太抠了！"查干继续顽抗，不料被食物呛住咳嗽不止。苏尔泰巴特尔怕他噎死，忙过来在他脖颈后背上拍打揉搓。查干折腾了半天总算停止了咳嗽，但已经是满脸鼻涕眼泪哈喇子了。大家七手八脚地帮他擦嘴洗脸，他终于能说话了。

"不知好歹！"查干嘟囔道。

"我怎么了，哥你自己说什么尊重这个那个的呛住了！"苏尔泰巴特尔点到了他的要害。

"你们逗我玩是想找哭吧？"查干瞄了新赛罕一眼。苏尔泰巴特尔听出查干的弦外之音，知道他是为了跟新赛罕调情铺路。苏尔泰巴特尔心里很是窝火，然而毕竟有求于他，只能逆来顺受。再说，查干马上就支撑不住了，顶多再亲两口，也不至于闹到哪去。苏尔泰巴特尔在心里这样安慰自己。

"我想哭，可是总也找不到理由。看来，只有查干哥你有这个本事！"苏尔泰巴特尔嘿嘿笑，暗示了"我也会让你哭"的意思。

"真的！"查干向新赛罕跟前凑了凑。

"你弟妹不哭，我说真的也白费！"苏尔泰巴特尔现出无奈的样子。新赛罕听了这话心里想，你真的把我当成贱货想推给别人？心中大不悦，但在查干面前不好发作，暗自咬牙——回家跟你算账。

"我家老公就这德行。"新赛罕进一步挨近了查干。查干也没失去这个机会。

"哦，好可怜，弟妹别抱屈，那小子心果真那么硬吗？过来，哥看看……"趁机在她的脸蛋上又亲了两口。

"简直旁若无人。我没看见！"苏尔泰巴特尔转过脸假装没看见。新赛罕也没失掉给查干灌酒报复的机会。

"查干哥太放肆了，必须罚三杯！"新赛罕黏糊道。

"不知今天是什么日子，好事连连！"查干放荡地笑着干了一杯。苏尔泰巴特尔说："这是个吉祥如意的大喜日子！"

"差不多吧，喝了美酒，吻了美女！"查干干下去第二杯，刚要把酒杯放下，新赛罕托住杯底说："必须连干三杯！"

"好好，哥已经犯错误了，愿意接受惩罚。"查干仿佛真的犯了错误，装出低三下四的样子。新赛罕满满斟上一杯酒，送到他的鼻子底下。这杯酒难住了查干，前两杯酒还没顺下去，又来第三杯酒，酒味刺激得他前边喝下去的两杯酒直往上涌。不能在女人面前丢人现眼！查干强打精神咬咬牙咽下一口口水，把刚冒上来的乱七八糟东西压了下去，胸腔里灼烧的感觉也缓解了不少。虽然避免了一场灾难性的难堪，但他的两眼已经盈满泪水。新赛罕险遭一身污垢，眼看着查干的狼狈相，自己也差点吐了一地，急忙捂住嘴强挺了过去。

"唉，我以为查干哥也是个好汉呢，这点考验都经受不住！"新赛罕用嘲笑的口吻说。查干虽有些难堪，但依然装作无所谓的样子说："骏马也有失蹄的时候。"

"查干哥也就嘴硬吧，好可怜！"新赛罕把第三杯酒放回酒桌上。

"是嘴还是锥，有你见识的时候！"查干抓起酒杯一饮而尽，而后一脸痛苦状。

"大哥，跟女人喝酒苦吧？"苏尔泰巴特尔刺激他。

"男人醉酒女人生孩儿，都是贪得无厌的毛病！"查干在椅子上得意地摇来摆去。

"哈，只听说'醉酒有十三个理由'，头一次听说醉酒跟女人生孩儿有关。查干哥喝酒的说道跟别人还不一样！"新赛罕笑成一团。

"跟你说实话吧，哥喝酒没别的毛病，就喜欢女人！"查干嘴唇做出喇叭状，假装严肃地说。

"大哥的要求真不高！"苏尔泰巴特尔嘿嘿笑。

几位趁酒劲说笑了一会儿。刚才已经九分醉的查干，这阵子眯细着眼睛仿佛要醒酒的样子。苏尔泰巴特尔看出问题的严重性，这家伙要是反过来进攻，我们可就惨了，他必须提防这一手，便对查干说："你刚才喝了你弟妹的酒，这下该喝弟弟的酒了吧？"他以各种理由接连敬了几杯酒。查干再一次醉倒在椅子上，却依旧没放弃喜欢女人的癖好，两手紧紧箍住新赛罕的细腰恋之不舍。新赛罕仿佛向苏尔泰巴特尔挑衅般毫不在乎，脸上的表情似乎在说你不是不在意我吗，让醉鬼玩弄我，那我就看看你到底有多大承受力。其实，让一个醉鬼玩弄自己的老婆，苏尔泰巴特尔心里也不好受，但一想有求于他的那件事，只好昧着良心说："我在这待着有点多余，还是回避一下吧！"苏尔泰巴特尔假装生气地站了起来。搂人的和被搂的两位以为苏尔泰巴特尔真的生气了，仿佛被电击了般蒙了一下。可是苏尔泰巴特尔一句"解手去"，又让他们放下心来。新赛罕确实以为老公在吃醋，不免责备自己过分放荡，可见老公并没真生气，才舒了一口气。她刚坐回去，查干的胳膊就像蛇一样盘住了她的腰身。不管老公在意不在意，继续闹下去那才对不住老公。新赛罕半推半就地警告查干"别闹了"。查干的手却突然改变了方向，从小腹上迅速往下滑。情况完全出乎意料，新赛罕顿时明白要出什么事，挣扎着要起来。然而，查干虽然已经烂醉，但毕竟是男人，力量超过了抗拒，魔爪伸进她的裤子里乱摸乱抓起来。

"天啊，大哥你这是要干什么！"新赛罕厉声喝道，声音不亚于一只大手扯住对方的耳朵，她迅速挣脱出来坐到了苏尔泰巴特尔的座位上。她那神圣的部位除了自己的老公以外没人侵犯过，现在却被查干乱摸乱抓，她脸色涨红抬不起头来，呼哧呼哧直喘粗气。能把女人弄成这样"羞"色可餐气喘吁吁，这对查干来讲是一生中最大的幸福和乐趣了，尤其触到了她的私处更是惬意，"哎，弟妹这是骑红马了！"他说完捂着嘴调皮地笑。

"哎，守住你的嘴。"新赛罕把食指压在嘴唇上。查干明白，她这是怕丈夫听见，点头说："嗯，嗯……"高兴的样子很像个嘴里含了糖块的小孩儿。

"我说的不是这个事！你刚才把我亵渎了，那件事必须守口如瓶！"新赛罕替丈夫说出了今晚设宴的主要目的。

"我要是说出去天打五雷轰！"查干发誓般举起了右手。

"你要说话算数，别上了乌兰的当！"新赛罕又举起了酒杯。这时苏尔泰巴特尔进来，听见后半句话，已经明白了事情的进展情况，却装作糊涂说："我不在时你们俩定了什么密约？"

"不告诉你，告诉你就出事了！"查干抹着下巴颏，朝苏尔泰巴特尔挤眉弄眼。苏尔泰巴特尔假装遗憾地坐到了椅子上。设宴的目的已经达到了，几位用不着装模作样了，接连碰杯，酒局达到了高峰。到了午夜，查干已经烂醉如泥，趴在桌子上鼾声如雷。无论苏尔泰巴特尔两口子怎么推他拉他，他都像死尸般不省人事。

时间是包容一切的神奇的东西。几个小时之前，苏尔泰巴特尔两口子把宴请查干当作今生一件大事，几个小时之后却为如何送走查干犯难了。开始时为了灌醉他两人绞尽脑汁，终于达到了目的，却没掌握好尺度。两人商量把查干送回家，招呼半天没能叫醒他。小城镇的出租车司机一到晚上都回家睡觉了。查干醉成这样，他们俩喝得也差不多了。怎么能把他送走呢？两人束手无策。想让他睡一会儿，睡一会儿也许能醒过来。可是时间像上了脚绊子的马——走得太慢。再喝点酒可以消磨时间，可是两口子半夜没事喝酒，除非是精神出了问题。他们过一会儿便叫一次查干。然而，查干的灵魂仿佛被魔鬼招去了，怎么叫也叫不醒。夜深人静了。两人被醉意困意困扰得浑身疲惫，无奈之下决定回家。临出门时苏尔泰巴特尔忽然想起来什么，说："哎呀，嫂子她……"新赛罕一把拉住了他的袖子。

"他已经是死猪一个了，明晨之前是醒不过来的！"新赛罕分析说。苏尔泰巴特尔也想尽早回家休息，所以听从老婆的话回家了。

萨仁白天累晚上喝了几杯酒，睡得一塌糊涂，突然觉得有东西在身上挣扎，一下惊醒了，一股酒糟味扑鼻而来。她吓得跳了起来。同时，她身上挣扎的东西也滑落到地上，发出"哎哟"一声。她急忙摸到门后，按了一下开关，在电灯耀眼的强光下，只见一个人正在地上挣扎，裤子掉到脚脖上，所有秘密武器都暴露在外面。原来，查干口渴难忍醒来了，想找点水喝，往厨房走过去，想起昨晚不胜酒力钻进小屋的萨仁，立刻就产生了歹意。从昨晚开始他一直向往着萨仁进去的那间小屋，只是没得空，后来醉酒装睡不走，其实另有图谋，不过还没来得及实施就真的睡过去了，差点耽误了好事。睡到天快亮醒来，他在半醉半醒中干出了这件事。

"你是什么人？什么东西！"萨仁厉声喝道。

"我是你们请来的客人！"查干回答说。萨仁这才认出是昨晚的那位客人。那位贵客光着屁股往前挪动，像个趴窝的老牛几经挣扎都没能站起来。萨仁看着他的样子，既羞怯又憎恨还有点可怜他，不知所措间，查干终于把裤子提了上去。

"唉，咋喝成这个样子！"萨仁从查干身后扶起他，好不容易让他站了起来。查干恼羞成怒，又有点不好意思，萨仁的一句"咋喝成这个样子"使他有了赖酒下台阶为自己正身的机会。都是因为酒，才使他失去男人的尊严，像个劣等骑手一样从女人的身上摔下来，丢尽了脸面。查干口渴得要命，没头没脑地喊："凉水！"萨仁迅速跑进厨房，用水瓢端来凉茶。查干牛饮一通，将一大水瓢凉茶全喝了。查干说："总算活过来了！"然后连连打嗝，酒味喷发一屋。一瓢凉茶进肚里，他的神志清醒过来，脸面却发烧起来。萨仁的举动使他十分感动，又很内疚，如果遇到一个疯女人，肯定把他挠个红烂漫。幸亏碰上了这样一个朴实善良的人，否则丢尽脸面无法面对家乡老少。查干这么想着，不好意思地转过身说："抱歉，对不住你了！"

"对不住我倒无所谓，你是个有老婆孩子的人，城市不像我们草原，醉成这样黑灯瞎火地走路，不怕家里人担心吗？"萨仁一席话，让查干感动得鼻子都酸了。她是这样一个心地善良的女人，连佛祖都会护佑她这样的人，可是我为什么欺负她呢？罪孽！谁要再欺负她，注定五雷轰顶，包括我在内……他又恨起苏尔泰巴特尔和新赛罕，把自己的寡妇嫂子扔给一个醉鬼走了，这样的弟弟弟妹也是天下少有。昨晚你们为了堵住我的嘴下了不少功夫。我的嘴是那么容易让你们堵住的吗？说不准吧。查干在激烈的思想斗争中不敢抬头看萨仁，默默地走了出去。

20

萨仁起身进了厨房，准备熬奶茶。险些强暴她的查干走了，可是他的身影仿佛还在她身边晃动，让她禁不住心惊胆战。她有点憎恨小叔子和弟妹，他们为什么把那样一个醉鬼放到我身边就走了呢？

查干是真醉了，还是他们故意安排的？我这是想哪去了，他们到底想干什么？我虽然是寡妇，毕竟是你们的亲嫂子，也有脸面！你们俩这么做，让我的脸往哪儿放？我也无法面对你们俩。我们天天在一起生活，要如何面对？萨仁的鼻子酸溜溜的。

锅台上忙碌的劳动赶走了她的伤心和嫉恨。她熬好了茶，烙好了饼，把小小奶茶馆收拾得干干净净，正准备开始一天的生意时，新赛罕仰面朝天进来了。昨晚把查干扔在这里走了，她不知道发生了什么事情，一路上乱猜瞎想着走来，进屋就翕动着鼻子转动着眼睛四处寻觅。屋里的情景跟昨晚截然不同。新熬的奶茶满屋飘香，驱散了胃肠里翻腾出来的那些酒肉臭气。新赛罕贪婪地吸着茶香，想起昨晚在回家的路上安慰丈夫说的那些话，认定自己的做法是完全正确的，今天早晨奶茶馆能正常营业就是一个证明。确实一切相安无事，也许还成全了一桩美事呢！她这样一想禁不住偷偷乐了。可是，厨房里锅碗瓢盆的撞击声似乎比以往猛烈，还迟迟不见萨仁出来。要在以往，萨仁早就迎出来"妹妹早，妹妹好"地表示妯娌间的亲热了。

案板菜刀的叮咣敲击声，锅勺的叮当碰撞声，一直不照面的萨仁，把新赛罕刚才的美梦变成了泡影。她正在犯愁如何见嫂子的面，见了面又说什么好时，今天早晨的第一批客人推门进来了。不是别人，正是额日勒和哈妮拉。新赛罕虽然不知道他们两个叫什么名，但认出他俩是好几天以前来吃饭买过许多东西的那两个年轻人。他们跟萨仁同住一个院，但各忙各的营生常常见不到面。一旦见面，就亲热得分不清是邻居还是亲戚。他俩一进屋就大张鼻孔贪婪地吸着奶茶的香气，眼睛环视一下室内，哈妮拉问："萨仁姐呢？"新赛罕有点不高兴，他们这种不把她放在眼里的举动着实让她不悦。新赛罕摆架子故意不答话。站在哈妮拉身后的额日勒说："噢嗐，好好喝一顿手把肉泡奶茶！"这才启开了新赛罕的金口玉牙。

"要多少肉？"新赛罕一改刚才的表情面带笑容问。

萨仁听见外屋有客人说话，忙端着刚烙出来的一盆饼来了。烙得焦黄的饼散发着油香。俗话说"心里有鬼，肚里明镜"，新赛罕急忙迎过去接盆子，萨仁瞅都没瞅她一眼，把盆子撂在柜台上转身返回去了。新赛罕从萨仁的动作上判断出事情不妙，肯定闹出了不愉快。能不愉快到哪儿去？你一个寡妇，大不了给那个酒鬼做一回肉垫子，对你来说那不是美事吗？

"好，就吃这个！"额日勒指着一大块做样品的五花肉说。新赛罕这才从遐想中惊醒过来。刚才新赛罕一见到他们进来就在心里想过，他们一来必定会买许多肉食。额日勒的举动充分证明了她的判断。他俩昨晚又把牌友收拾干净了，所以一大早晨被赢来的钱烧得心里发热才来这里挥霍。新赛罕用竹夹子夹起他们要的肉放到秤盘上，用眼神问额日勒还要什么。哈妮拉说："行啦，就这些吧……"额日勒也没有辜负她的渴望，又点了不少东西。哈妮拉在一边也对着自己的口味点了鸡蛋、烙饼之类许多东西。这些年轻人就怕别人瞧不起，嫌他们穷。新赛罕明知这些东西他们俩一顿吃不完，却不劝阻，反而抓住他们爱炫耀的虚荣心鼓动说："才几个钱的玩意儿。"这对两个爱面子的年轻人很有刺激意味。新赛罕达到了自己的目的，额日勒却有点力不从心了，他摸口袋时手不争气地微微颤抖。但他依然装出不在乎的样子——哪怕瞬间也是享受了一回被人看成大款的快感。他模仿着有钱的城里人，尽量挺着干瘪的腹部，直着腰板坐到了饭桌旁。哈妮拉说："买这么些东西，我们俩能吃完吗？"

"吃不完就扔了，你操什么心！"额日勒仰起了脖子。

"扔了以后，别后悔没打包。"哈妮拉扭臀摆胯笑。这话大大损伤了额日勒的尊严，他气得像打架的牤牛般向哈妮拉瞪起了眼。哈妮拉知道自己失言了，忙纠正说："我说的是回去以后那几位牌友朝你要吃的！"

"各顾各的社会，你顾得了谁？越顾他们越靠你。生活的道路，佛爷都指不明！"额日勒摇头晃脑地说。新赛罕听了这话心里很不以为然。

"喂，请你和萨仁姐姐到这边坐吧！有啥客气的，咱们几个好好喝点茶。"哈妮拉亲切地发出了邀请。额日勒也附和着说："就是嘛，也不是不认识！"

"我们已经喝完早茶了！"新赛罕无动于衷。哈妮拉仿佛没听见新赛罕的话，径直进厨房邀请了萨仁。萨仁以没时间为由不出来。额日勒听清了厨房里的对话，诚恳邀请道："嗨，客气什么呀，我们俩吃不完这么多肉，过来一起坐吧！"

"俗话说'看礼品不如看人品'，姐姐谢谢你俩的好意。但现在我真没时间，等以后有时间了再说吧。"萨仁不好意思地说。

"看你俩的热情，不请都想参加。可是，我们跟你们坐了，我们的其他客人怎么办？"新赛罕的话彻底打消了两位继续邀请的念头。额日勒的大方、萨仁的善心、新赛罕的小算盘，在一片客气声中没能达成一致。

突然，门砰地被踢开，进来了几个年轻人。刚才的和谐气氛在几个年轻人闯进来的刹那彻底被打破，小小的奶茶馆杀气腾腾。新赛罕一眼便认出来者是那天被朝克他们打跑的几个小混混。这时，哈妮拉拽着萨仁的袖子从厨房走了出来。萨仁一见这个阵势不由失声道："完了，这几个是……"

新赛罕早有预料，这几个年轻人迟早要来闹事，她尽量压住剧烈的心跳努力为自己壮胆："他们再野蛮，这大白天的能把我们怎么样！"

"里面请!"新赛罕毫不畏惧的样子。领头的是一个棒槌脑袋黑瘦小个子,他把新赛罕从头到脚打量了一遍,刚才的狰狞面目渐渐和缓下来。他盯着眼前的这位妇女,她穿戴优雅,化妆得体,一口标准的汉语,还有那无所畏惧的眼神。黑瘦小个子心想,这个女人不是省油的灯,不可轻举妄动。后面的两个虽然块头大,但显然是黑瘦小个子的帮手,看着主子的眼色行事,这阵子站在后面不动地方。黑瘦小个子扫视了一下大厅,走到靠近窗户的一张桌上坐了下来,两个大块头分别坐在了黑瘦小个子的左右。窗户上缺了一块玻璃,阵阵冷风从窗口吹进来。他们想起昨晚的战果,不禁相视而笑。新赛罕在桌子上摆了碗筷问:"几位吃什么?"

他们几个仍然相视不语。黑瘦小个子仿佛刚想起了他们这是在饭店,问另两个:"我们要吃啥来着?"他故意装糊涂,眼睛瞅着另两个。

"吃是要吃,可是要吃什么呢?"其中一个大块头挠着后脑勺。几个人终于憋不住哄堂大笑起来。新赛罕知道他们是在要弄自己,气得直喘粗气,但又不敢发作,知趣地转身走了。

"喝奶茶,要手把肉。"几位从她身后扔过来一句。

"要多少?"新赛罕两眼直视着他们问。

"要多少呢?"一个大块头挠着脖颈,黄眼珠子在桌子上扫来扫去。新赛罕敏感地意识到他们几个在故意寻衅闹事,心里想:姑奶奶我成家以前也是闯荡过江湖的人,像你们这样的小流氓见多了。现在我老公不管怎么样也在法律部门工作,大小也是靠山。

"想好了再告诉我,要知道我这儿没有免费的早餐!"她横着脸说,"屁股大的地方,谁不认识谁呀,真是的……"说完气嘟嘟地回到柜台里,噼里啪啦地拉过来一把椅子坐了。她的话分明是在警告对方:我是城里人,别把我当草原来的普通牧民,你们奈何不了我!

　　"你们连话都不会说，什么玩意儿！我来。"黑瘦小个子走过来，点了不少肉食和主食，"先要这些吧，不够再要，吃完一起结账！"他点完菜很是得意地晃动着膀子回到座位上去了。新赛罕本想让他们先交钱，这种人不可信，吃完不给钱跑了怎么办？又一想，这么一个巴掌大的小镇，这样几个人能跑到哪去，便点头同意了。

　　刚才的紧张气氛在奶茶和手把肉的飘香中逐渐缓和下来了。随之，吃早茶的人纷至沓来，小小奶茶馆人声鼎沸。今天早晨的客人比以往任何时候都多。新赛罕应接不暇，小跑都忙不过来了。人的注意力总是围着自己所从事的职业转。萨仁的委屈和憎恨也被忙碌打消，对同样忙碌的新赛罕说："今天早晨怎么啦？人这么多。"新赛罕应和着说："是啊，真奇怪！"妯娌二人间的疙瘩被劳动的汗水冲刷，在愉快的忙碌中迎来了小镇又一轮太阳。

　　原来，今天早晨小镇部分地区停水了。按钟点上下班的人们或喝了一碗茶或吃了两块饼就匆忙走了，屋里顾客少了，两人才得以喘息坐下来休息。一看，黑瘦小个子他们已经喝得五迷三道。他们什么时候买的酒呢？新赛罕疑惑地瞄一眼酒柜，方才想起来正忙碌时黑瘦小个子自己从酒柜上拿走了一瓶酒，还跟她打过招呼。不管怎么样，那瓶酒是他们喝的，没丢就好。她这样一想心里踏实了许多，便坐下来整理账单。黑瘦小个子他们被酒精烧得吵吵闹闹的，仿佛这个饭店除了他们没别人。他们谈论的主要话题都是街头好汉地痞流氓的故事，捎带着吹嘘自己，他这样了，我把他那样了，有一次爷（指自己）干了什么事，怎么怎么了等等。听来听去，他们几个都是世上无所畏惧的好汉，是自称爷的人。自称爷的好汉的故事自然让人生畏，不然他们就不是好汉，是胆小如鼠的小混混了。他们不仅自称是好汉，而且还说接触的哥们儿都是社会上有实力的人，有的还是黑社会。他们这样直言不讳地表白，无非就是说明谁要是跟他们作对绝没好下场，只要给那些哥们儿一个暗示就完事，必定给他们报仇。如果给那些哥们儿一些钱，说要卸谁的胳膊腿就能卸谁的胳膊腿。说是他们那些哥们儿都是专吃黑道的人，跟他们关系非常铁，现在打电话马上就到。他们唯恐别人听不见，仿佛向全世界宣告般高声大气谈论着。

萨仁听了一会儿，吓得毛发直立，小声对新赛罕说："这些人太可怕了！"新赛罕不以为然道："吹吧，吓唬我们呢，想捞个白吃白喝。休想！"她稳稳坐着不为所动。那几个人目中无人地神聊了一回，聊得差不多了摆出要结账走人的样子。

"多少钱？"黑瘦小个子从椅子上站了起来。新赛罕一五一十清清楚楚地通报了账单。黑瘦小个子没把新赛罕报的钱数当回事："嗤，才那么点钱！"把手伸进裤袋里。新赛罕以为他在掏钱要付账，心里甚是高兴。可是，黑瘦小个子并没拿出钱，却掏出手机放在了桌子上。

"喂，你什么时候买了这么漂亮的手机？""这东西一定很贵吧？"另两个大块头轮番欣赏着手机，爱不释手了。

"一万多元的家伙！"黑瘦小个子得意地向两位大块头炫耀。新赛罕听了，认定他们不是囊中羞涩的人。过了一会儿，一个大块头说要出去解手，另一个大块头也说："奶茶喝多了，尿憋得不行了！"跟着跑了出去。只有黑瘦小个子留了下来，仿佛跟聋子说话般大声打着电话。他在电话里磨叽了半天，向对方说把电话交给谁谁谁，看样子对方不是一个人，好像男男女女好几个人，从他的口气上听出都是穿一条裤子的好朋友。就这样，对方轮流接了电话，吵闹了半天，通话总算结束了。黑瘦小个子按了手机，仿佛想起了什么，问："我们那两位呢？"

"不是说要解手吗？"新赛罕反问道。黑瘦小个子猛然拍了一下额头："哦，对呀。唉，不胜酒力呀！"又打手机，"喂，你们俩是不是掉进屎坑里了，谁谁要来，赶紧过来加几个菜……"黑瘦小个子打电话的声音很大，屋里的人都听见了，不过对方究竟说了什么，除了他以外谁也没听见。

"什么什么，鼻子出血止不住了？要卫生纸？去你的吧，拿卫生纸做屁用，你也不是来例假了！"黑瘦小个子拍着大腿哈哈笑。新赛罕也忍不住扑哧一声笑了。

"没事吧？"萨仁在嘴里说。黑瘦小个子把手机扔在桌子上，来到柜台跟新赛罕索要了一沓子餐巾纸。新赛罕生怕他们跑掉，但看见桌子上的手机也就放心了。

黑瘦小个子的把戏，除了新赛罕和萨仁以外还有一个人一直在密切关注，那就是额日勒。黑瘦小个子虽然不是额日勒的朋友，但额日勒非常了解他。可是跟自己没关系的事，谁会当面揭穿得罪人呢？尤其谁也不愿意跟这些城里的小混混结仇，明明看见他们作恶多端也不敢去制止。这是城里人的高明之处。额日勒也学会了城里人的聪明。

一碗奶茶快凉了，黑瘦小个子也没回来。新赛罕望着桌子上的手机，信心十足地等待着他们。第二碗茶都快凉了，那部漂亮手机的主人始终没有影子。给新赛罕以信心的手机依然躺在桌子上，新赛罕几次想拿过来，又怕它的主人突然闯进来闹尴尬，把伸过去的手又缩了回来。一锅奶茶快要凉了，那三个人全无踪影。新赛罕终于发毛了，跳将起来抓住了手机，一个念头飞快地闪现在她脑海里——空壳！

新赛罕气得咬牙跺脚，一句"操他妈的混蛋！"骂了八百遍。再跺脚，再骂娘，那几位丝毫没有回来的样子。她自来到这个世界还从来没有被人这样欺骗过。但有什么办法呢？只能憋着气收拾桌椅。

干活虽然弄脏了衣服，但能够释放心中的恶气。她的情绪在拼命干活中慢慢得到了缓解。

"这个黑瘦小个子可能是乌兰的弟弟吧？"额日勒仿佛在问别人又像是问自己。新赛罕立刻联想到那天他们来寻衅闹事、昨晚打碎玻璃以及刚才白吃白喝金蝉脱壳等一连串的恶作剧，怀疑这些事跟乌兰有关。

"嗯，肯定是吧！"新赛罕点头。

哈妮拉说："好多天以前，乌兰跟我们打牌时说起过，如果你们不给钱，她要告诉她的弟弟收拾你们！"额日勒递给她一个警告的眼神说："真多嘴！"又加了一句，"是这样吗？"哈妮拉没理他警告的眼神，说："咋不是这样呢？据说是她的弟弟，偶尔去我们那打牌，动不动就惹是生非不是？"哈妮拉的话揭穿了额日勒的八面玲珑。额日勒这个人房无一间牛无一头，却总自吹有的是钱。他在城里混了几年，把祖宗的诚实品质全丢了，不分好人还是坏人，只要是对他有利的，他就会低三下四溜须拍马。对他不利的，他就躲得远远的，怕树叶掉下来砸了头，这下被哈妮拉揭了短，脸上抹不开了，说："是这样吗？"当起了健忘症患者。

"这么说，你们非常熟悉？"新赛罕追问。额日勒担心新赛罕跟黑瘦小个子打官司把他扯进去，想尽早离开这里，便答非所问地说："战斗了一晚上累得受不了啦，早点回家养精蓄锐！"他大大地伸了一个懒腰。

21

宝音盼望牛贩子已经好几天了。上次他进城后决定卖几头牛，可是今年牛的价格不稳，让他很是闹心。他儿子干出的麻烦事催促他不得不卖牛。儿子已经长大成人了，况且在政府部门工作，按理他这个半身入土之人不应操这份心。然而人活到老为的是什么？孩子们能有个出息比什么都重要。为了实现这个愿望，他只能卖几头牛来帮儿子解脱眼前的困境。这位乡下老牧民，穿着风吹日晒褪色了的袍子，仄歪着坐在马背上，手搭在额头上望着眼前的羊群和远处的牛贩子。他嘴角上叼着一棵尖草，用几颗老牙齿咀嚼着。他每到一个草场必定要这样检验牧草的质量和营养，这是他一辈子养成的习惯。这样检验牧草选择牧场的结果，他的羊群总是膘肥体壮。每当发现远处有动静，他马上从怀里掏出单筒望远镜来瞭望，可是瞭望到的东西却像旋风般消失了。他很是奇怪，牛贩子有时像蚊蝇般一群群来，现在都哪去了？他把望远镜重新塞进蒙古袍的怀里。天边出现了云朵，形状像一群奔跑的骆驼。好久没下雨了，哪怕滴答点水湿润一下草原也好！他这样期盼着。夕阳从云层里掉了下来。他的目光落在横亘在西边天际的山丘上，那里炮声隆隆风沙弥漫。刹那间，天上的阴云一下落到他的脸上，干渴的心没得到雨露的滋润，一切期盼都变成了泡影，说不出的郁闷在他胸中升腾。

远处的炮声震耳欲聋。"违背天意的时代真的到了！"他这样嘟囔着，两腿使劲踢蹬马肚。跟随他多年的老马已经成了"懒汉"，往前蹦跶两下不走了。他下了马，想抽支烟，选了一个地势较高的背风处。对放牧人来说，老天爷没规定必须朝什么方向坐着吸烟，但他自己却不想面对着横亘天边的那座山，所以背对那座山坐下了。他背对的那座山叫巴彦查干敖包①。据说那边探明了煤矿和多种金属矿，现在漫山遍野都在采矿。托祖宗的福，矿业辖区的好多老百姓都怀揣数不完的钱进城过幸福生活去了。宝音见那些人占有了那么

---

① 敖包：用石头、木料堆积起来的圆锥形建筑物，用来祭祀神祇、祈雨。

多房屋车马，别说进城生活，就是上天堂过日子都行。人家的命好。宝音想，我到底是什么命？可能是一辈子守望草原的命。古人说"心善则命顺"。这个命对我正合适。他常常这样安慰自己。我就这点放羊的本事，这个地方就是我的根基。能够在这里生存，我感到骄傲。我来到这个世界，生活在红尘里，没有太大的奢望，仅仅希望风调雨顺而已。然而，自巴彦查干敖包出了矿产以来，他的这点希望也彻底破灭了。他把手伸进蒙古袍的怀里掏了半天，掏出半盒烟，抽出一支叼在嘴上，两根手指头插进靴筒里夹出打火机，用右手的拇指啪地按下开关，左手挡住风点燃了烟卷，深深地吸了一口。一溜青烟从他的鼻孔蹿出来，飘香在空旷的原野上，不过半步已经飘散在空气里了。带着雨腥的风与烟卷的苦香味道同时袭来，滋润了他的肺腑。这个味道是他一辈子离不开的渴求，一旦过了烟瘾心情随之好转，他的目光不由转向了巴彦查干敖包。天上的云朵毕竟不是拴住的马匹，又出现团团乌云，掠过山顶向这边飘来。他企盼几滴雨的急切心情又冒了出来，不由得又担心那种隆隆的炮声驱散了乌云。

不过抽一支烟的工夫，企盼的跑了，担心的却来了，远处又响起隆隆的炮声。宝音听见炮声，犹如臀部着火了一样，在草地上狠狠蹾着屁股。刚才吸烟的贪婪劲头已经云消烟灭，烟的苦香味也变得寡淡。他拿烟头在鞋底上狠狠拧了一下，烟灰里仅存的烟火无声地灭了。风，一阵热一阵冷地吹来，吹得草尖趴地，吹得黑云犹如马群在头顶上奔腾。天空乌云密布，倾盆大雨仿佛即将来临。宝音想把羊群聚拢过来，骑上马朝羊群奔去。狂风几乎把他从马鞍子上掀翻在地，也猛烈地驱赶着头顶上的乌云，最终剩下几片薄云不咸不淡掉下了几滴雨水。宝音的急切盼望就这样被炮弹击碎，那句"雷声大雨点小"的名言变成了"炮声大雨点小"。他沮丧地跟在羊群后面走。人这个东西心不死欲不绝。他望着远处庄稼地里下的雨不禁生出几分妒忌，老天爷都偏心眼，这是什么世道？他望着头顶上飞过的云彩，恨不得拿套马杆子套住它们，让它们下雨。他用通红的眼睛盯着云彩："世界这样广阔，开矿的可以开，为什么放牧的就不行呢？见云彩就开炮，这是什么道理！"他怒吼一声，心里仿佛痛快了一点。一个精神正常的人发疯般在野外呜哇乱喊，像个夜间被风吹响的空瓶——听起来使人恐惧。他自己这么一想，心里平静了不少。

宝音赶着羊群走在原野上，巴彦查干敖包的远影总在眼前晃动，越不想看越是进入视线。那是祖先祭祀的巴彦查干敖包！宝音对它有一种神圣的崇敬。用洁白的石英石堆起来的巴彦查干敖包，从远处看过去，闪烁着耀眼的光芒。他深信敖包的神力，它保护着这里的百姓，世世代代过着平安吉祥的生活。他坚信只要敖包在，一切都会安然无恙。现在敖包已经残缺不堪。每当想到这里，宝音就不敢正视敖包，心里忐忑不安，脑子一片混沌。他坐在马背上，老马的颠颠小跑使他几乎控制不住自己了。他想起曾经居住在巴彦查干敖包周围的牧民，据说他们得到了许多钱进城享福去了。"这一辈人可以享福了，下一辈人怎么办？"他无端地担忧过。结果被训斥："你这纯属杞人忧天，这一辈子过好就行了，谁知道下一辈会什么样。如果都像你们这样死板，能发达了吗？我们被几千年的封建保守思想桎梏了多少代！比别人落后的原因就是守住这点故土不放……"当时他梗着脖子反驳说："是几千年的保守思想吗？这是多少代人赖以生存的土地，也是多少代子孙吃不完的财富！"领导批评他说："这片土地是你的吗？这是国家的土地。国家想什么时候收回就什么时候收，分文不给你，你能怎么样？"他不服气："国家当然说了算，但不可能像你说的那样做吧？"领导点着他的脑袋说："看几头牛过日子，不如依靠国家过好日子！国家富起来了，用不着担心你的子孙没饭吃！"他固执道："到那时候，能给你子孙金饭碗吗？"领导气得指着他的鼻子说："你这个顽固脑袋，那带毛的牲口有千万头又能怎么样，不如国家挖掘一个山头！"领导几乎扯着他的耳朵，给他灌输了八辈子没学过的道理。

　　当时脸红脖子粗地争论的结果，让他意识到人家说的也不是完全没道理。在我们的人骑马赶车的时候，人家已经用铁片制作了大鸟满天飞了。现在我们的人念经祭祀敖包的时候，人家已经飞上了外星球。连缝制衣服的小针都是从铁矿里出来的，吃饭用的锅碗瓢盆也是城里人制作的。放牧是我们的历史，然而世界不可能回归到放牧时代。国家只有建城市开矿产才能富强起来，这是有目共睹的。他们固然富强了，但也遭到过不少挫折。城镇里的麻雀被烟雾熏黑了，水源被污染，植被遭到破坏，海洋湖泊里的鱼类也未能幸免于难，此类现象不是没见过，也不是没听过。鸟类都懂得窝巢脏了遭病害的道理，何况只有一个窝的人类呢！空气污染了呼吸都困难。水污染了万物遭殃，没两天就旱死渴死。难道人们不知道这个道理吗？世界的主宰者是人类，但世界并不只是人类的。这在几千年以前佛祖已经写在了经典里。天地人和，动物与植物相辅相成，这样才能成为和谐世界。把公牛都骗了，把草场都卖了，还能过好日子吗？要想过好日子，必须遵循自然规律。唉，这都是什么世道，青蛙都吓得提前冬眠了。不是因为我宝音倔强，也不是心疼那些破煤炭，只是寻找症结在哪里，我们应该懂得窝废蛋打湖干鱼死的道理。活着的时候有个立足之地，死了以后有个安葬之土。现在能够把地球看作自己生命的人有几个？开采开垦的人脑子里有故乡的概念吗？上个世纪我们说为祖国为社会做出了巨大贡献。半个多世纪过去了，能拿出来的像样东西有吗？现在回顾起来，还没有比挖掘一个山头的利益大吧。那么，那些储藏宝物的千万个山脉由谁来保护？不就是穿长袍的几个牧民吗！他们把蓝天绿地当作自己的眼珠子一样珍惜，像候鸟一样寻山水而居，顶雨冒雪风吹日晒历尽千辛万苦完好地保留了这些山河。而今，那些人为了争夺资源，不惜炮弹炸药，置平民百姓的生命于不顾。比起他们，吃小留大的游牧民族应当青史留名。他们才是真正为国家强盛做出贡献者。采矿业有矿产，建城市有土地，还缺什么呢？地球沙化，植被退化，为什么偏偏说这是放牧的过错呢？还说大搞城镇建设是因为乡下人口和牲口太多了。又说，把人们集中在城镇，是因为他们生活难以为继了。难道城里没有贫困户了吗？据说，无业青年、下岗职工、病魔债务缠身的弱势群体、各种贫困人口占城市人口将近一半。在城镇贫困问题难以得到解决的今天，还要把乡下贫困人口搬迁到城里，这个城市会成为天堂还是地狱？谁不知道城市好，最起码得病了医院近，孩子上学方便，交通发达，想聊天接触的人也多，想买啥有的是东西，城市能不好吗？谁不想居住在这样的地方，谁不想过美好的生活？人都是为了追求美好而奋斗一生。然而，这个世界不能把所有的美好都放到一个地方。我们的生活虽然是吃肉喝奶穿皮毛，但也有它的美好。在原野上过惯了平常日子的我们，挤进城里会做什么呢？待在这里，看着几头牛羊，照样能创造财富。俗话说"蛤蟆尿也为大海增加水量"，何况当今市场缺少纯绿色牛羊肉呢？现代社会，谁不想吃营养丰富的牛羊肉……

见到鬼都不惊恐的老马，突然往右侧猛地一躲闪，把宝音和他的遐想一同摔在了野甸子上。原来，从下风处疾驰而来一辆越野车，把老马惊吓住了。放羊时骑的老马哪见过这种庞然怪物，吓得竖起耳朵蹦跳不止。越野车横过来停在面前。浅绿色的车闪耀着光亮，样子非常豪华。宝音听说过这种车能值一群羊的价钱，看着它很受刺激。"哎嘿，不知道哪方人来了……"他这样自言自语。这时，越野车左侧门砰地打开，门框下先露出一只鞋，是在荧屏上经常看到的那种美式翻面皮鞋，鞋头大，靴筒上有不少纽扣和皮带。接着便是油光发亮的背头，戴着墨镜的双眼仿佛被老鹰抠掉眼珠的骷髅，一个方头大耳的人挺着大肚子从车门里挤了出来。宝音以为来了一个大官，仔细一看他的方头，便认出是他老朋友的儿子。他的老朋友也叫宝音，跟他关系比较密切。他的儿子叫陶特夫，宝音平常称他老宝音的儿子。他们的牧场被列入巴彦查干敖包辖区，所以他是诸多暴发户中的一个。由于宝音跟他父亲是同名，因此他叫宝音阿吉亚[1]。

"你好吗？"陶特夫下车问候，声音听起来很傲慢。宝音觉出这种傲慢的声音是他身后的漂亮车给的，问候里连阿吉亚称呼都没有了。假如是坐飞机来的，也许"你好吗？"都没了。宝音很不高兴地勉强动了一下嘴巴说："嗯，好……"

从陶特夫身后走下来两个人，迈着鸭子步走到宝音跟前，连句问候都没有。

"天好像要旱了！"陶特夫傲慢的声音再次发出来。

"嗯，好像是……"宝音带搭不理。

"现在放牧很难了，老天爷都不照顾！"陶特夫说话时踢了踢脚下的草丛，落在草叶上的尘土冒出一股烟尘。这话在宝音听起来仿佛在说"老天爷都看不起放牧的人"。

"好像是吧！"宝音随便应和着，一边想知道他的下文。

"要是继续这样干旱下去，在这地方放牧就没啥收益了，不是人吃牛羊，而是牛羊要吃人了，是吧？"陶特夫继续嘟嘟道。宝音望着天际说："天有不测风云，发生干旱的事常有，不是现在……"陶

---

① 阿吉亚：蒙文音译，阿爸。内蒙古锡林郭勒地区用语。

特夫听了这话，觉得宝音的脑子是用毡子做的，怎么启发都不开窍。陶特夫可怜宝音是个死脑筋，一辈子守在这个地方过土日子，虽然跟父亲是同名却不同命，那是因为有条件不会利用，在野外受苦受难，不知道是个什么破星座，也不知道是哪辈子作的孽。唉，好可怜，其实就是离不开故土的保守思想造成的。陶特夫给这位好赖不知的老头算出了命，说："什么故土故土的，那都是老一套了。多少代人千百年来生活在这个地方，该收益的都得到了，还不够吗？世上没有永恒的东西，现在该给哪儿就给哪儿算啦……"他引经据典说古论今启迪了半天，眼睛瞅着老头心里在想，这老糊涂该开窍了吧？

宝音明白他在说什么，但不想跟他认真理论，只把这些当小孩子的话。陶特夫穿开裆裤时宝音就认识，跟他争论怕别人笑话他是老糊涂，所以岔开话题用家乡的礼节问："你阿爸、额吉身体好吗？"陶特夫不得不把狂妄傲慢的神情压下来，对面的老者毕竟跟他父母同辈，且问候了自己的父母，他也只好在话语里加上了"阿吉亚"这个称呼。

在聊天中，宝音了解到他是在领着牛贩子收购牲口，一问行情，觉得还可以。宝音满心欢喜，这真是请不到的客人亲自来了。但他又有些担心，关于这孩子他听过一些风言风语。只是听说，人们的传言有真也有假。说他在乡下放高利贷，让好几户人家都倾家荡产了，指名道姓说得真实可信。还说他收购了人家的牛羊，反过来把牛羊交回卖家放牧，把卖家给算计得家破人亡。他父亲老宝音是个老实厚道人，他的儿子不会坏到那种程度吧！宝音没全信。"不仅让人倾家荡产了，而且一点情面都不给。来的时候还要带着法院的人来，你以为呢？"那人气得青筋暴跳。都是炊烟相连牧场相邻的普通牧民，怎么会下得去如此狠手呢？宝音提出疑问："真的一点都不留情面吗?"对方说:"眼睁睁看着棚圈空了,有的受不了请求说'能不能留点情面',你听这家伙怎么说,'我给你留情面,谁给我留情面?市场经济时代就这样。'行为十分恶劣。"宝音奇怪:"这些人也是,明明知道是高利贷,为什么要借?明明知道是人家收回去的羊,为什么还要替他放牧?""咱们的人把问题想得太简单了,听了他的两句好话就信以为真,醒悟过来时已经掉进了陷阱里了……"

此刻,那些情景恍惚浮现在眼前。老人们曾经说过,从前内地来的掌柜的就是这样欺诈乡下人。家狗疯起来比野狗更可怕。宝音生怕被诈骗,但也没办法,眼下需要用钱来了断更重要的事情,不得不狠下心来卖几头牛了。

"孩子,你是周游各地的人,我打听一下,今年的牲畜价格怎么样?"宝音向他咨询市场行情。

"没法说,都不一样!"陶特夫爱搭不理地说。

好朋友老宝音的儿子对他这种态度,宝音有点气愤,问:"什么不一样了?"

"不是无缘无故,本地牛羊的价格不行。"陶特夫仰起了四方头。

"那什么样的牛羊值钱呢?"宝音用厌烦的语气问。

"改良的牲畜价格相当不错。没办法,现在政府号召大家改良牲畜嘛!"陶特夫提高声音说。这话仿佛在说,他要低价收购他的牛羊。事情真的像宝音预料的"歪把勺往外扠"了。宝音想进一步试探对方:"难道良种以外的都没戏了?"

"还不是完全没戏,好好商量的话价格可以提一点!"陶特夫装腔作势地说。

"良种畜就用不着商量,价格原本就高吗?"宝音继续试探。

"那是当然了,有政府补贴呀,所以大家都在改良牲畜嘛!"陶特夫展开两臂歪着头说。

"羊的价格怎么样？"宝音明知结果却还想看看他的尾巴往哪儿甩。

"羊的价格也是一样！"陶特夫照旧装腔作势。

"哦，原先是毛绒的价格不同，现在连肉价也不一样了！"宝音说完很有意味地嘿嘿笑。陶特夫没想到宝音老汉这一手，囧得没了下文，心里恨恨地想：你这个老顽固，活该被抛野外！

22

对于不放牧的城里人来说，周日早晨是睡觉的大好时光。查干的老婆睡得不能再睡了，刚刚起床就听见有人敲门。虽然太阳已经升到十层楼高了，查干的老婆还是责怪："人家还没起床，哪个疯子这么早来串门了？"她一边嘟囔一边去开门，大声问，"谁呀？"门外的声音不亚于她，回答道："我！"是一个女人的尖嗓音。查干的老婆很气恼，难道你没姓没名吗？她气哼哼地问："你是谁呀？"她发出的声音很强硬，仿佛让对方知道她是这里的主人。对方好像是保密局的人一样仍不报姓名，拖着长长的音调"我"了一声，声音里隐含着"你竟然连我的声音都听不出来"的意味。查干的老婆妥协了，不管是谁来了，毕竟是来访，让人家站在门外说话不合情理，于是从金鱼眼般鼓出的门镜里用右眼看了一下，一边用右手咔嚓一下拧开了门锁。门半开，门口的那个女人一改刚才的态度，仿佛春天的沙尘暴一下子变成了夏日的阳光，又像是久别的亲人重逢般惊喜地喊起来。

来者是乌兰。乌兰和查干的老婆虽不常来往，但他们的老公是酒友，因此她们也算是姐妹，偶尔在大街上碰面免不了点头打一声招呼。

"今天的太阳从西边出来了吧？"查干的老婆这样客气仅仅是出于传统礼节而已，因为女人的脸色代表这个家庭的脸色。乌兰也报以热烈的笑容说："我们是多少年的老朋友了，早就想来拜访你们俩，忙得总是腾不出时间。今天是周日，总睡也不行，就出来拜见二位！"在查干的老婆听来，乌兰是牺牲一早晨的休息时间来拜访他们，好像世界上的事情都围绕她运转一样可笑。但查干的老婆在外表上不露声色。这两个女人就是这种占两个极端的人，一个是自以为是，一个则是谦和卑微。

"就是嘛，早晨一起来耳鸣得不得了，原来是你这个贵客要上门！"查干老婆干笑着说。

"哎呀，你家房子这么大，你们俩真有本事真有钱！"乌兰赞叹不已。对现代人来说房子车子是面子。这家人有没有本事有没有钱，全看他家的房子和车子。不管去谁家，夸他家房子是现代人交流的第一道程序。夸他房子跟夸他本人是一个道理。而且夸房子比当面夸本人更含蓄。乌兰说话就是这么聪明。可是，此时查干老婆正急于入厕哪有心思听她夸房子。

"姐妹儿稍等等，我给你熬奶茶去。"查干的老婆说着钻进了卫生间。乌兰趁机观察了一下房间里的陈设，都是值牛马钱的家当。人们都说查干的老婆有本事有能力，乌兰看了这些家具摆设深信不疑了。她还有点嫉妒，有啥本事，无非是拿那"玩意儿"让领导玩罢了。我没那样，我要是那样，比她过得更好。那样过，再好有啥意思？可怜虫，还不如打麻将过得幸福。她这样一想，心里得到了不小的安慰。卫生间里发出哗啦啦的放水声，查干的老婆走出来，摩挲了一下憋红的脸说："再等一等，洗一把脸就来……"又进了洗漱间。

有句话叫"眼见为实"。室内的豪华用具，不仅扎疼了乌兰的双眼，同时也改变了她对查干老婆的看法。这娘们儿果真有本事。把家庭建设搞得这么好，全是她的功劳。不然，查干是跟她老公一样的窝囊废，连自己都照顾不好，哪能顾得上家。现在社会上没人寸步难行，没有一两个有权有势的靠山，啥也办不成。能够巧妙地在领导中间周旋，也是个了不起的能力。大不了有人指着脊梁骨骂几声，世人的嘴谁能堵住了？就算是人家不说你了，那也不会给你白送东西。所以，管他谁说啥，我做我的事，我捞我的实惠，这才是上策。尤其一个女人，能做到这个程度容易吗？这女人绝对是个发挥自身优势的典范。若能跟这样一个本事通天的女人搞好关系，收拾那个穿长袍的牧羊女人是易如反掌的事情。今天来她家拜访，是个绝对正确的选择。想办法把这个女人拉拢过来，事情就成功了一半。

乌兰正在考虑如何应对时，查干的老婆妩媚动人地出现在她眼前。乌兰初次面对面接触查干的老婆，仔细看上去这女人的确很漂亮。"女人靠容貌"这句话，使乌兰联想到了她家的豪华用具。乌兰懂得"女人为自己的漂亮自豪"这个道理，于是惊喜万分地喊道："哇，这么漂亮！"查干的老婆完全听出惊叹后面的假象，那声音犹如耳朵里爬进了蝎子一样令她讨厌，但她还是脸上堆出笑容说："你的发型真好，在哪儿做的？"乌兰听在耳朵里觉得这话非常动听。

"你不用做发型都比我的好看，我这头发硬倔倔的。你的头发真好，还是自来卷儿。啥人的头发能长成这么长呢？真奇怪，可能是善良美女都这样吧！"乌兰这样信口开河地夸奖查干的老婆，伸手轻抚她那瀑布般倾泻而下的柔发。

查干的老婆为了兑现熬奶茶的诺言走进了厨房。乌兰像尾巴一样跟了进来。乌兰进厨房以后，从锅碗瓢盆开始夸奖，几乎所有东西都夸了一遍，有的东西夸了好几遍。查干的老婆并没相中乌兰身上任何一样东西，但出于礼貌违心地夸起了她，从她的耳环开始夸奖，直至背包、皮鞋夸了个遍。在两位女性互相奉承的赞美声中锅里的奶茶翻滚沸开了，新茶的味道满屋飘香，赶走了她们的无聊话题。查干的老婆拿出稀奶油说："姐妹儿，今天咱俩好好喝点稀奶油奶茶吧。"一边说着一边用木勺扬茶水，把奶茶搅得白沫漂浮香气诱人。其实，乌兰并不爱喝奶茶，总觉得喝奶茶不如喝豆浆好，尤其稀奶油奶茶的怪味使她作呕，但作为客人她不想冷淡主人的热情，装作特别喜欢的样子坐到了桌旁。查干的老婆煮好了奶茶，从冰柜里拿出凉手把肉摆在桌面上，自己也坐到乌兰的对面。查干的老婆在做工精细的瓷碗里放些奶皮子、奶酪等，然后在上面浇了点奶油，把滚烫的热茶倒了进去，客气地说："请用茶！"

乌兰接了奶茶，瘪着嘴喝了一口，没喝着多少奶茶，却把嘴烫了。奶茶上面漂浮着一层油，油的热度是看不出来的，喝下去后热油沾到上颚上立即脱了一层皮，乌兰滚动着舌头跳了起来。查干的老婆吃惊不小。好在一口热茶的威力不过如此，乌兰往嘴里扇着凉风坐下了。小小插曲过去了，查干的老婆这才想起来自己的老公，往里屋喊道："喂，你不起来喝茶吗？"从里屋传出男人的声音，到底说了什么，外屋的两位没听清。

"你瞅瞅，昨晚又喝醉了！"查干的老婆厌恶地说。乌兰接过话题义愤填膺道："他们怎么喝不够那破玩意儿呢，我家那位也是！"

"他们好像没吃够母乳，往死里灌那个辣水！"查干老婆的这话，打开了乌兰的话匣子。

"我家那个更讨厌，要是真的喝死了倒是省事，喝不死又活不好。那次跟你老公去了一个破奶茶馆喝酒，被人殴打差点丢了命，现在药费都拿不起了。喝成死狗一个，被人打成那样，人家现在连医药费都不给了。那家老娘们儿不仅分文不给，反过来还要告我们呢。这是什么世道，被一个乡下放羊女人欺负成这样。这个世界怎么也得有一两个说实话的人吧，今天我来你家就是这个事……"乌兰说这些时，查干的老婆根本插不上嘴。乌兰口吐白沫一口气把来意说了出来。查干的老婆一开始就怀疑她无事不登三宝殿，这下终于解开了谜底。查干的老婆大致听说过那次在草原奶茶馆发生的事件以及以后的事态发展情况。一开始的时候，查干在恍惚间做证让乌兰占了上风。可是后来乌兰得理不饶人，把查干也扯了进去，使事情搞得一团糟。查干的老婆不得不介入，训斥老公："闭嘴，夹着尾巴老实待着，不要自找麻烦。"查干这才躲到后面去了。今天乌兰的造访不是别的事，必定是让查干出面做证。查干的老婆已经明察秋毫，心里很不是滋味，你那破事爱怎么处理怎么处理，不要把我们扯进去。

"那么你家里人现在怎么样了，身体还行吧？"查干的老婆摆出关心的样子问。乌兰心里想，你不是关心嘛，那我就给你说。她把自己的老公说成已经到了快一命呜呼的程度。查干的老婆一听有些害怕起来。但是，她曾经听别人说过乌兰那娘们儿非常奸诈！心跳又恢复了正常。

"不会那么严重吧，没事的！"查干的老婆安慰乌兰。

"只有你们俩能帮我，没别人帮我了！"乌兰双手捂住脸呜呜哭起来。这个举动让查干的老婆多少有点心软了。唉，这个女人也不容易，跟那样一个醉鬼过日子，男人还成了残疾，够可怜的了。"这事你跟我老公细商量一下吧。"查干的老婆想这么说，但终究没有说出来。她的脑子飞快地转了好几圈，看这个女人的所作所为，一旦被她纠缠住不好脱身，那个长袍好对付，可是她那个小叔子苏尔泰巴特尔不好惹，他既有能力又有前途。谁能估量现在的年轻人，兴许有一天他调到我们单位或者老公单位当领导，那都是很有可能的事。还是离这件事远一点好。查干的老婆也算是社会"油子"，善于观察风向，能够见风使舵，不是一般战士。

"酒后发生的事没法说，一般都是说不清道不明！"查干的老婆尽量为自己的老公开脱。乌兰本来是抱着一线希望来的，以为能得到他们的支持，可是查干的老婆一点希望都不给。她气不打一处来，早就听说过查干老婆这个女人不简单，果真不是省油灯。我这样哭哭啼啼地诉苦，她却无动于衷，净说些为自己开脱的话，心真黑。你可以脱身，你老公绝对脱不了身。

"那天晚上你老公也在现场！"乌兰咬住不放。查干的老婆意识到这女人要下狠茬子，决不能被这种女人缠住。她说："他喝得烂醉，在现场又能怎么样，都没知觉了。醉鬼的话等于睡觉的人在放屁，能算话吗？"查干的老婆完全把自己的老公置之度外了。

"那天晚上你老公很清醒，好像啥都知道！"乌兰依旧咬定查干不放松。查干的老婆心里有些发毛，看这样子，这女人不见喇嘛不出庙。那就见吧，看我老公听你的还是听我的。查干的老婆蛮有把握地说："那你问他吧。唉，一个醉鬼的话在法庭上能有效吗！"查干的老婆说这话的意思明明是想满足一下乌兰并不现实的心愿。

"喂，你快起来吧。有人来找你有事！"查干的老婆往里屋高声喊道，"晚上不睡到处逛游，早晨像死猪一样睡不醒。你真会享受。不知道为啥到处乱逛，想喝酒家里有的是。我们家缺啥不缺那辣水，这个朋友那个哥们儿送的，还有单位分的破烂酒海了。不知道他想喝啥酒。没事瞎逛无所谓，动不动被人家扯进口舌中。真是个忘性大的猪脑袋……"正说着，查干两眼糊满眼屎走了出来。他昨晚的酒还没醒，经不住老婆唠叨，连外衣都没穿，上身披着衬衫，下身穿着短裤。由于长期酗酒营养不良，他肚子干瘪，腰身佝偻，跟上身极不协调的两条细腿走起路来摇摇晃晃的，嘴里不知在嘟囔什么。

"呸，这死鬼，这是干什么呢，家里有客人！"查干的老婆赶忙起来把丈夫推向里屋。

"你不是叫我吗？你让我起来，我就起来了。又哪儿不对了？"查干想瞪眼珠，眼睛却睁不开，他像个撒娇的孩子一样被老婆推着进了里屋。查干的老婆见自己的老公在别人面前这样丢丑，脸上很是抹不开，气得在查干的后脑勺上弹了一手指头，又指了指自己的嘴，暗示他别乱说话，然后退了出来。

"你好好看吧，还在糊里糊涂呢。就这样一个人，你跟他说啥呢，这样一个人的话还有准星吗？"查干的老婆竭力掩护着老公说。这时查干又出来了。这次他穿戴整齐，扣了衬衫的扣，穿了裤子，套了袜子，人模狗样地出现在她们面前。昨晚喝的酒在他体内燃烧了一宿，把他的双眼也烧得红肿了。他揉了又揉红肿的眼睛，这才看清了来者是乌兰。

"嗯哼，这人从哪儿冒出来的？"查干费劲地说了一句，伸着懒腰打哈欠，难闻的臭气从他嘴里不可遏止地喷了出来。乌兰的嘴快是有名的，按理十个查干也说不过她一个，此时她却被查干嘴里喷出来的臭气熏得张不开嘴直想呕吐。这个情景，查干的老婆从旁边看得真切。

"噗，真臭！人没死身体就腐烂了，赶紧去洗脸漱口！"查干的老婆把老公推了过去。这才有了一点可以呼吸的新鲜空气。查干高一脚低一脚走了，但并没按他老婆说的去洗漱间洗脸刷牙，而是清理肚里的垃圾去了。他这样拗着老婆，是从另一个侧面证实自己不是怕老婆的人。其实这都是表面现象，真正原因在于他胃里残存的酒力在作怪。

趁查干还在卫生间里磨蹭，乌兰整理了一下思维，准备改变策略。

"喂，你知道吗，听说那个牧羊女人很有钱！"乌兰扬眉道。如果对一个唯利是图的人，乌兰的话很可能起到相当大的引诱作用，但对查干老婆这样的人，这话毫无作用。因为，在查干老婆的眼里一般有钱人都不算什么。她只欣赏自己的能力和本事，不管其他人怎么说，自己天生丽质，靠个人的奋斗起家，生活中什么都不缺。

"是吗？"查干老婆轻描淡写地问。

"可不是嘛！开奶茶馆每天赚很多钱，自己还有那么多牛羊……"乌兰掰着手指头说，"还不愿意出我们的医药费！太抠了，什么东西！"乌兰眼睛发红，咬牙切齿，一副恨不得把那个牧民女人一口吃掉的样子。

查干在洗漱间里磨蹭了半天，出来时眼睛亮多了。据说酒场上的人有九个把戏。他虽然没有九个把戏，但也有一两个，看似糊里糊涂，心里明镜似的，说话也能投其所好。他针对乌兰爱打麻将的癖好说："最近手气好吗？"乌兰仿佛屁股被火针灸了一下，有些坐不住了。

"哪有时间玩儿！"乌兰唉的一声叹息。

"干什么那么忙？"查干张嘴打听。

"哪有心情玩那玩意儿！"乌兰装出可怜巴巴的样子说。

"玩麻将还要什么心情？喝酒嘛，没心情不行。你们那是抓住一个往死里收拾就完事了！"查干坐到沙发上。乌兰几乎黔驴技穷了，那也抓住话把儿不放："玩麻将的人没啥好名声，这些人把所有坏事都赖麻将。我老公麻将桌都不靠边，还成了残废。不是我打麻将打的吧？人要倒霉了，一个破牧民妇女都敢欺负你！"乌兰瞪着愤怒的眼睛说。

查干听不下去了，跳起来说："你们不要口口声声说破牧民、破牧民的。有了破牧民你们才有今天，破牧民没有了谁把你当蒙古族对待？"两个女人见他跳脚发脾气的样子都惊呆了，这个举动大出她们的意料。查干平时像绵羊，老婆说左他不往右，今天突然发起脾气，把老婆吓得目瞪口呆。查干老婆奇怪，总也不发脾气的人，今天胆子怎么这么大了呢，难道吃豹子胆了吗？她忽然想起刚才他进了里屋，是不是又灌了那个辣水？仔细观察确有其事。

"水泡麻绳麻绳紧，酒泡赖汉赖汉硬。你又喝酒了吧？喝就喝你的吧，跟谁耍脾气！"老婆的脸色铁青了。查干刚才确实在昨晚的酒上加了一点新酒，所以趁酒劲一时热血澎湃大喊大叫起来，见老婆生气了，他马上又蔫了。

"你现在出息了，跟人交流都不会说话了。人家老公在那里痛苦不堪，她能不操心吗？想了解一下真实情况，你就好好说嘛，知道就知道，不知道就不知道，大喊大叫什么呀？"查干老婆这么一说，乌兰十分感动，心里想：老天爷，太阳从西面出来了，她总算给了一线希望。可是查干却瞪起眼珠说："谁痛苦不堪了，你们说的是呼和吗？昨晚我们俩还干下去一瓶呢！"乌兰的小伎俩一下子被捅破，刚才的哭哭啼啼完全失去了效力。

23

最近苏尔泰巴特尔经常不在家吃饭，这天中午光顾了草原奶茶馆，看见新赛罕脸色不好，萨仁也坐在一边唉声叹气。他猜测，她们也许因为吃喝或账单的事跟顾客闹别扭了，没怎么理会。

"嫂子，咱们今天吃羊肉面吧！"苏尔泰巴特尔神气活现地说。

"吃你爹的头吧！"新赛罕扔了手里的活计要起了脾气。苏尔泰巴特尔有点发蒙，没招她没惹她却当头遭到痛骂，连爹的头都没能幸免。他刚才的神气活现瞬间消失了，绷着脸瞪起眼珠子说："你发什么疯！"

萨仁沉不住气了，心里责备新赛罕：做媳妇的，哪能没大没小连爹娘都谩骂呢？但她怕引起大吵大闹，劝着暴跳如雷的苏尔泰巴特尔说："行了老弟，这里的吵闹还少吗？刚才的就够了！"萨仁做了一个合掌祈福的动作。

"刚才怎么了？"苏尔泰巴特尔愣怔地问。

"你那个小妈来了，刚走！"新赛罕对着墙壁冷冷地说。

"你这个母狗放什么屁，有话好好说嘛！"苏尔泰巴特尔气得脸通红。

"别吵了，老弟。刚才那个叫乌兰的疯子来大闹了半天，咱们家里人还吵吵啥呀！"萨仁一说，苏尔泰巴特尔才知道乌兰来过了。

"那破娘们儿来能怎么着？"苏尔泰巴特尔不把她当回事。

"哎，别不当事，她说要告状，这不是开玩笑！"萨仁捂着胸口讲起了苏尔泰巴特尔来之前发生的事情。乌兰这次来没向她们要钱，而是直接下通牒要打官司。并且清清楚楚说出了告状必赢的理由。理由之一，他们是城里坐地户，不像他们乡下人，亲戚朋友有的是，而且法院的人几乎都是他们家亲戚朋友。意思是他们有坚强的后盾。理由之二，说是他们不仅有靠山，而且在黑道白道上都有人，说是有个什么弟弟是一个黑帮的头头，一旦告诉他，说卸谁的胳膊就卸谁的胳膊，说卸谁的大腿就卸谁的大腿。她还警告说，已经交实底儿了，到那时候可别怨我。乌兰说的那些话把萨仁吓得半死，但并没有吓倒苏尔泰巴特尔。他不怕那些。几天前，宝音老汉把出售部分牛羊的钱分文不留全部拿过来了，而且一再嘱咐："一定要妥善处理好那件事。"儿子没按他的嘱咐做，他另有打算。他知道，按父亲的嘱咐做，既留不住钱，也堵不住那个无底洞。钱怎么花也是个学问。送那个麻将鬼能解决什么问题？反而让她变本加厉地继续要钱。钱这个东西只有用到刀刃上才能发挥它的效力。儿子违背父亲的意愿，把父亲拿过来的钱分成若干份送给了法院的人。父亲给的这些钱，儿子不是用来应付这起案件，而是用到更加重要的事情上了。他在父亲给的钱上加了嫂子折子里的部分钱，凑成了很大的数额，贿赂了上边的人。因而钱的价值才充分发挥了效力，上边的人承诺说："先当副职，让你去法院。"

天机都能泄露，何况人间的秘密呢！他要升迁的消息早已传遍了大街小巷。法院的人也都是人精，对这个突然冒出来的年轻人进行了多种猜测，敬佩的一点是他相当年轻，刚走出大学校门才两三年就得到提拔，这样的人前途无量是不言而喻的。于是，对他的那件事就有人暗示不会等闲视之，而且已经开始秘密运作了。所以，苏尔泰巴特尔才这样蛮有把握。然而，这毕竟是空头支票，还没兑现。

苏尔泰巴特尔听了萨仁的劝告，想起了领导说的一句话："这段时间要特别注意别出事，这是个关键时刻！"是啊，这几天尤其要注意。这个关键时刻不妥善处理这件事，也许会造成终身遗憾。他绞尽脑汁思考对策，最终决定干净利索地推掉责任。决定是下了，但这个关键时刻他们要是没完没了追究他怎么办？这个包袱沉重地压在他心上。如果在平时，他什么都不怕。可这是决定命运的关键时刻。在这关键时刻被那件破烂事缠身耽误了提拔，那就等于断送了生命。在人的一生中，这样的机会能有几次？这几天绝不能出事。所以，必须采取一个适当的措施。

采取什么样的措施呢？给点钱私了了吧？不行，给钱绝对不行，给钱等于承认了错误，那娘们儿就会黏糊一辈子。不给钱呢，那娘们儿揪住不放。要不先少给点钱度过这几天再说吧。这样也能对付几天。那个娘们儿只要手里有打麻将的钱，就不会前来找麻烦。可是，这不是长远之计。那娘们儿一旦输光了还会来要钱，而且必定比以前更贪婪。这个办法不是万全之策，决不能实施。他反复琢磨，终于想出了一个办法。

"爱怎么着怎么着，别理她！"苏尔泰巴特尔态度强硬地说，嘴却软了下来，"总这样纠缠不休，也是个麻烦！"

"就是嘛！"萨仁望着苏尔泰巴特尔的脸色说。

"怎么办呢？"苏尔泰巴特尔抓耳挠腮。

"怎么办呢？"萨仁只能重复苏尔泰巴特尔说的话，提不出一个有价值的建议。

"必须想一个适当的办法！"苏尔泰巴特尔摸着后脖颈说。

"适当的办法想一个！"萨仁说出的倒装句，意思仍旧重复了苏尔泰巴特尔的话。

"到底怎么办好？"苏尔泰巴特尔两手揣兜，在原地来回踱步。

"到底怎么办好？"萨仁还是重复着苏尔泰巴特尔的话，但眼神却表达着"你看着办"的意思。

"看来，这事只能看嫂子的了！"苏尔泰巴特尔突然抬起头望着萨仁说。萨仁不敢相信自己的耳朵，"我？"她两眼发直了。

"对呀，嫂子。这是上策。不行的话，以调戏妇女罪名反咬他一口！这是最佳防范措施。假如他们真的告我们，实在没办法了就得这么做。这不是我们在迫害他们！"苏尔泰巴特尔解释了一通。萨仁在心里想，这样无中生有好吗？

"对一个活人怎么下得了这般死手呢？"萨仁不肯接受。这时，面壁生闷气的新赛罕终于发话了："嗨，嫂子，你真笨！我们这样做只是为了保护自己。人不能没有自我保护能力。不然要吃大亏的！"新赛罕快言快语跃跃欲试。

"那也是，我总觉得冤枉人家不好！"萨仁不忍心。

"那我们就干等着他们来宰割吧！"新赛罕摔摔打打。

"嫂子，这是无奈的办法。如果在平时，我就自己……"苏尔泰巴特尔话没说完，新赛罕截住说："上级这两天就要考核他呢。能得到这样的机会容易吗？这完全是为了让他解脱这件破事，行吗？"新赛罕用乞求的目光盯着萨仁。萨仁为难了，小叔子是有文化的人，却没有他哥有骨气，自己造成的后果自己不担当，却把责任推给她。萨仁心里很不高兴，但又想：要说吃国家俸禄的人也是不容易，进步升迁是个好事。我帮不了什么忙，但决不能拖他的后腿。她战战兢兢地说："在法庭上我不敢说假话……"

"嘿，有啥不敢的，当时法院的人也不在你身边！"苏尔泰巴特尔满不在乎地说。

"有生以来没撒过谎，这下要开天辟地说一回，撒谎对我来说简直是作孽……"萨仁颇感为难。

"有句话叫'狗急跳墙'。踩住虫子的头，尾巴还要甩动呢。人家要整我们，我们不能干等着挨整吧？必须采取相应措施。我老公要是牵扯进去，以后就难以出人头地了。嫂子，为你弟弟的前途着想，在这个事情上想想办法吧。这也是没办法的办法了！"新赛罕表现出穷途末路的样子。

"事情要是像我们策划的那样了结了，嫂子你的责任就轻。如果他们占上风，你我都推脱不了罪责。嫂子你是这个奶茶馆的法人，这两样结果对你来说都有逃脱不了的责任。还不如你自己顶住！"苏尔泰巴特尔进一步启发道。

"一想就是这个道理。决不能默默地等着挨打。他们说他们的理，我们讲我们的事实。现在就靠你了，嫂子！"新赛罕撸胳膊挽袖子越说越激动。

"人不能太老实。太老实了，人家就要骑到你的脖子上拉屎撒尿。我们这样未雨绸缪，比事到临头抓瞎好。再说了，我也是个人，决不会见死不救让你一个人承担。事情能否到那种地步也两说！"苏尔泰巴特尔挺起了腰板。

"那就这样吧，谁承担都是一回事。只要那位伤者治好了就行，对谁都好！"这是萨仁的心愿。

24

"人家的狗护自己家，我家的狗护别人家。你简直是个不如狗的东西！"乌兰跺着脚大骂丈夫。

"你骂吧，骂能得到东西你就使劲骂，没关系！"呼和坐在那里跷起二郎腿纹丝不动。

"窝囊废一个，被人家打成傻瓜了屁都不敢放，朝我狂吠，瞧你那熊样吧！"乌兰的手指头快要戳进呼和的眼窝里了。

"爱怎么着怎么着吧，我这个酒鬼虽然已经臭名远扬，但欺诈一个柔弱女子的事我死爹活回来叫我干我也不干！"呼和梗起了脖子。

"你以为那是你善良仗义？你调戏了柔弱女子没话说了而已。臭流氓，回家来装好人，呸！"乌兰使劲发泄着胸中的闷气，骂得唾沫四溅。

"调戏就调戏了，你又怎么样，我愿意……"呼和也不示弱。

乌兰打官司，在法庭上没打赢，回家来也没占上风，满心苦恼。乌兰几乎跑断了腿法院才受理了他们的案子。然而，法院这个地方不可能单听一面之词，原告说原告的理由，被告也要陈述被告的道理，最终判决要以证据为重。法院根据案情决定调解处理。今天上午，法院把双方叫到一起进行了调解，结果乌兰告状的证据不充分，蛇吞象大捞一把的想法落了空，反过来被告成"调戏妇女"罪，案情完全向反方向扭转了。这样一来，乌兰非但没得到一点好处，反而在自己老公的脸上抹了一把狗屎。呼和本来在老婆的逼迫下无奈地打了这场官司，不仅没赢而且丢尽了脸面，最后撤诉。法院毕竟是执法机关，始终坚持了依法办事的神圣职责。判定：萨仁作为草原奶茶馆的法人，在本案中有不可推卸的责任，应承担相应的经济责任，但视其前段时间在伤者治疗过程中负担了许多费用的事实，不再追究经济责任。这样，乌兰的如意算盘不仅落了空，还承担诉讼费等花了不少钱。

"你被打成了残废却不敢放屁，就知道向我吼叫。这个世界上除了我这个傻子没有一个人跟你过……"乌兰向呼和摆功劳。

"我成残废跟你无关，我过我的，你跟你的健康人过去，我不妨碍你，这样行了吧？"总被人揭短，再窝囊的男人也会反击。呼和见乌兰口口声声说他残疾，被酒泡软的脾气顿时变硬了。乌兰一看呼和丝毫没有被降服的样子，气得脸色一阵青一阵红一阵白。

"不知好歹的家伙，跟你过真不如找一个素不相识的人……"乌兰捶胸顿足。恰这时传来了敲门声。正在气头上的乌兰厉声问："谁？"敲门声更加急促。这给乌兰火上浇油了，她声嘶力竭地喊道："什么人？"敲门者几乎要把门砸烂了。呼和忍不住了，怎么着，你以为这家没男人了，大白天砸门。他高声问："什么事？"门外的人也高声道："乌兰在吗？"乌兰一听立马跑进了里屋。敲门声没有停止，相反越加猛烈。呼和去开了门。一个女人叉腰站在门口，她身后立着野气十足的几条汉子。

"这是乌兰家吗？"叉腰的女人喝问道。

"是啊，有事吗？"呼和反问。

"找到你家不容易，可把我们累坏了，看她这回往哪跑？你是乌兰的什么人？乌兰在没在家？"叉腰女人说着没头没脑的话，不管三七二十一闯了进来。呼和毕竟是一家之主，素不相识的一个女人领着一帮爷们儿闯进来，没把他当人看，使他的自尊受到了莫大的伤害，他厉声问："你们到底是什么人？要干什么？"这话仿佛火星子引爆了炸药，女人瞪起眼睛爆发道："你问我们是什么人！你不知道，你老婆肯定知道，你老婆在哪儿呢？"女人的眼睛满屋搜寻。呼和暗自思忖，老婆没黑没白玩麻将经常惹是生非，这下不知又招谁惹谁了，或许欠了谁的账引来了这帮人。发生口角倒没什么，看这伙人的样子打架斗殴不在话下。呼和揣摩，他们闯进民宅不一定有动手打人的胆量，反而乌兰那家伙发起疯来或许要把事情闹大了，还是别让她出面为好。于是说："我老婆不在家，有啥事情告诉我好了，她回来我一定转告。"

"什么，她不在家？刚才还听见了她的声音，把她叫出来！这不是你转告就完了的事！"女人大喊大叫。自认为一家之主的呼和在自己家里受到如此欺凌，不禁一股怒火冲到脑门子上，吹胡子瞪眼道："这是我家，不是你为所欲为的地方，出去！"

"你家又怎么样？我是站在中国国土上。走在中国的国土上，老娘我随便，你怎么着？"那个女人比他还暴躁。呼和有点胆怯，这个女人简直是个无法无天的主，跟这种女人没法讲理。他又想，不管怎么样，我们都是公民，受法律保护是每个公民的权利。他郑重地说："你们应该知道，私自闯入民宅挑衅闹事，这在法律上是什么性质！"

"屁，什么法律这个那个的。只有你们这些货色才怕法律。老娘我不怕！"女人像个斗急眼了的公鸡般抻着脖子叫嚷，嘴唇险些碰到呼和的鼻子上，一股大蒜味直冲呼和的鼻孔，他受不住倒退了几步。

世上还有这种不懂法不讲理的人！呼和一时没了招架之力，心里盘算道：到底法律厉害还是你厉害，咱们走着瞧。

"你们这样无理取闹，我要打110了！"呼和说。那女人毫无惧色道："你有本事就打吧，老娘我不怕！"说着朝他直冲过来。

"给脸不要鼻子！你再往前一步，我真要打了！"呼和摸手机。

"哼，我早就想叫警察来着，你要是叫来警察更好，这钱我就更容易拿到手了！"女人奸笑。

"什么钱？我不欠你钱！"呼和蒙了。

"你不欠我，你老婆欠我。这卜你知道了吧？"女人两手叉腰扭胯摆臀。他们来的目的终于明朗了。呼和也终于明白老婆打麻将输钱了，他们是来要账的。虽然在他们来之前夫妻二人打得水火不相容，但怎么也是结发夫妻，在受到外人欺凌时他还是站在了老婆一边，装糊涂说："我老婆不认识你们，怎么会欠他娘的钱呢？"呼和绷着脸企图抵赖。

"不认识？你老婆玩麻将欠了一屁股债，谁不认识我也认识。把她叫出来，今天不还钱我豁出老命也要抠出钱来！"那女人要撕扯呼和。

"赌博属于违法。你们赌博了不怕受法律制裁，还明目张胆要账，你怎么这么霸道呢？我马上通知警察来抓你们！"呼和尽其所能来震慑对方，可是对方却把他的话当狗屁。

"呜呼，我怕啥？害怕的话能来你家吗？你们是公家人，不怕打饭碗就叫警察吧！"那女人泰然自若。

舌战到这个程度，呼和已经山穷水尽，不仅没有吓退人家，反而快被人家吓倒了。一琢磨这个女人的话，觉得真不是开玩笑。这些人怕什么，大不了关几天就放出来了。相反我们就不行了，一个国家干部要钱赌博被抓住，不仅名声不好，闹不好打了"铁饭碗"，那样就糟透了。现在找工作比登天还难，拿出家里全部财产也难以买到一个合适的工作。实在不行就给钱让他们走吧。呼和产生了这种想法。可是不知道老婆到底欠了多少债务，这让他不好做决断。

呼和沉默了半天。那女人一个劲催促，或者把乌兰叫来，或者给钱。那几个打手汉子也在一边恐吓道："给钱还是不给？"有一度呼和想把老婆叫出来，看这情况，把她叫出来也不顶用，要是顶用，不叫她也早就自己出来了。呼和明白，她钻进里屋不肯露面必定有缘故。无论什么情况，她是他的同一个屋檐下生活的老婆，找乐子寻刺激才造成了这种后果，那怎么办？她找错了娱乐项目，他只能自认倒霉。现在把她叫出来也没用。我是她丈夫，事到如今退能退哪去？落在头上的事只能顶下来。

"我老婆欠了你们多少钱？"呼和问。对方咧着嘴说："多了！"说着从肩上取下挎包，翻了半天，翻出一个乱写乱画的小本子，说这是账单。呼和往小本子上浏览了一眼，根本看不出头绪。那女人却有滋有味地叨咕出哪年哪月哪日欠多少多少钱。呼和听了半天还是弄不清头绪。

"一共多少？说总数吧！"呼和不满地说。那女人本想表明自己的账单一清二楚，正念得津津有味，听呼和这话马上停下来说："哎呀，你这个人一点耐心都没有，我这么仔细给你念，你也得认真听嘛，不然你肯定以为我在撒谎。我给你老婆借钱的时候也没像你这样烦躁，你怎么这样呢？"

"我没时间听你们那些没头没脑的账单！"呼和不客气地向女人表达了自己的不满。女人的脸色顿时变绿了："那就把你老婆找来！"她合上小本子，气急败坏地塞进了挎包里。

"我老婆不在，爱找你自己找去……"呼和往旁边躲去。

"不把你老婆叫出来，我们今天不走了！"女人一屁股坐到沙

印
土
／
139

发上。

"不叫，看你能怎么样！"呼和把脸扭过去了。

"那就把你家东西搬走，知道不！"女人跳将起来。

"有本事就拿走吧！"呼和挑战般说。

"你以为我们做不到吗？你看着！"女人一挥手，那几条汉子立马动手把电视机、电冰箱、洗衣机等几大件全部搬走了。临走，那女人对呼和说，"告诉你老婆，我们的事情这样了结了，让她谢天谢地去吧！以后没钱别摸麻将牌！"然后扬长而去。

来人把东西拉走了，呼和没动地方。乌兰从里屋走了出来。

"都怨那个牧民妇女，如果她没要赖，这个债务早堵上了！"乌兰咬牙跺脚。

25

正如古训所说"祸福乃是双胞胎"，苏尔泰巴特尔因祸得福，好运临头，灾祸消尽，一切好事如愿以偿了。祖先原本是身穿长袍手拿套马杆的牧民，不知哪辈子做的善事，到他这辈吉星高照官运亨通了。他现在穿一身蓝制服，头戴大盖帽，时常出没于酒店会所等大场面。因为祖先就擅长食肉，所以他的胃口也相当好，一天连着吃几桌，揉揉肚子打几个饱嗝就完事。市场经济时代，案子、官司多得应接不暇。每个人都懂得自己的权利受法律保护，人们为了捍卫自身利益告状打官司，最终必到法院解决。因此谁敢轻蔑法官！轻蔑法官就等于轻蔑法律。当今社会动怒动武解决不了问题，只有利用法律武器解决争端才是明智。法律是由法官来行使的，再明智的人最后还得看法官的脸色。其实法律和法官并不是一回事，谁也代替不了谁，然而很多时候人的因素总是占主导地位。自古牧民只看老天爷的脸色过日子。而今牧民之子苏尔泰巴特尔走在阳光下，谁敢不重视这张脸？他常常这样想。

现在，他冠冕堂皇坐在罕席热大酒店巴音那木拉雅间的正席位上。罕席热大酒店跟大城市耸入云端的酒店相比简直太渺小了，但在这个偏远的小镇上它是顶级酒店。在当地，罕席热大酒店老板最有钱，是个独一无二的大款。他的酒店也成为有钱人成功发展的标志，也是招商引资的辉煌成果，以国有名义卖掉部分土地才有了这个酒店。土地是死的东西，在谁手里都是土地，关键看会不会利用。不会利用土地，且不让别人利用，自己把持不放，必然落后于社会的发展。社会不是死的东西，是由人来组成的活土。活的东西注定要往前发展。守望死的东西，什么时候才能发展？特别是几户牧包星罗棋布分散在大面积土地上，让牛羊踏平草原，那样能发展吗？一个国家的发展由以下指标构成：人均占有土地，土地的利用状况，土地产生的效益。不具备这些因素，发展不可能像见到爹娘的孩子一样迎面跑来。要想发展，必须牺牲部分土地，充分发挥它的作用。这些土地交给谁？就得交给那些像火车头一样拉动地方经济的人。我们现在自己没有钱，咋办？借鸡下蛋，借船出海。这是历史的选择。历史知道应该放弃什么，应该接受什么，它不会让我们来指导，我们照办就对了。在时间不等人的现实情况下我们怎么运作？不运作肯定不行。不管谁说什么，不论什么结果，必须运作。只要运作，必有收获，运作到底注定会发展。发展了，历史不会忘记我们。促进历史进程靠发展。我们不发展能行吗？发展是硬道理。最起码在我们这个时代社会发展了，谁知道以后呢……酒席尚未开始，苏尔泰巴特尔一边欣赏着罕席热大酒店精美的装修，一边发表崭新而深邃的观点。

自从这个大酒店建起来以后，小镇不仅有了赏心悦目的高楼大厦，而且有钱有势的大公司老板也有了娱乐场所，上级领导来了也有招待的地方，给当地几个头头增添了不少光彩。其实，别人来能吃多少，自己的东西自己享受罢了。用当局的话说，惠及到了人民。罕席热大酒店的主宾还是小镇的人，也就是像我们这样的人。红白喜事也好，接待远方的客人也罢，公家的或个人请客都往这地方挤。现代人太虚荣，有钱的也好没钱的也罢，为了尊重别人，也为了自己的名誉，都要到这里倾其所有才罢休。苏尔泰巴特尔每每这样想都感到自豪。他两边正襟危坐的二位都穿着同样的蓝制服，神情专注，说话谨小慎微，不难看出他们对自己领导的无比尊重。苏尔泰巴特尔对面坐着一个细嗓子的人，看上去年纪不算大，但岁月的风霜过早地在他额头上刻下了沧桑，他在布满皱纹的脸上堆出强笑不时点头哈腰。这人便是今天摆席的东道主。他和苏尔泰巴特尔是在同一片草原上长大的人。小时候两人一同上学，后来细嗓子因为种种原因半路辍学，留在那片草原上，继承父辈的传统产业——放牛。此后，两人很少见面。但今天他并不是因为牛羊满川而摆了这桌酒宴，而是被一桩官司缠身找到了老乡同学苏尔泰巴特尔。他心里明白，这桌酒宴关系到他的命运。他听说事情在酒桌上容易谈成。事情能否成功，就看这桌酒席的质量了。他意识到这一点，浑身像触电一般。他想反正把他们请来了，必须点几个像样的菜肴。但他只知道胡同里小饭馆的几个菜名，此时他望着图文并茂让人眼花缭乱的菜单，却不知道哪个好哪个合他们的胃口。旁边的几位看他研究菜谱的样子禁不住想笑。看他犹豫不决的样子，必定点不出什么好菜。如果点了无法吃的菜，那他委托的事情就……他们的心里各有小算盘。

"我是不知道这些菜肴哪个好吃哪个不好吃。你们自己看着点吧！"细嗓子坦白地说了，眼巴巴瞅着每一张脸，随时准备把手里的菜谱递过去。那几位踌躇着不敢接，其中一个小心接过菜谱，在苏尔泰巴特尔面前打开说："来，苏院长先点，你点啥我们就吃啥。"然后把双手插进两腿间，谦逊地在椅子上摇晃着。苏尔泰巴特尔毫不客气地凑过来，屁股下的椅子吱嘎乱叫，仿佛在说："哎，这就对了嘛！"

"今天我们多要点蔬菜吧，大鱼大肉吃得已经受不了啦！"苏尔泰巴特尔郑重其事地挑选着菜单上的菜肴。那几位并没那样想，他们想多要好菜解解馋。但其中一位却违心地说："苏院长说得太对了，多吃蔬菜有利于健康！"仿佛在证明一个放之四海皆准的道理一样连连点头。"对对，太对了！"又一个插话进来，恰似赛跑的快马唯恐被落下。

苏尔泰巴特尔像审阅起诉书一样把菜谱从头到尾审了一遍，不时停下来解释这个菜什么味道，那个菜对什么什么好，这个菜能醒酒，那个菜对肾不好，这个菜治疗胃酸过多，酒喝多了哪个菜不能吃，什么菜有嚼头，什么菜没法吃，吃这个菜怎么怎么样，吃那个菜又怎么怎么样，吃啥注意什么，什么季节吃什么，什么菜跟什么菜对路，什么菜跟什么菜反向，怎么吃对，怎么吃不对，吃有吃的道理，喝有喝的规律等等讲了一大堆饮食知识，点了一大堆菜肴，还说食品有食品文化，吃有吃的学问，中国食品文化讲不完，今天就讲到这儿吧。他把菜谱掷在桌面上。旁边的几位报以热烈掌声说："嘿，我们领导真有才华！"从表面上看每个人都对他敬佩得五体投地。

"这种小地方点几样菜算啥！我在北京、上海国际大酒店和大饭店里也没输过南蛮子，给咱们北方人多次赢了面子！"苏尔泰巴特尔得意地撇了撇嘴。

"我们领导虽然年轻，但闯过江湖开过眼界，了不得！"一位蓝制服生怕别人不知道他们领导的能量，急忙介绍道。

"你们知道吗，南方的菜肴名目繁多，从蟹虾开始直到毛毛虫多如牛毛，但非常难吃！"苏尔泰巴特尔炫耀自己见多识广，口若悬河说了半天在哪儿吃了什么怎么吃得如何如何，然后摇头晃脑说，"中华饮食文化简直令人惊叹！"

他正用口头餐饮一饱几位的胃口时，宴席上的菜也上齐了。细嗓子支棱着两只摆设般的耳朵，听着苏尔泰巴特尔的天方夜谭，一直插不上嘴，一看菜齐了，毕恭毕敬站起来低声问："我们开始吗？"苏尔泰巴特尔一只手叉腰，半拉屁股搭在椅子上，点头说："哦，行行！"他的同意，仿佛法律上的宣判，宴席正式开始。

近来，苏尔泰巴特尔涉足红尘叱咤风云，总觉得不是自己的肉体在行动，而是法律在行动。因此，今天他也认为细嗓子宴请的不是人，而是法律。虽说是在法律面前人人平等，实际上法律比人更有威力。人怎么也离不开法律。苏尔泰巴特尔瞄一眼细嗓子，眼神明明在说"你也不例外"。正如"刽子手欣赏人的脖子"一样，苏尔泰巴特尔欣赏着细嗓子的"脖子"。可是坐在他面前的细嗓子却在心里想着"好事不求人"，我实在走投无路才坐在这里。

五年前，细嗓子从好友那里借了一万元，约定一年还齐。现在来讲，一万元是钱吗？过一次新年，做两次大寿，那钱所剩无几。借钱时觉得还款日仿佛天边的星星一样遥远。时光如水，转眼间还款日来到了眼前。借钱时他找人，还钱时人找他。要账的人来找他的时候，他手头还是不宽裕。细嗓子请求再延期一年。对方看在好友的面子上又写了一个一年期一万元借条，按了手印。两人为了加深友谊烂醉了一回。照这样两人连续五年加深了友谊，细嗓子突然发现自己成了对方的大债户，把畜群全部给了也还不清债务了。原来，细嗓子没把原来的借条撤回来，每年都新写了借条，这样钱数比友谊增加得还快，变成了五万元借条。而且这五万元跟别的钱不一样，利息比六畜繁殖还快，本金和利息在五年间达到了二十万元。细嗓子家本来没有几头牲口，如果有他早就还了那一万元，不致达到这么多数额。突然出现这么大的窟窿，大有把他们全家都吞噬的架势，细嗓子这才着急了。两位好友的友谊再无法继续加深了，反而发生争执撕破脸面，最后来到了法院。然而事实归事实，法院重证据，没证据再有事实也枉然，有证据无事实也能赢官司。第一次审判，细嗓子输了。但他还是抱着一线希望找到了苏尔泰巴特尔。这个希望能否成为胜利，就在眼下的酒席上，就是面前的活法律说了算。

细嗓子怯生生站起来说："尊敬的院长，尊敬的庭长，才华横溢的各位法官们先生们，你们不嫌弃这个不成敬意的宴席，我作为一个穿皮袍的普通牧民感到青天莅临般的荣幸。在此，我抑制不住内心的激动，向你们下跪叩头，给你们敬上一杯美酒，祝愿你们身体健康，家庭幸福，生活美满，事业兴旺！"细嗓子单腿跪下，将酒杯举过头顶。苏尔泰巴特尔感到礼仪太重，既像高兴，又像愧疚，仰天大笑，而后对旁边的几位说："你们看，牧民的敬酒礼仪多好，这是真正的蒙古族礼节！"他还想说什么，细嗓子的酒杯已经递到下巴底下。

"哟，待一会儿不行吗？"苏尔泰巴特尔装作吃惊的样子。东道主说："第一杯怎么也得……"苏尔泰巴特尔无奈地用杯底碰了一下细嗓子的杯口，举起酒杯一饮而尽，接着现出一脸痛苦状，仿佛喝下去的不是酒而是世上最苦的胆汁。几位见领导痛苦不堪的样子，急忙上前让道："快吃几口菜压一压！"然而做领导的好像故意折磨他们，坚持不吃菜。苏尔泰巴特尔皱眉苦脸道："呵，这么冲呢。这可不行，好多事都堆着呢。"他噗地吹出一口气，意在告诉几位"没办法，这是第一杯酒"。可是，他表示的意思，别人理解没理解就是另一回事了。细嗓子在心里想，听说苏尔泰巴特尔很有酒量，不会就这样完事吧，如果是这样，那事情就不好说了。据说衙门里的人都讲排场，这位领导也需要敬酒吧！

"好，我敬第二杯酒，祝愿你们为民执法，为国争光，年年进步，天天发财，福禄常在，万事顺达！"细嗓子又举起了酒杯。

"行了，行了！"苏尔泰巴特尔摆摆胖手示意他坐下，转向手下的几位说，"这才叫蒙语！我们的蒙语照人家比啥也不是，就知道伊得呜①，深层次的就不会了！"他摇头叹息，对自己很不满意的样子。当领导的这样谦虚，手下几位感到更惭愧了。

"哪有的事，苏院长的蒙语说得好，跟我们比就像高山流水般流利！"旁边的一位插话。苏尔泰巴特尔急忙制止说："差远了，差远了！"他摆了摆手，表示别再说了。

"真的，绝对真的！"那位部下又重复了刚才的奉承。苏尔泰巴特尔的脸色阴沉下来。那位部下以为拍马屁拍在了马腿上让领导生气了，不知说什么好了。其他几位部下争抢着当证明人，抓住领导汉字写得好这一特点开始夸奖。

"我们领导的汉字写得简直像行云流水，汉语说得比北京人还厉害。"

"哪里，哪里。"苏尔泰巴特尔口头上谦虚，内心却比刚才高兴多了，脸色也多云转晴，把第二杯酒一口闷了下去，说，"第三杯酒，你还想说什么美丽的词？在我们这样蒙语不通的人面前，别总是合辙押韵了！"他边说边揉着肚子打嗝。细嗓子有点发蒙，这位领导的蒙语不错，没有听不懂的语句，而且口语也很流利。那他为什

---

① 伊得呜：蒙文音译，吃喝。

么总说自己蒙语说得不好呢？会说蒙语，对这位领导来说好像掌握了不应该掌握的知识。或者，在领导那里说蒙语是一种负担了？也许是吧。领导做重要讲话，下达重要指示，说两种语言是有点麻烦，还不如说一种语言更方便。不知者不为怪，不会说有啥错。细嗓子正在百般猜测，第三杯酒慢待了一些。

"喂，按我们蒙古族的礼节，怎么也得敬第三杯酒吧！"苏尔泰巴特尔提示他。细嗓子仿佛从梦中顿醒般忙不迭站起来说："好，第三杯酒……"不等他说完，苏尔泰巴特尔滋溜一声把酒干掉了，拿酒杯向大家照着，意在通报大家自己没辜负敬酒人的美意。酒场上的人都知道酒过两巡不需敬酒，酒过三巡不需逼酒的规则。对苏尔泰巴特尔来讲，最重要的是他要解释自己蒙古语说不好的原因——从小求学在外，在城里生活的时间长，远离了放牧生活，学蒙古文没前途，在机关工作中使用汉语取得了辉煌成绩，在社会交往中发挥汉语优势走到了今天这种地步等等。他把开创家族历史的辉煌经历简要地介绍了一遍，同时展望了自己光明的未来。杯里的酒下去得很快。他接着谈起了自己的难处："现在我们的语言到了张家沟无路可走，去了呼和浩特寸步难行！"说完仿佛探明了宇宙的奥秘，瞪着眼珠望向大家。

细嗓子无奈地听着苏尔泰巴特尔讲大道理，找不到一句合适的话来应和。苏尔泰巴特尔那么多话语中，没有一句是关于今天宴席的主题。细嗓子坐在那里干搓着手毫无办法。对苏尔泰巴特尔来讲，多说几句话就像给满桌佳肴增添了味道。而细嗓子仿佛在听外面秋风吹落树叶的声音，从里到外毫无兴趣。只有那句"咱们的语言过了张家沟无路可走"听起来还算幽默，那地方原来也没几个蒙古人，有几个蒙古人也都失去了自己的语言。他这样寻思着，借以缓解急切的心情，尽量控制自己不要说话。人总是爱说自己感兴趣的话题，所以人与人之间有的话投机，有的话不投机。在细嗓子听来，苏尔泰巴特尔的话好比没放盐的菜，一点味道都没有。他说了这么多话，关于我的事半句都不提，这太奇怪了。难道他对菜肴不满意？那就再加点菜吧。可是不知道这位长官的胃口需要什么，究竟点什么菜好呢？再一想，苏尔泰巴特尔跟他都是出生在同一片草原上，喝着同一条河水长大，炊烟相连，命运相牵，不看人面也得看佛面吧？苏尔泰巴特尔的话语总是离题一万公里。细嗓子急得心急火燎，但仍装出爱听的样子向他报以敬佩的目光，生怕对方说他"你不服吗？"话虽然不对路，但细嗓子尽量笑脸相迎说："再点几样菜吧？"这下更糟了，苏尔泰巴特尔的脸色顿时阴沉下来，说："你把我看成什么人了？你以为我们是来吃你的？那我就不管你的事了！"

细嗓子很尴尬。人在弱不禁风时一口气就能把他吹倒。苏尔泰巴特尔一句话把细嗓子吓坏了。他想这下完了，就像"靠近雷公被劈死，靠近牤牛被顶死"一样，这些人也是靠近不得的。这可怎么办？这人真要是不管了，我就彻底完蛋了……他责怪自己，话难听压不死人，不爱听就别说话，夹着尾巴悄蔫坐在那里得了，还多嘴干吗？其实苏尔泰巴特尔的话不只是针对细嗓子说的，也是说给旁边的两位听的。旁边的两位嫌饭菜不可口，嫌当领导的天天大吃二喝点菜不考虑别人，嫌细嗓子抠抠搜搜不大方……苏尔泰巴特尔从他俩的表情上早看出来了，借机打击了一下。

苏尔泰巴特尔接着说："话说多了，牛走远了，东道主也着急了。我们现在转入正题吧。那个事，我了解过了，是这样……"细嗓子一听这话，无精打采的脸上立刻充满了阳光，支棱着耳朵听他下文。苏尔泰巴特尔举起酒杯说，"来，我先敬一杯酒吧！"说着在座位上动了动，虎背熊腰的身躯把椅子压得吱嘎乱响。细嗓子连忙拦住说："别起来了，请领导坐着讲吧！"苏尔泰巴特尔尊重了他的意愿。

"那就大家都坐着喝吧，站着喝不算数！"苏尔泰巴特尔泰然稳坐干了一杯。那几位不敢坐，都站着喝了，这样免不了受到重罚。他们也没有怨言，每人又喝了一杯。也有人说："不听领导话，宁愿挨罚。"其他几位呵呵干笑着表示赞同。苏尔泰巴特尔清了清嗓子。细嗓子顿生喜悦，这回该做重要指示了。

"一个牧民打官司容易吗？打赢也好，打输也罢，精神可嘉。这标志着牧民法律意识的提高。所以，我在文件上做了批示：积极支持！我们不支持谁支持？你们说对不对？"苏尔泰巴特尔说完，用咄咄逼人的目光盯着几位。

"完全正确！"几位鼓掌。苏尔泰巴特尔展开双臂做了个水鸭子拍翅膀的动作，示意大家肃静，接着又说："那个案子，大家都明了。我们决定拿你这个案子当教材，在牧民中开展一次普法教育！"细嗓子听了心里乐开了花，这太好了，不仅打赢了官司，还澄清了我那个"糊涂虫"的名分。他多少天堵在胸腔里的心结一下子解开了。

"你那个案子是那样。我们也已经尽力了。结果是什么样就什么样了。对不对？以后我们也许去你家喝点羊汤什么的，到时候别记不起我们了！"苏尔泰巴特尔嘿嘿笑。细嗓子激动万分，果真是"老天爷饿不死没眼的家雀"，我也有重见太阳的日子。这些法官替我说话，那个恶棍子还抵赖到哪去？他站起来专门给苏尔泰巴特尔敬酒道："我决不会忘记你们，那时候别说喝羊汤，冬季的肉食全包在我身上了！"

"那能行吗，那能行吗？"苏尔泰巴特尔唯恐细嗓子立马把羊肉送来般连连摆着大胖手往后坐，他坐的椅子又一阵吱嘎乱响。对细嗓子来说，这一桌人都是他的恩人，所以他一一敬酒，一一表示谢意，连连干了好几杯。大家的情绪也高涨起来，他们觉得自己是公家人，不能不明不白喝人家的酒，你一言我一语表达着自己的心意。大家不停地喝酒，敬酒的和被敬的都有点醉意蒙眬了，刚才过分客气的紧张局面也缓和了不少。

"你现在明白了吧，法院是个拿证据说话的地方。这对你也是个不小的收获！"苏尔泰巴特尔拍着肚子说。细嗓子有点发蒙，怎么，这领导在说什么呢？到现在都没说明白案子审理结果，我有啥收获呢？难道我喝多了，没听清刚才人家说的话？唉，我咋这么糊涂呢！这么重要的事情没听清楚。我是来这里干什么的，为什么摆了这个桌！"尿壶不是装酒的材料"，我倒霉是活该！这可怎么办，再问一遍？他要是训斥我不好好听话咋办？训两句倒无所谓，气跑了咋办？那简直是雪上加霜了。细嗓子反复琢磨了苏尔泰巴特尔的话，突然产生了灵感。

"啊，倒霉的我终于打赢了这场官司，再次感谢尊敬的院长！"细嗓子站起来，给苏尔泰巴特尔敬酒。

"不用感谢我，主要是我们的法官们判案子公道！"苏尔泰巴特尔谨慎接过酒杯，没喝。细嗓子以为领导是想让他给那几位敬酒，连忙点头哈腰给另几位敬酒："谢谢明辨是非的法官们，给我这个倒霉蛋找回了公道。"

"别感谢我们了，都是领导指导得好！"两位向苏尔泰巴特尔鞠躬。

"俗话说'与其被债务压死，不如被蛀虫吃死'，你们让我解脱了债务，简直使我重见了天日！"细嗓子抑制不住激动，险些放声大哭。

"现在还不能说解脱了债务！"苏尔泰巴特尔纠正道。细嗓子以为他说的是利息，看着对方的脸色说："利息，我一分不差地给他。你们放心吧！"

"不只是利息的问题，该给的都要给！你已经借了嘛！"苏尔泰巴特尔郑重其事说了，问两位手下，"对不对？"问完仰靠在椅子上。两位手下频频点头，表示领导说得千真万确。

"对，借的钱必须还，这是毫无疑问的！"细嗓子又一阵点头哈腰。

"嗯，那就好。这么说，你前前后后一共欠人家二十万了！"苏尔泰巴特尔声音洪亮而真切，细嗓子听得一清二楚。

"不是那么回事，真正借的只有一万元！"细嗓子急得要哭。

"那你有什么证据？法院是以证据说话。没有证据，一点办法都没有！"苏尔泰巴特尔展开双手耸了耸肩。细嗓子哑口无言，这简直是"相信自家狗把屎屙在了炕上"。这人甩尾巴了！细嗓子知道苏尔泰巴特尔家族都很仗义才来找他的，该送的也送了。也许那个恶棍送得比他多了？可是我手头只有这些，再送也没有了。他空手套白狼得了几千元行了吧，还想怎么着？"人的欲望无限"这话果然对。

"但是，有我们在，肯定要妥善处理这起案子！"苏尔泰巴特尔摆出仗义执言的架势说。细嗓子本来不愿说什么了，一听这话哭丧着脸问："妥善处理？"苏尔泰巴特尔以为细嗓子理解了他的话，便满意地点头说："是！"

"妥善……"细嗓子仍不解。

"这样吧，你就拿草场顶账租给他用吧。这样不是很好吗？你没现钱，还有别的好办法吗？这也是我们帮你努力的结果。不然，他会把你的牲口全部拿走。你一个牧民，连一头牲口也没有了，以后怎么过日子？我们从旁边看着也不忍心。所以，我们想做这样的调解！"苏尔泰巴特尔终于讲出了最后处理意见。

"把草场租给他使用，那我在哪儿放牧？"细嗓子急得青筋暴跳。

"风吹日晒的放几头牛有啥好？卖掉它，到城里来享清福，这多好！"苏尔泰巴特尔骂骂咧咧提示道。细嗓子差点说"城里是我们这种长袍享福的地方吗？"但觉得说也没用。弄不好棚圈里的牲口全被他们拿走，那样更糟糕。"胳膊拧不过大腿"，他只好自认倒霉。其实，苏尔泰巴特尔视自己为"活的法律"，那个恶棍给"活的法律"贿赂了几万元，这几万元发挥了不可逆转的作用。细嗓子哪里知道这些。

26

太阳似乎未阅尽人间万象般迟迟不落入地平线，放射出血红的霞光，仿佛还在等待着世间发生什么，最后还是被夜幕罩住了最后一缕光芒。小镇马路上的红绿灯轮番闪烁。各种车灯如刀光剑影般穿梭于大街小巷。

离草原奶茶馆隔几家的一个小饭店的角落里围坐着几个男男女女，不时交头接耳议论着什么。

"我不会轻易放过那个破娘们儿！"一个女人咬牙切齿道。由于连着几宿废寝忘食打麻将，她的眼睛变得通红，眼睑也水肿了。这个人不是别人，正是乌兰。上次让街头地痞把家里值钱的东西都拉走以后，她老公对她彻底失望了，不是因为心疼那些东西，而是因为她自己干了坏事还把责任推给别人，老公气得站起来就给了她一记耳光，打得她眼冒金星晕头转向。她老公平常像绵羊一样老实，又是臭名昭著的醉鬼，她做梦都没想到突然对她下这般死手。于是夫妻二人打了起来。锅碗瓢盆互相碰撞还要发出叮当声音，何况怒火冲天失去理智的夫妻呢，二人吵得翻天覆地。打完架，乌兰几天没回家，用酒和麻将代替了丈夫。甚至觉得酒和麻将比丈夫更亲切，想喝就喝，想玩儿就玩儿，幸福得一塌糊涂，这个世界上似乎没有什么牵挂了。然而，她在心里总觉得"所有麻烦都是因为那个牧民妇女引起的"，这个想法时不时冒出来，仿佛在她伤疤上撒了盐一样折磨着她。

"姐姐你说吧，到底怎么办，不行就再砸一次他们的奶茶馆！"黑瘦小个子谈起了上次拿假手机骗了他们一顿饭、趁黑夜砸了他们的玻璃等"英雄事迹"。乌兰截住说："这次不能那样便宜了她，那破娘们儿不给她点颜色不开窍！"乌兰把牙齿咬得咯嘣咯嘣响。

"那就马上去砸他个稀巴烂算了！"黑瘦小个子身边的鹰钩鼻子和黄头发撸起了袖子。

"不能那样蛮干，现在跟以前不一样了，知道不？"乌兰现出老谋深算的样子。

黑瘦小个子歪着脑袋问："为什么？"

"你们的脑袋被驴踢了？他们的后面已经有了一个靠山，那个家伙当了法院副院长，现在正不可一世呢。不然打残了那破娘们儿，他们都不敢放屁！"乌兰狠吸一口烟，她心中的嫉恨犹如烟头的火苗一样燃烧着。在一般情况下，街头的地痞癞子们都是大事不敢小事不断的主，可是一旦接触到法律或大盖帽，他们就成了触电的老鼠。黑瘦小个子哆哆嗦嗦说："那就这样不了了之了？"

"不了了之？想得美吧，破娘们儿！"乌兰喷出一股烟，冷笑着说。

"那怎么办？"黑瘦小个子望着她的下巴说。

"我们绝对不能蛮干，那样就等于把自己交给了监狱。现在社会上打人者赔，被人打的都赢。明白人挨打，赚对方的钱。所以，我们必须采取点策略。不然，想得到的得不到，反而把自己扔进黑洞里！"乌兰当起了诸葛亮。

"明白人挨打"这句话启发了那几位有头没脑的家伙。黑瘦小个子不悦地说："那你为什么还想让我们打人呢？"

"咋这么没骨气。我讲的是一个道理，把你们吓得不敢动了，这样能成什么大事？那破娘们儿出点血一点问题都没有！钱就放在你们面前，会不会拿，这是个问题……"乌兰进一步引导道。

这些一不做二不休的家伙历来把"好汉"这个头衔当作自己的生命来看待，听了乌兰的启发和开导大受鼓舞，各尽所能动起了脑子。

"那就想法让那个女的打我吧！"黑瘦小个子仿佛找到了一个最佳方案一样激动起来。

"啊呸，你说让那个女的打你？纯属异想天开。那个女的连杀鸡的能力都没有！"乌兰差点笑晕。

"打不行，挨打也不行，那怎么办？"黑瘦小个子黔驴技穷了。

"在她家的奶茶馆里当一回食物中毒者！"黄头发闪动着两只鹰眼说。

"噢嘻！"黑瘦小个子跳了起来。

"这办法不行。怎么中毒，中什么毒？这是个问题。鉴定中毒要做许多化验检测。能否经得住检测也是个事。不慎重考虑不行。谁会那样做，会做行，不会做反而惹麻烦，这一点你们必须明白。那样做，你会吗？你会吗？"乌兰轮番看着黑瘦小个子和黄头发。两位这才老实坐下来不吱声了。

"别急，总会找到一个好办法！"乌兰拿起酒杯跟两人碰杯。黄头发费力地咽下去一杯酒说："那就炸掉她的住房！"黄头发像征求意见般盯着乌兰。黑瘦小个子点点头，表示这办法可行。

"那样做我们能得到什么好处？她是租住别人的厢房，她有啥损失？只是吓唬一下她而已！"乌兰不赞同。黑瘦小个子的酒疯发作张牙舞爪地说："这样不行，那样不好，到底怎么办才好？依我看干脆去打！"他说着摔了酒杯。乌兰怕走漏风声，强按住他坐下了。但他不服气地挣扎着要起来。

"去他爹的，我也同意打！我们以前也那样干过。"黄头发给黑瘦小个子打气。乌兰有点控制不住场面，刚劝住一个，另一个又起来了。

"你们如果不怕当囚徒，那你们就胡闹去吧。出了事可别怨我，到时候我是不管的！"乌兰黑起了脸。说实在的，那两个也就趁酒劲炀蹶子而已，没有那么大胆量去行动。乌兰这么一说，两位立马装出听话的样子俯首帖耳坐回椅子上。乌兰见他们俩没脾气了，把他们招呼到一起说："我的两个好弟弟听话，无论干什么都需要有计谋。依我之见，我们既要狠狠教训她，还要拿到一笔钱！"说着，搂过两人的脑袋，说了一通神不知鬼不觉的悄悄话。

27

早晨的太阳从薄薄的云层后面露出了脸。萨仁熬好奶茶，备好了主食。一切就绪了，新赛罕迟迟不到。最近新赛罕总是姗姗来迟，起先萨仁以为她身体不适。可是看她身体状况也不像。以前一见顾客就笑脸相迎，最近却淡然处之。以前张口就说没钱，最近动辄就上街买新衣服。尤其最近她特别注意打扮，很少光顾厨房。萨仁听说过小叔子已经升迁，心里猜测新赛罕可能怕自己形象不好给当官的老公脸上抹黑。她觉得这是情理之中的事，乡下有乡下的风俗，城市有城市的习惯。萨仁审视了一下自己，心里想：自己可别给他们添累赘。她想尽量多干点活儿，但在有些事情上找不准定位，这让她很踌躇。

喝早茶的人陆续来了，萨仁开始跑里跑外忙起来。她刚进厨房盛奶茶，便听见外屋有个女人喊"萨仁"，声音听起来那么亲切。她虽然多日没见到这个人，但一听声音便知道是娜仁，急忙扔下手里的活计跑了出来。果然，娜仁和另一个人站在门口。萨仁戴着厨师的白帽子，娜仁一时没认出来还在左右顾盼。

"你好吗？"萨仁跑到她跟前拉着长调问候。

"好！你好？"娜仁也问候了。萨仁见到娜仁高兴得两腿不着地，却忽略了旁边的那个人。

"你好吗？"后面的那位向她问候。萨仁这才认出来是朝克。

"请到里面坐！"萨仁扯住娜仁的衣袖，把他们拉到一张桌旁刚坐下，柜台那边有人喊买包子。萨仁对两位说："你们先坐着，我给他拿了包子就来！"她向柜台那边跑去了。她打发顾客完刚回来，又有顾客喊买东西。她如此这般来回跑了几趟。朝克问："你们奶茶馆的另一个人呢？"

"她最近身体不舒服！"萨仁撒了个谎。

"那么我能帮上忙不？"娜仁站了起来。

"哎哟，你能干啥吧！"萨仁做出没相中的表情说。

"喂喂，这人连我都看不上了！"娜仁呵呵笑。

"那当然了，我在城里住了这么长时间，能看上你吗？"萨仁眯着眼睛笑，眼神里透着少有的喜悦。娜仁深深懂得这个眼神，那里充满了友情和亲情，但她依旧诙谐道："可不是嘛，你能认出我就阿弥陀佛了！"娜仁哈哈大笑，她站起来想帮萨仁干点活儿，又不知从何做起，正徘徊时新赛罕来了。

"妹妹，你好吗？"娜仁以姐姐自居问好。新赛罕只"嗯"了一下，点点头过去了。萨仁的脸上挂不住了，赶忙介绍说："这是你娜仁嫂子！"新赛罕驻足："娜仁嫂子？"

"我们家西头那家的嫂子！"萨仁知道苏尔泰巴特尔和新赛罕平

常不把一般人放在眼里，所以她按乡下习惯进一步介绍说。萨仁这一介绍不要紧，新赛罕彻底蒙了。

"西头家？我们西头那家是汉族！"新赛罕从记忆里搜索着。

"你这个人啊，让妹妹弄糊涂了！"娜仁责怪着萨仁，向新赛罕说明道，"我是她家的邻居！"

"邻居？"新赛罕没听懂蒙古语"邻居"一词的意思。娜仁指着自己，又指着萨仁说："我和她是相邻居住。"

"哦，他们家旁边那家！"新赛罕终于闹明白了，还想起了在她的婚礼上娜仁赠送过一头奶牛和牛犊的事，脸上总算有了点笑意。

"咳，真不好意思，结婚以后再没见到你，久违了。嫂子往里坐。要啥，挑最爱吃的。"新赛罕指着柜台上的肉食和面食，表现出很大方的样子。这在娜仁看来自己好像是来这里白吃白喝的，心里很不爽气。萨仁从旁边看着也觉得不舒坦，暗自责怪弟媳说话没有分寸，只好自己给娜仁和朝克倒茶拿吃的忙个不亦乐乎。新赛罕虽然脸色比刚进来时好些，但并没动地方，从挎包里取出小镜子转过身去打扮起来。

一个顾客进来说："买点烙饼。"

"要多少？"新赛罕依旧打扮着自己没有转过身来。

"这些！"顾客伸出两个手指头。

"多少？"新赛罕气嘟嘟转过身来，看见颤巍巍的两个手指头。

"就买两个饼，自己拿吧！"新赛罕的身体几乎要钻进镜子里去。这是个常客，不客气地按新赛罕说的自己拿了两个花卷装进塑料袋，也没问价钱，直接在柜台上扔了一块钱："给，钱！"

新赛罕眼皮子都没抬，说："放那吧。"

娜仁见此情景很奇怪，这妹子这样做生意能赚钱吗？买卖这东西分文都要算计的。这工夫萨仁已经把吃的喝的都摆到了桌面上，笑着说："请这边坐，喝茶！"娜仁这才从奇怪中解脱出来，嘴里叨咕："不明白，或许也能行吧。"他们坐了下来。

早茶的高峰期已过，顾客逐渐减少了。萨仁好不容易有了点歇脚的时间，连忙扔下手里活儿坐到娜仁的身边。一直默默坐在娜仁旁边的朝克这时突然张罗要走。平时他自觉是个摔跤手，在人面前向来是趾高气扬的，今天却变得像新媳妇般的文静。一个胡子拉碴的大老爷们突然变成这样，萨仁看着很不习惯。

"抱歉，我有点事先走。嫂子你走时给我打个电话，我过来接你。我的电话号……"朝克站了起来。

"不行，你不清楚地给我写下电话号，我就忘了。那可就糟了，这熙熙攘攘的人群里我上哪里找你去？"娜仁说。朝克把电话号码输进娜仁的手机里，这才走了。

"你这人搭人家的车还有功劳了？"萨仁嘲笑道。

"能没功劳吗？有功劳，真有！"娜仁抿嘴笑。

"真有你的，好厉害了你！"萨仁笑得咬不住碗口了。

"可不是嘛，待一会儿你就知道了！"娜仁顺手给萨仁一拳，"我们俩出去吧，详细情况到外面告诉你！"

"啥秘密，在人面前不能说？"萨仁嘴上这样说，眼睛却同意娜仁的意思。两人出去了。

已是人声鼎沸的小晌。娜仁、萨仁二位心情激动。她们都有许多心里话要说，但还是从近处入嘴挑起了刚才的话题。

"朝克今天怎么了，那么文静。"萨仁奇怪地问。

"你应该知道为什么！"娜仁眨巴着眼睛说。

"我不是算卦先生，哪里知道为什么。是你把他领来的，只有你才知道。刚才他口口声声叫你嫂子嫂子的，那么亲近……"萨仁捅了一下娜仁的肋下。

"领来的是我，提出来的是他！"娜仁把事情的缘由像讲故事般娓娓道来，"近来朝克常来我家。来就来了，却什么话都不说，坐半天就走了。对此，苏德和我非常奇怪，平常有说有笑的人，这是怎么了？趁他有一次来，就把它当回事问了一下。起初，朝克说：'没事没事，什么事都没有。'但细观察，还是觉得他有什么事，我们就说了：'有什么事就跟哥嫂说吧，不要客气。'朝克还是躲躲闪闪不肯说。苏德断定他一定有事，便开玩笑说：'你是不是相中我弟妹了？'竟然一箭中的。朝克轻声说：'哥嫂你们俩给我介绍一下萨仁吧！'听了这话，我们又喜又奇百感交集。可是我们寻思，朝克是个未婚青年，你是个落难的已婚女人，必须慎重对待这个事情。苏德问他：'你到底相中了她什么？'朝克低下头说：'为人……'平时，朝克把自己看作天下无敌的摔跤手，走路都是迈方步，现在却这般低声下气。苏德又想笑又想哭，逗他说：'以前你说自己不会倒在别人手里，这下倒在我手里了吧！'朝克严肃而认真地说：'我信得着苏德哥！'我知道他从内心看上你了，追问他：'别的你还相中了她什么？'他仍然闪烁其词不回答。我就想听他怎么说，一再逼问，你知道他怎么说吗？'苏力德大哥穿的衣服好帅气，我走在他身边总觉得自己比他稍逊一筹。'我听了这话，觉得朝克好可爱。但我还想听他心里话，进一步问：'那你究竟相中她的为人还是相中了她做的衣服？'可是朝克再没说什么，意思是该说的话我都说了，剩下的事你们俩看着办，骑上马就走了。所以，今天我把他领来了。"

　　"找不到姑娘了？一个未婚青年怎么这样没出息。我不想毁掉一个年轻人！"萨仁一口回绝了。

　　"你说的也是，但这个事值得考虑！"娜仁也表明了自己的立场。

　　"我不是不知道你的好意。大老远地为我而来，我非常感激。接下来不要提这个事，说说别的都比这好。"萨仁拒绝再提这件事。娜仁、萨仁两人是非常要好的姐妹，特别了解彼此的脾气禀性。娜仁知道，萨仁的犟脾气上来跟颈部抽筋的母驼差不多，硬摁住它的头饮水是不可能的事情。她没采取强攻的战略，而是换话题说出了本次来要谈的另一个事情。

"几天前，苏尔泰巴特尔领着一个人去了牧场。那人开着一辆绿色越野车，车轮足有一尺多宽。说是那人非常有钱。接着详细打听了你家牧场，然后开着车从东到西，从南到北跑了几个来回。苏德生气了：'你们不要在牧场上乱跑了，把草场都糟蹋了！'结果，苏尔泰巴特尔弟弟说啥了，你听听，'这是我们的牧场，这个人想把它买下来，他要看看。跟你们没关系。'我气得不行了，说：'那也是，你嫂子把它交给我们经营，让我们看管好，她走了我们必须把它看好！'苏尔泰巴特尔弟弟说：'对对，我没时间跟你们争论！'甩手朝着小车走去。我从后面追上去说：'这是你嫂子的想法还是你的做法？''管他谁的想法呢，都是一家的事。'他说完钻进了车里。我一想也对。可是我觉得这么大事情你应该事先通知我们，我敲了半天车窗，问他：'这事你嫂子知道吗？''知不知道有啥关系，她会得到好几个麻袋的钱。'苏尔泰巴特尔弟弟啪地关了车门走了。这件事，我很不理解。如果真要卖掉牧场，我们也得另寻活路。苏德一个劲催我去问一下究竟。这样，我一方面来看望你，另一方面让你知道这两件事。娜仁谈到这，勉强笑着说："我这次不是一般性来访！"

萨仁的脸色陡变，说："不至于到那种地步吧，我也是个活人！"

28

今夜，草原奶茶馆顾客特少，这种情况近一时期少有。

"顾客再不来的话，今晚我们早点关门回家看电视吧。"新赛罕打着哈欠，有点坐不住了。苏尔泰巴特尔荣升以后，新赛罕总是这样坐立不安。萨仁仿佛没听见，坐在那里想着自己的心事。

"行不行，嫂子？"新赛罕问。萨仁如在梦里般道："啊，什么？"

"没人了，早点休息吧！"新赛罕重复了一遍。

"那也行，我也想找弟弟打听点事！"萨仁点头说。两人收拾了东西正准备回去时，苏尔泰巴特尔领着两个人进来了。其中一个是陶特夫，另一个是他领去苏德家的那位大款。陶特夫卖掉牧场揣了一大笔钱，然后用这笔钱作为资本做生意，在社会上有了相当高的地位，已被列为当地有钱人的行列，同时认识了不少大款。大款们在下边探矿或者购置土地特别需要像陶特夫这样熟悉基层情况的人。所以，陶特夫现在给大款们当中介，介绍买卖从中获利，成了大红人。这样，他就给苏尔泰巴特尔介绍了一位大款。说是大款，从他外表上看一点也不像，胖大的身材，说话的声音像羊叫，还不像正常的羊叫，像个山羊被什么东西挤压后发出的声音。镰刀般的弯钩刀条脸上长了一个鼻孔朝上的大趴鼻。特别是从他的穿戴看更不像大款，上身松松垮垮穿着一件无领短袖衫，下身穿着肥大的短裤，赤脚趿拉了一双破烂不堪的坡跟凉鞋。

"哈，这味道咋这么好闻呢，真正蒙餐的味道！"这是大款进屋开口说的第一句话。

"哎，给这位大老板吃点特色蒙餐吧！"苏尔泰巴特尔说。

新赛罕把那位老板从头到脚仔细看了一遍，在嘴里不满地嘟囔："领来个啥玩意儿！"

"这是真正的财神爷，你知道啥。不认识这位等于供错了佛爷！"苏尔泰巴特尔这么一说，新赛罕瞪起眼珠说："就这个人？"

"看似其貌不扬，这可是千万富翁！"苏尔泰巴特尔生怕把宝贝当垃圾扔掉，再一次强调说。

"是吗？"新赛罕半信半疑。

"可不是嘛，不然能领到这里来吗？"苏尔泰巴特尔指着自己的鼻子保证道。

"哎呀，难说。弄不好是个骗子呢！"新赛罕仍不大相信。

"现在的大款都是这样。你以为坐好车领小姐才是大款吗？那都是半瓶晃当的家伙。真正有钱人不那样，而是像他这种不拘小节。像我们这样有点钱就贴在脸上乱花乱用的人世上多了……"苏尔泰巴特尔高人般指点说。

"有钱应该去高级宾馆酒店才对，能上我们这个小地方来？"新赛罕坏笑。

"这人什么样的高级宾馆没住过，什么样的精品佳肴没吃过？山珍海味早就吃腻了。这种人不挑食，而是吃特色。现在饮食都讲究特色。所以，我把他领到这里来，想给他吃点我们的特色蒙餐！"苏尔泰巴特尔忙不迭地张罗起来。

"那就行了！"新赛罕勉强认可了。

"我今天晚上跟这个人商量大事。嫂子，先熬上浓浓的奶茶。然后做点黄油卷子，做得像纸张那么薄。嫂子你不亲自露一手是不行了！"

苏尔泰巴特尔坐满了椅子，望着大款问："喝什么酒？"先头大款听不懂蒙语，愣怔地站在那里。苏尔泰巴特尔用汉语这么一问，他忙说："酒就不喝了，今晚吃个纯正的蒙餐！"大款犹如喝饱了的牛一样摇头晃脑。苏尔泰巴特尔接着介绍了自己的爱人。大款打量了半天新赛罕说："真漂亮！"这话如果是平常人说的，新赛罕把它权当表面上的奉承，但现在是大款夸她，她知道有钱人一般是不夸人的，他们夸人就像嘴里掉金子般珍贵。所以，新赛罕听了顿时心情激荡，确认自己是不该在这种烟熏火燎的地方工作的大美人。

只见大款往里屋翘首问道："那位是……"

"她是我嫂子！"苏尔泰巴特尔回答。

"内蒙古的美女都集中在这一家了！"大款干笑。新赛罕觉得这话才是表面奉承，就算不是表面奉承，那也是为了不伤害在场的每一个女性而虚夸了那个穿长袍的嫂子，绝不是真的"内蒙古的美女都集中在这一家了"。新赛罕用双手频频往下推拿自己的胯部，仿佛蒙古族女人的宽臀影响了她的身材美。

萨仁端着方盘从厨房里出来，方盘里放了几碗肉干汤，肉干汤上面油星点点葱花漂浮。新赛罕一跃而起，拿起一碗汤小心翼翼放到大款面前。大款在座位上欠欠身，伸出单掌做了回敬礼。各位都得到肉干汤后，大款品尝了一口，惊喜道："哈，这汤味道美极了，真纯正！"他想大口喝，又怕烫嘴，噘着嘴唇在碗口上干着急。

萨仁回厨房，把做工精细的黄油卷子放在盘子上端了上来。热气腾腾的黄油卷子散发着香气。

"这是什么东西？"大款好奇地问。

"黄油卷子！"苏尔泰巴特尔两口子异口同声回答。

"咋吃？"大款翕动着大鼻孔问。

"泡汤吃。"苏尔泰巴特尔夹了一块黄油卷子，放进肉干汤里搅动两下做了示范。大款立马照着吃了。

"先吃这个，一会儿上蒙古包子！"苏尔泰巴特尔的意思是还有许多好吃的。大款表示这就够了，但还是忍不住问："什么包子？"他的眼睛在桌面上寻觅。新赛罕敏感地看出这家伙还想吃包子。萨仁刚才是按照苏尔泰巴特尔交代的只做了黄油卷子，听说还要吃包子，急忙钻进厨房，心里想：反正都是弟弟的客人，吃也好不吃也罢，先做好了再说。"我俩一起做吧！"新赛罕嘴上说了，手却没动。

大款头几口黄油卷子吃得贪了一点，这阵子好像有点吃腻了，撂下筷子，擦着沿两颊流淌的汗水。他的两颊在擦拭瞬间变白，随即血色又泛了上来。

"你们那个牧场有多少亩？"大款打了一个嗝儿。

"我不太详细，嫂子知道！"苏尔泰巴特尔仰视着大款，问，"我们那个牧场怎么样？"

"怎么样，还行吧！"大款摆出对草牧场很在行的样子说。

"还行吧？不仅是行，像我们牧场那样的地方，你上别处是找不到的！"苏尔泰巴特尔对大款的评价不大满意，顺口回击了一下。

"为什么？"大款反问，迫切想知道他的意图，支棱着耳朵倾听着。

"我跟你说为什么。我们那个牧场冬天不驻雪，地底下散发着热气非常暖和。水源丰富，盐碱不缺，多种植物齐全，是个像包子馅一样营养丰富的地方！"这是苏尔泰巴特尔从父亲那里学到的关于草牧场的知识，他当着大款的面把所有这方面的知识全吹了出来。

"是啊，有多少人想买我们的牧场，我们没卖。那么好的牧场怎么能轻易出手呢，对不对？"新赛罕也像个牧场的主人，从旁边呼应着自己的老公。

"那个牧场是你们的还是你们嫂子的？"大款问。

"说谁的都行，都是一家人！"苏尔泰巴特尔说了一句模棱两可的话。下面是大款想明确一下这件事而提出的问题和苏尔泰巴特尔给出的答案：

"你说都是一家人，你们的户口都在一起吗？"

"也不是那样！"

"那个牧场现在在谁的名头下？"

"在嫂子的名头下。"

"那么法人代表是你嫂子了？"

"说嫂子也行，说我也行。"

"那我跟谁协商呢？"

"跟谁协商都是一样。但是，我嫂子汉语一句不通，最后还得跟我商量！"

"不会汉语的话，牧场那儿做不了主。"

"都是一家人，没什么关系的！"

"你们这地方的人真是很和谐。在我们那个地方，别说是嫂子，父子之间也是寸土不让的！"大款摇摇头。

"那是你们那个地方的规矩，这是我们这个地方的习惯！"新赛罕摇头晃脑。

萨仁端上来一盘热气腾腾的包子，喷香的味道让人垂涎欲滴。

"哎，嫂子你也坐下来一起吃吧，这个人跟你有点事！"苏尔泰巴特尔下命令般说。

"我不认识这个人，跟我能有什么事！"萨仁推脱着不坐。其实，萨仁从厨房里隐隐约约听见了他们的对话，而且对照着之前娜仁跟她说的事明白了事情的大概。苏尔泰巴特尔哪里知道这些，以为嫂子在陌生人面前不好意思上桌，便说："不认识有啥关系，稳当坐着，这人有事要说。这个人可了不起，是个很有钱的大款！"苏尔泰巴特尔粗声大气渲染着氛围。

"有多少钱也没用，我不坐，告诉他，不要对我的牧场有企图！"萨仁的这句话像一盆凉水般当头浇在苏尔泰巴特尔两口子脑袋上，使他们日夜盼着赚大钱的美梦瞬间成了泡影。苏尔泰巴特尔做梦都没想到嫂子说这句话。他看着萨仁愣了一下说："嫂子，这是一件好事，别人想得到都得不到的好机会！"

"咋不是好事呢，把牧场卖了，揣着大把钱常住城里多舒坦！"

新赛罕溜须着萨仁。结果，两位从没红过脸的妯娌，因此而发生了争执。

"我知道自己现在就在城里！"

"那时候跟现在不一样了，那才是真正的幸福！"

"那种幸福对我来讲不是幸福，而是辛苦！"

"你是一个享不了福的人！"

"也许是吧。据说有人就是享不了福，只能一辈子受苦。我可能就是那种人吧，我认了，能怎么着！"

"简直不知好歹！"

"知道你们对我好，这件事就是个证明！"

争论到这里，新赛罕无话可说了，瞅着自己的老公说："天啊，这人怎么不懂人话呢？"她想得到老公的支持，借助他的马镫下马。然而，萨仁的心却先软了，都是一样的儿媳妇，事情跟她有多少干系，我是大的，说话不该这般刺激，何必难为妹妹。

"远点去，我们家的事情跟你没关系！"苏尔泰巴特尔呵斥新赛罕，意在"敲打一个牛犄角让另一个也疼痛"。萨仁说话办事从来都替小叔子着想，因此对他这种耍伎俩丝毫不赞同。

"不要向弟妹耍脾气，有话跟嫂子好好说，有气就朝我来！"萨仁这么一说，争执双方的角色换成了嫂子和小叔子。

"这事以前没跟你商量，所以嫂子你可能生气了。但是，不管怎么样都是为了嫂子你好！"

"这件事无论什么时候说，我都不同意！不管为了谁，都是一样！"

"嫂子你现在是单身，那边有啥牵挂的，你还想回到那里生活吗？"

"就算那里什么也没了，但你哥在那里……"萨仁说这话时眼泪在眼窝里直打转。苏尔泰巴特尔听了这话，不禁起了恻隐之心。然而，涉及的毕竟是一大堆钱的事，强烈的引力把那点情感的震荡驱散得一干二净。

"我非常理解嫂子的心情。我哥在那边世界知道了这件事也不会怪你。走的已经走了，在世的还要按照生活的规律活下去吧……"苏尔泰巴特尔刚说到这，萨仁打断说："卖掉了你哥安放灵魂的牧场，我就能按照生活的规律活下去了？"

"话怎么能这样说呢？像你这样想问题只能是欺骗自己而已。过日子还是现实一点好！"苏尔泰巴特尔说。

"我那点牧场咬你们了？总想处理掉它！"萨仁气愤地质问。

"不是，嫂子你说什么呀！现在草原上的人口多了，政府在号召牧民进城！"苏尔泰巴特尔替政府发表了意见。

"卖掉牧场的人算人口，买下牧场的人不算人口了？"萨仁不赞同这种意见，把苏尔泰巴特尔有限的说服力顶到了极点。

"不听自家人的话，却听别人的流言蜚语……"苏尔泰巴特尔拉下脸。

"这是政府分给我的土地，我自己做主。跟别人有啥关系！"萨仁扭过脸去。

"这是政府叫你这样做！你不听我的话可以，那你听不听政府的话？"苏尔泰巴特尔拿大帽子扣压。

"政府没拿鞭子抽打我们的屁股，没有死命催我们卖掉牧场，而是号召我们在有限的草场上经营有限的牛羊！"萨仁扫视一眼眼前的几位。

"哼，我会让你们的嘎查①、苏木②政府去执行！"苏尔泰巴特尔亮出了最后一招。萨仁听了这句话怒火中烧，本想竭力控制自己，

———————

① 嘎查：内蒙古行政区划单位，相当于村、屯。

② 苏木：内蒙古行政区划名，相当于乡。

却因内心冲动而浑身发抖。

"咱家弟弟本事大了，嘻。你头顶上有桂冠，兴许真有那种能力。但是，有句话叫'帽子大了压人头'。我想咱家弟弟的帽子不致那样吧！那是带有国徽的帽子！这一点弟弟你不是不知道吧？"萨仁说完旋风般走出去了。

小镇的街道上车辆稀少，时间快到午夜了。在这个偏远的地区，小镇还算有点城市化了，可是还没有整夜营业的商场。因缺乏电费，街灯早已睡眠了。有几个人影在胡同里磕磕绊绊走动，行色匆匆，他们也许有各种原因一天没回家了。萨仁忽然发现自己已经远离了正街。夜幕上的几颗星星眨巴着眼睛仿佛在哭泣。她的耳边回荡着苏尔泰巴特尔所说的话："我会让你们的嘎查、苏木政府去执行！"她在心里想，弟弟你有能力就让他们去执行吧，我看看怎么执行。这片土地上有祖先留下的痕迹。这不是谁想买就买，想卖给谁就卖给谁的没有主人的土地。这是按国家政策由我来经营的带有红印的土地。那片土地上谁说了算，弟弟你总有一天会明白的。我们都应该吸取卖掉土地流离失所的教训。只要我还健在，那片土地决不会让你做主。弟弟你收回你的妄想吧，人要有自知之明为好！

萨仁气得快要发疯，一口气跑出很远，发现自己快到家了。她高一脚低一脚地奔走，进了家附近的一条黑洞洞的胡同里。这时，有几个人突然从旁边闪出来围住了她……

29

萨仁不省人事躺了一天一夜，眼睛微微睁开，总算苏醒过来了。她浑身都是伤痕，却不知道哪里疼。她看见上面吊着输液瓶，才知道这是在医院。她现在是躺在急救室。护士正在摆弄她手上的针，看见她的眼睛在动，高兴地喊道："醒了，醒了！"萨仁的眼前蒙蒙眬眬出现了几个人的身影，前天晚上的突发事件渐渐清晰地出现在她的脑海里……

戴着面具的几个人突然出来截住她的去路，恶狠狠地叫嚣："把钱拿出来！"萨仁被这突如其来的状况弄得不知所措。"不拿出钱，别想从这里活着逃出去！"捏着鼻子说话的声音。"我没钱，有的话你们都拿走。"萨仁哆嗦着嗓音说。"没有钱？"一个人直接扇了萨仁一个大嘴巴子。萨仁立时眼冒金星。"开饭店的没钱，天大的谎言。赶紧拿出来！"另一个人在她的大腿后侧使劲踢了一脚。"真的没钱，不信你们就搜查吧。"萨仁请求道。有两个人抓住她的双臂平展开来，另一个人搜查她的全身，搜了半天，从她衣兜里搜出几个零用钱，"就这点？""这破娘们儿很狡猾！她肯定有钱，不行就脱她的裤子搜！"是一个女人的声音。"妈呀，干什么呀？"萨仁喊叫着，挣扎着。"不许喊，再喊就割你的喉咙！"有一个人拿出刀放在她的脖颈上，另两个上前脱她的衣服。"来人啊！"萨仁懂得坏人做事最怕见人的道理，所以她拼命喊起来。"再喊就杀掉你！"有人拿刀恐吓她，有人在捂她的嘴。"杀就杀吧，我不会像绵羊一样轻易让你们宰杀。来人啊！"萨仁拼命挣扎着喊叫。"这娘们儿不见血就不罢休！"拿刀的家伙威胁道。"她就想见血……"女人从旁边怂恿道。萨仁忽然感到全身一阵发热，眼前一黑失去了知觉……

那天晚上的可怕遭遇再次映现在她的眼前，使她惊恐万状挣扎着要起来，终于没能起来，又昏过去了。

护士丢下手里的东西跑了出去，不一会儿领着医生进来了。医生拿听诊器检查了萨仁的呼吸、心跳等症状，回过身来问："谁是患者家属？"

"我！"苏尔泰巴特尔望着医生说。

"病人还没脱离生命危险，必须有个思想准备！"医生交代说。苏尔泰巴特尔的脸上顿时失去了血色。毫无疑问，这件事与他有着密切的关系。人们一定会说他为难自己唯一的嫂子，逼她到了丧命的程度。真要出了事，我在亲戚面前，在朋友面前，在哥哥的亡灵面前怎么交代？在社会上咋看别人的脸面？这种想法不停地在他脑海里翻腾，使他备受折磨。

"医生，目前她的状况到底怎么样？"哈妮拉抢在苏尔泰巴特尔前问。那天晚上，哈妮拉和额日勒玩了一宿回家，在胡同里发现了昏倒在地的萨仁，才使萨仁活到了现在。当时，他们看见人事不省躺在地上的萨仁，吓得魂不附体，定了定神后马上给认识的士司机打电话，把萨仁送到了医院。医生检查了萨仁的伤情，发现她的肋下被捅了一刀。医生说，由于失血过多需要马上做手术，让哈妮拉和额日勒在手术单上签字。他们俩说自己不是患者家属，医生就不敢做手术。医生说，如果再晚一刻做手术，她的血将全部流尽，一点挽救的余地都没有。所以签字成了能否挽救萨仁生命的关键，哈妮拉非常为难。她知道苏尔泰巴特尔和新赛罕是萨仁的亲戚，但见面认识，连名字都记不全，也不知道他们住在哪儿，上哪儿找去。即便是找到他们俩，也只能是来为她送葬。哈妮拉为这事急得要死。额日勒扯住她的袖子示意她别管。萨仁的一线生命、医生的嘱咐、额日勒的脱身之计，签字还是不签字？种种疑惑使哈妮拉像热锅上的蚂蚁一样团团转。最后她打定主意："我们草原人总是把事情往好处想的，我签字！"额日勒说："如果出了意外，你自己负全责，跟我没关系！"医院的人也说："你签字跟我们医院没关系，如果家属来追究责任，我们可是不负责任的！"明确了这些以后，才允许哈妮拉签字。"爱怎么着就怎么着吧，人命要紧。"哈妮拉的一句话才使得手术及时进行了。在手术进行的同时，医疗费的问题也出现了，这个负担超出了哈妮拉的能力。她一摸口袋，只有几个零钱在叮当响。再看额日勒，对方却把脖子歪过去说："今天输了个精光。"眼下只有一条路——去找草原奶茶馆！她没命地跑到那里时累得差点半死，不得不上气不接下气扶着腰站了片刻。这时候苏尔泰巴特尔跟那两位喝得正在高潮中。嫂子一点情面都没给，这使他很懊恼。为了挽救场面，也为了运筹下一步计划，萨仁一走他就拿出了酒，哈妮拉跑来时他们已经干掉了两瓶。

"患者情况不大好，还是有所准备吧！"医生关切地说。

"难道抢救不过来吗？"苏尔泰巴特尔急得几乎要钻进医生的嘴巴里。

"说不准，就看她自身的抵抗力了。"医生说完出去了。

苏尔泰巴特尔的手机响起来，他打开手机便喊："怎么了，嫌犯抓住了吗？"护士嫌他在病房里乱喊乱叫，把他赶了出去。

"留一个人就行了。"护士把哈妮拉留了下来。

电话是从警察局打来的，询问萨仁醒过来没有，想过来仔细询问事件的经过。苏尔泰巴特尔的官衔虽然不高，但对待普通警察就像疾风暴雨般的厉害。

"到现在还没找到嫌疑犯，一群饭桶！"他叉着腰在走廊里来来回回踱步，说话声音在走廊里回荡。生怕别人听不见，电话那头的回答好像不尽如人意，苏尔泰巴特尔气冲云霄，"我就委托这么一件事，你们却迟迟不办！"从苏尔泰巴特尔的脸上看出那头依然没有好消息。

"你们如果不尽快破案，我不会等闲视之的！"苏尔泰巴特尔满走廊喊叫。护士长跑了出来，瞪着眼睛左右看看说："这是谁呀？这是谁呀？"

"我！"苏尔泰巴特尔关掉手机，挺胸抬头走过来。

"你是谁呀？"护士长也不示弱。

"法院的苏尔泰！"苏尔泰巴特尔傲慢地说。护士长冷着脸说："我们这里没有犯人，这是医院，请你上外面去喊叫！"苏尔泰巴特尔还想朝她发作，护士长砰地关上门进屋去了，把他的臭架子扔给了狗。一名护士走过来对苏尔泰巴特尔说住院费不够了，如果不马上交钱就要停止用药。护士交代完转身回去了。新赛罕早晨才交了钱，怎么会这么快就用完了呢？苏尔泰巴特尔摸遍全身大小口袋，摸出几张百元票子。他走路的姿势很像滚动的碾砣子，上气不接下气跑到收费处。收费员掂量了一下钱，轻蔑地笑着说："你们现在已经欠款了，这点钱哪都不够！"

苏尔泰巴特尔羞得只想找到一个地缝钻进去。自己不管大小也是个院长，没想到在大庭广众面前让人这样嘲笑。他埋怨自己的老婆，都是她干的好事。他拿出手机给新赛罕打电话。新赛罕昨天晚上在医院熬到后半夜，早晨张大嘴连连打着哈欠说："受不了啦！"然后撇下哈妮拉一人走了，其中一多半在显示自己是院长夫人的娇气。

"喂，你带钱来！"电话刚打通，苏尔泰巴特尔就下了命令。

"什么钱？"新赛罕蒙了一下问。

"住院费！"苏尔泰巴特尔挥动着大手很像是在主席台上做报告。

"交了！"声音在听筒里脆响。

两人在电话里吵了起来。

"知道你交了，我让你再交！"

"再交？我没钱了！"

"咋没有，爸给的钱剩下的哪里去了？"

"哪里去了，只有你知道。我哪知道你给谁了！"

"还有别的这个那个钱进来老了吧！"

"那钱是我们的钱！"

"嫂子的钱在我们那儿还有呢。"

"全部拿过去交了住院费。其他钱你自己花掉了，你现在跟我要什么钱！"

"那些钱里你少用了？你怎么是这样没后手的人呢？"

"不管什么样，我是没钱。有本事你自己出！"

"你说什么？不要脸的东西！若知道你是这样的冷血动物，早把你……你等着……"苏尔泰巴特尔狠命关掉手机，气得恨不得马上回家胖揍老婆一顿。刚走出医院，在门口碰见了父母二老。他奇怪，这事没告诉他们，他们怎么知道了呢？急忙问："阿爸、额吉，你们俩什么时候来的？"

老头老太太急着问："你嫂子呢？"

"没事是没事，但还没苏醒过来。"听了苏尔泰巴特尔的话，做母亲的双手合十放在额头上祈福道："佛爷保佑！"

苏尔泰巴特尔领着父母来到急救室。萨仁还没苏醒。整整一天一宿没合眼的哈妮拉困得几乎抬不起头了。宝音觉得在哪里见过这个女人，或许还说过话，但一时又想不起来，也没有心情回顾。见萨仁手脚上都扎针输液，宝音眼前一阵发黑。刚才的护士进来说："让你们交住院费咋不交呢？你们怎么这样不懂人话，你们的人都这样了还……停药了！"说着斜视一眼苏尔泰巴特尔。额吉听了这话急得不行。"原来是这样！"宝音似乎早有预料，把右手伸进袍子的怀里掏东西。掏的东西好像在紧里头，他解开衣服扣子，整个胳膊全伸了进去才摸出一包钱，交给苏尔泰巴特尔说："给，赶紧拿去交了吧！"苏尔泰巴特尔交钱去了。

这时，新赛罕气喘吁吁地走了进来。刚才苏尔泰巴特尔在电话里说的话使她无法安心待在家里了。一想"冷血动物"这话，她胆汁都溢出来了。我是为了啥，不就是为了这个家吗？还叫我"等着吧"，咦，不等着能怎么样？现在就去，看你把我怎么着？珍爱这一家的人除了我还有谁，我看看。新赛罕匆匆跑来的主要目的是问罪，但带来了住院费也是真的。她是想拿这个"真的"来作为向老公发威的强大武器。在这个关键时刻，你们家除了我之外有一个露头的吗？这话已经到了她的嘴边。可是，公公婆婆仿佛在故意堵她的嘴，已经先于她来到了医院。她奇怪，他们什么时候来的呢？但她没问，连个问候都没有，想笑也没笑出来，直接打听了苏尔泰巴特尔的去向。

"出去了！"宝音的话在新赛罕听来味道不对。这话好像在说"把自家人扔给别人到处跑，你这是什么人"！新赛罕感觉到老人在生气。为了让他们明白自己昨晚在医院熬了大半夜，也为了让他们知道自己带来了钱，她说："早晨回去睡死了。还想睡一会儿再来，他来电话催钱，不让我睡了。我去交钱。"她拉着长调出去了。新赛罕一出去，老太太问老头儿："儿子不是已经去交钱了吗？"

"再交点也不多！"宝音身体僵硬地坐在那里。大儿媳妇毫无知觉地躺在病床上，老太太瞅着心烦意乱。哈妮拉说："额吉请坐吧。"老太太仿佛找到了说话的伴儿，问这问那说了一些话，得知哈妮拉的名字和家乡后，不禁惊喜道："原来是我们草原的孩子！"老太太把她拉到自己身边，问清了她在干啥在哪儿住，觉得萨仁有个好邻居而心里踏实了不少。宝音在旁边听了半天，终于想起哈妮拉是谁了，想阻止老伴儿不要跟她说话，却插不上嘴，坐在那里干着急。老太太听了萨仁的遭遇，禁不住又唤起了"佛爷"，宝音也差点跟着祈福。宝音仿佛看见了这个曾经被他蔑视的女人身后站着一个佛爷。

30

乌兰老早就起来煮好了奶茶，喊："老公，起来喝茶吧！"这种举动在这个家庭里就像太阳从西面出来般罕见。自从那天晚上仓皇回来后，她便成为了这一家真正的主妇，一改过去睡到中午的恶习，清晨起来熬茶做饭，把屋里屋外收拾得干干净净，摒弃了跑场玩牌的恶习，按时做饭，与老公相敬如宾，好像刚明白过来自己是这家的主人。她过去经常无端发怒口出狂言，现在却变得温柔多了，睡觉时也像孩子一样依偎着老公。总而言之，她仿佛突然间明白了家庭生活是在充满爱心、和蔼、温暖的基础上和谐起来的道理。人人都懂得和谐社会必须和平共处的道理，但不是每一个人都能从这个平常的道理中找到生活的方向。所以生活的道路充满了自私、自利、嫉妒、得失等等多种不利因素。呼和被老婆叫醒，躺在被窝里思考了许多。

"茶都凉了，还不快起来！"乌兰再次叫他。

"一大早晨不让人睡觉，吵吵啥！"呼和知道"男人越躲避女人越靠近"的道理，赖在被窝里嘟哝。若在几天前，乌兰早就跳起来骂他是不知好歹的家伙了，可是今天却走进卧室哄起了老公。

"起来吧，老公！趁热喝茶吧。"

"你先喝吧，我马上就来。"

"喝完茶，咱俩上街买东西吧！"

"你爱买啥买啥，我不需要买啥！"

"哪怕把内衣内裤换了呢！"

"换啥，好好的！"

"不洗澡吗，你浑身都是汗味！"

"你现在嫌我汗味大了？"

"哪有啊，你想到哪儿去了，汗味再大也是我老公的汗味！"乌兰说着掀开被窝，把脸贴在呼和的额头上。

"哎，远点去！这些年的老夫老妻了，装啥呀！"呼和一本正经坐起来，再看乌兰时她竟然眼眶里溢满了泪水。

"哎呀，好好的，一大早晨起来哭鼻子，怪不吉利的。"呼和生气道。乌兰捂着脸跑了出去。乌兰的这种反常的举动，使呼和产生了不祥的预兆。究竟发生了什么事促使她这样激动呢？他疑惑地跟着她走出卧室。这时传来了敲门声。呼和奇怪，这么大早谁来敲门了？他走到门口问："谁呀？"对方说："开门！"声音非常强硬。他刚打开门锁，拥进来几个警察，带头的问："谁是乌兰？"警察的目光凶狠。坐在一边抹泪的乌兰说："我是！"她刚站起来，领头的警察一挥手，后面的两位就把乌兰按倒在地，给她戴上了手铐。领头的警察从衣兜里拿出逮捕证宣布道："你已经被捕了！"

"你们没抓错人吧？"呼和疑惑地盯着警察，脸上一片茫然。

"你老婆跟一起人命案有关，希望你配合我们的工作！"警察严肃地向呼和道。

"那事跟我老公毫无关系，都是我干的！"乌兰好像没事似的毫不在乎。

"老实点！"警察押了她要走。乌兰对呼和说："你要保重，不要为我担心。我在枕头下面放了一样东西，我走了以后拿出来看吧！"

乌兰被警察押走了。呼和被这突如其来的事情弄得不知所措，像木头桩子般立在那里。妻子在几分钟前撒娇的声音仍在他的耳边回响着。不知过了多长时间，呼和才醒悟过来妻子近两天特别温顺体贴的缘故。他回到卧室，翻开老婆的枕头，果真有一个褐色的信封，里面有他的工资折，还有一封信。他拆开了信，信是这样写的：

我对不起你，对不起这个家庭，对不起孩子。也给人家带来了灾难，给自己招来了麻烦。其实就想吓唬一下那个牧民妇女，可能的话想诈出一些钱财。可是谁料到那几个畜生动了刀子，让事与愿违。听说那个妇女在医院生死难料。我知道事情闹大了，也知道这事早晚要败露。这几天我想过自首，但始终没敢。人啊，平常不懂得无祸是福的道理。在这个世界上活着的人富也好官也罢，不管走到什么地步，一定要明白"无病是富，无祸是福"的道理。过去我做得太黑。你是有点嗜酒，人不坏，是个善良的人。这几天，我真正体会到了善良人对生活的感受。几天来，我饱尝了非正常生活的惩罚，懂得了普通人生活的珍贵，也悟到了"只有珍惜生活的人才会享受一切美好的东西"这个道理。唉，没办法，我已经作孽了，只能承担罪责。亲爱的，所谓"作恶在前，懊悔在后"的教训正是体现在了我的身上。不要为我操心，要为在校读书的孩子着想！请少喝酒，珍惜身体！

呼和看完妻子留下的信，心中万分痛惜。身边出了这么大事，我竟然毫无察觉。其实，妻子这两天性格举止的变化就是个信号。她是因为恐惧和懊悔，受到心灵的折磨才期待丈夫的庇护，才想躲进家庭温暖的怀抱里，才形影不离地跟着我。可是我做什么了？就知道向妻子吹胡子瞪眼，她生气时我没去安慰，她倒霉时我也没去拉一把。我这个人简直是个木头疙瘩！如果我及时了解了情况，用几句明智的话来开导她，解开她的心结，让她去自首，也许能减轻她的罪责。呼和沉浸在自责与惋惜中。他感到这件事自己有着不可推脱的责任。他责怪自己整天泡在酒里，最后导致了妻子的犯罪。如果那天晚上自己没有喝得烂醉，没有去调戏妇女，能惹下这种麻烦吗？这真是"举起歪棒子打了自己的头"。他怨自己嗜酒如命，酒是祖宗留下的福禄还是大自然的圣水？如此沉迷于其中。这下好了吧，成了光棍一个。在他承受不住吃的喝的折腾时，在他深更半夜死去活来闹腾时，关心照顾自己的除了他这个臭名昭著的酒鬼的妻子还有谁？我的妻子，没把我当废物来抛弃，好多时候她背过身去哭泣转过脸来强笑，伴随我半辈子，对我是有功有恩的人。我作为一家之主，整天泡在酒里，家里的事一概不管。后方的那些烂摊子除了妻子谁给收拾了？我可怜的妻子，你走到今天都是为了生活为了这个家。"一日夫妻百日恩"，我作为她的终身伴侣，她走运时我抬头走路，她倒霉时我要回避的话，那我还是个人吗，活着有什么意义？不管她走到什么地步，在这个世界上她就是我的妻子，她就是为我续后的人。呼和这样思忖的时候眼泪爬满了脸颊。

31

这天早晨，新赛罕满脸喜庆地来看望萨仁。"这下好了！"这是她进来后的第一句话。满屋子的人都面面相觑，闹不明白她这句话的意思。

"据说把那些坏蛋全都抓起来了，这下好了！"新赛罕在刚才的话上加了个注解，心情依旧激荡。

"我的佛爷，抓什么了？"宝音的老婆惊骇地问。

"抓的就是那几个坏蛋，嫂子说的一点不差！"新赛罕几乎要欢呼雀跃。她迫切希望对那些坏蛋报一箭之仇，渴望得到他们的赔偿，这是她雀跃的主因。原来事情是这样的：

萨仁神志不清地躺了三天后，食人间烟火的命又回来了。她的思维刚刚恢复过来，警察就来了。警察们为了得到线索差点把她的舌头连根拔出来。萨仁是在黑夜里被蒙面人打的，哪能提供线索了？起初，她只说大约是三男一女，别的线索也说不出来。这么点线索对破案难以提供有价值的东西，警察继续询问她。萨仁浑身无力，被他们折磨得出了一身冷汗。宝音老婆生气了，忍不住说："我儿媳妇要是自己那么清楚，能麻烦你们吗？"苏尔泰巴特尔责备母亲说："妈你啥也不懂，管那闲事干啥！"新赛罕却说："嫂子你再坚持一会儿，不抓住嫌犯的话住院费……"当婆婆的狠狠地瞪了她一眼，她这才闭嘴。为了找到有力的破案线索，警察采取多种启发措施，问来问去最后终于得到了一个重要的线索。这个线索是问嫌犯的声音时问出来的。警察问："声音是什么样？"萨仁的眼神里立刻喷射出顿悟的亮光："嗯等等，非常熟悉的声音……"须臾又说，"就是！"一边说一边挣扎着要起来。警察问是谁。萨仁说："其中一个男人的声音好像是那次在我们饭店吃饭不给钱跑掉的那个年轻人的声音。那个女人的声音，肯定是经常来我们饭店吵架的那个女人的声音！""你肯定吗？"警察再三确认。宝音从旁边保证说："我儿媳这样说，那肯定是了。"警察望着宝音的下巴颏问："为什么？""为什么呢，我儿媳从几百只羊里面听声音就能辨别出哪个羔羊是哪个母羊的孩子，何况是几个人的声音呢。"宝音很自负地回答。警察不太相信宝音的话："真的那样吗？""哼，儿媳妇的父亲更厉害，听声音能辨别出一千多只羊。"宝音把儿媳妇的特异功能的根源都说了出来。新赛罕蹦起来说："我非常了解那个女人！"接着，新赛罕把乌兰的住址说了出来。破案线索就是这样出来的。

"抓人算什么好事！"宝音不太赞同，想要开口又收了回去。新赛罕却摩拳擦掌道："上法院告死这些坏蛋，让他们好好赔偿。治疗费、护理费、家属的路费住宿费、精神损失费、务工补贴、以后的生活费等赔偿费用一点也不能少……"她掰着手指头有滋有味地数起来。萨仁不愿听这些话，一听抓人赔偿之类的话她就毛骨悚然。恶人有恶报，干坏事的人必然会受到惩罚，非要落井下石干吗？她这样想着闭上了眼睛。

"不能那样做，听说那家男人伤痛缠身，他们家里生活也不富裕！"宝音替人着想道。

"管他呢，我们该要的一定要！"新赛罕一口咬住不放。

"怎么能那样呢！一个家庭眼看要毁灭了，这是好事吗？"宝音一声叹息。

"那是活该！"新赛罕咬牙切齿。

"干坏事必定吃恶果。但是，过分收拾一个家庭我于心不忍。"萨仁闭着眼睛费力地说道。

"他们自己干的坏事，自作自受，关我们什么事！"新赛罕绷住脸说。

"虽说是他们自己干的坏事，但事情的缘由跟我们不是一点关系都没有，只不过我们有理罢了。"宝音嘟嘟囔囔说着自己的观点。

"不是我们让他们干的坏事，他们自己作的孽，必须受到惩罚！"新赛罕仰起了脖子。

"别说那些事了，我这心里可不得劲儿了。"萨仁不高兴地说。

"好了，好了，你嫂子的身子不大舒服，别说那些不吉利的事了。"宝音劝阻新赛罕。本来，新赛罕为能得到一大笔钱而兴奋不已，一听这话很是扫兴，暗想：这些人真怪，进了嘴的肉非要吐出去，看那样子被人砍了好像还要感谢人家。他们到底在想什么呢，脑子里进水了吧？她觉得跟他们说这事没用，赶紧回去跟老公商量为好。这件事上，老公公他们可以等闲视之，我们可不能。无论如何跟那个破娘们儿多要点钱，不然白受罪了。最起码把住院治疗费要回来。批捕和上诉这些事只能由我们俩去运作，这些人根本运作不了。至于打官司打到什么程度，他们能知道吗？所以跟他们说那么多没用，反而说道太多，你看见没有，现在就已经替别人说话了。让他们知道太多，反而会竹篮子打水一场空。干脆给他们做主直接办了算了。生米煮成熟饭后他们知道了又能怎么样？反正已经完事了。走，回去把他们的情况跟老公说一下。不然，我家里的那位也备不住稀里糊涂听他们的了。现在就走，他目前还不明情况，必须拽住他的耳朵灌输一番。在我回去之前他可千万别过来，我得快走。稍等等，假如我还没到家他就出来了怎么办？还是先打个电话吧。新赛罕愣怔地想了半天，出屋去了。

"老儿媳妇听了我们的话好像不高兴了。一个劲吵吵抓人、要钱的，好像拿不到人家的钱就过不了日子似的，难道自己挣的不够吃吗？"宝音的老婆对宝音这样说。

"真不知道他们到底缺啥。对于犯法的人，难道法律不知道怎么处理吗？她说啥呀！"宝音回应老婆道。

这时，苏尔泰巴特尔进来了。后面跟进来一个戴眼镜的人，眼镜的玻璃片像瓶底般一圈套一圈。苏尔泰巴特尔说他是律师。

"这回都整清楚了。我请来了律师，这人是法律专家。"苏尔泰巴特尔有意造声势，明显是在说给萨仁听。宝音搞不懂这是什么做法。搞法律的人应该在法律的场面讲法律，来这里讲什么？这小子不问候一句嫂子，口口声声法律法律的。那个法律对挣扎在生死线上的人能当药用吗？

"这位律师也是医生吗？"宝音故意这样表达了自己的不满。苏尔泰巴特尔听了这话，知道父亲在生气。他心里清楚父亲虽然是个普通牧民，但绝对能分清律师和医生。父亲为什么这般生气呢？哦，知道了，他肯定以为我把嫂子撇下一边不管，所以才生这么大气。苏尔泰巴特尔刚要开口解释，跟进来的新赛罕说："一般人是请不动这位律师的，知道不？有人被砍了被捅了这种小案子，他一般是不接的，特大经济案子他才亲自上手。他是看在苏尔泰巴特尔的面子上才来的！"她想评功摆好，苏尔泰巴特尔听了她这话心里却很不痛快，埋怨她说话冒冒失失没分寸。宝音老婆听她说"小案子"，吃惊得大眼瞪小眼道："还说小案子呢，比这大的案子是咋捅才算呢？"

"这人上我们这儿来挣啥钱？"宝音说得更狠。

"爸，不是那么回事，律师说有必要跟嫂子详细了解一些情况！"苏尔泰巴特尔再解释，宝音也听不进去了。

"远点去，人家这么折腾她，你们不关心照顾，还问这问那不让安心休息！"宝音训斥儿子。

"问几句话能怎么着？"苏尔泰巴特尔还嘴道。

"怎么了？怎么了？"医生敞着白大褂匆匆走了进来。他是顺着宝音的大声喊叫过来的。

"谁呀？谁呀？这么大声音！"医生把屋里的人挨个扫视了一遍。无人回应。

"患者需要安静的环境，你们这么多人在这吵闹干什么？留下一个，其他人都出去。"医生毫不客气地把他们往外赶。

32

呼和这两天一直为妻子的事情奔波。在奔波当中他了解到，妻子的一个远房弟弟煽动几个街里的地痞捅伤了人，那个受伤的人就是草原奶茶馆的那位牧民妇女，而且她正躺在医院神志不清，妻子的量刑取决于那个妇女的生命如何等等情况。这两天，他通过一些亲戚朋友跑前跑后终于见到了妻子。乌兰已经彻底没脾气了。她见到老公，话还没说就哭了起来。呼和想尽一切办法安慰她，后来她虽然说话了，但明显失去了活下去的信心。她认为自己杀人了必须偿命。呼和劝慰她说不一定会到那种地步。她仍流着泪说："你不用哄骗我，现在说什么也晚了。"他告别妻子出来，向医院跑去，到医院听说萨仁已经脱离了生命危险，他立刻意识到这个消息对唤醒妻子活下去的信心必有帮助。他虽然厌恶妻子过分贪利忘义，坑害一个可怜而善良的乡下妇女的极端做法。但他不想轻易放弃这个与自己结为连理的终身伴侣。妻子的性格高傲，他自己的脾气也倔强。"一个巴掌拍不响"，因此上两人的感情越来越薄，一个迷恋麻将，一个扎进酒缸，生活改变了方向。几天来，这种自省时刻鞭挞着他。一般来讲人们是借酒浇愁，而呼和截然不同，这几天他没拿过酒杯，也没有心思喝酒。他一心想把即将破败的家庭重新建立起来。现在对他来说，最重要的事情就是赶紧去拘留所，早点把这个消息传递给妻子，哪怕让她些许地安心也好。他这样想。她现在是在人家的控制下，不可能吃到什么好东西。他想给她买点食品，又想做点她爱吃的东西，一时想不起来做什么好。想来想去总算想起来一样东西。就那样吧，做个她爱吃的炒豆粉。但他不知道做法，很是着急。算啦，路过商店时买现成吧。他这样想着，准备了一些自己会做的东西，刚迈出门槛就碰见了新赛罕。呼和一见新赛罕马上就想到，这个女人绝不是来拜年的。

"找你们家找了老半天！"这是新赛罕见面的头一句话。

"请到屋里坐吧！"呼和往里请她。

"就在这儿说行吗？"新赛罕趾高气扬的。

"有啥事也得进屋说嘛！"呼和点头哈腰。两人进屋还没落座，新赛罕就直言不讳地说："我今天来的意图你差不多知道吧？想让你出点钱！"

"知道是知道，但我现在手头没钱，给我两天时间，我想想办法，行吗？"呼和望着新赛罕的脸色。

"这个我不能答应，病人的状况能不能等你，这是个事儿！"新赛罕脸色铁锈。

"我现在真没钱，待一会儿想办法吧！"呼和依然坚持刚才的意见。

"你这是什么话！人要死了，你还编理由推脱，等你们等到什么时候？"新赛罕的声音提高了八度。

"你再逼我，我也没办法，我没钱。现在没有，但两天后肯定给你，哪怕卖了房子也给你，请你给我点时间吧。"呼和请求道。

"喂喂，这好像是我在逼你。不是那么回事，而是你们把我们逼得没有办法了。这样的事情你也亲自经历过，如果当时我们也像你这样推脱了，你应该清楚你的生命怎么样了！"新赛罕把很早就准备好的话巧妙地说了出来。呼和一听明白了，这女人今天不只是来要钱，而是想把新旧账一起算。他抑制不住暴躁的脾气说："如果我有钱，你可以这样说。现在我没钱，你把我的油榨干了也这样！"

"你说没有钱就完事了？钱没有，但你们干的罪行在那里摆着呢，人也抓起来了，到时候不要怪我不给你机会！"新赛罕就差蹦起来了。

"有有，都有，你自己看着办吧！"呼和并没有因为她的威胁而示弱。

"我会把你和你老婆一起告上法庭。你没钱，还有房子吧？"新赛罕气冲冲转身向门外走出。呼和在她身后喊道："告吧告吧，你能干出这种事，我不怕！"呼和态度依然强硬。

"好，有你这句话，那就等着吧！"新赛罕转过身，一脚门里一脚门外愤恨地说。

"是是，你能的话现在就把房子拿走！"呼和把对方顶得无话可说了，还伸出手做了个送客动作。新赛罕把门摔得山响，颠儿颠儿地走了。

呼和一屁股坐在沙发上。他虽然嘴上强硬顶跑了新赛罕，一时解脱了讨债的苦恼，但新赛罕张狂的模样始终停留在他脑海里，使他痛苦不堪。他知道那个女人说的不是空口白话，这种事情她不怕闹大，就怕自消自灭，她就是这样的一个人。不过，她把事态扩大了能把我怎么样？大不了把房子和财产拿走。你不通过法律拿走，我也想交给你，怎么拿都一样，我决不会跪求你不要那样做。如果我的财产对那个受害的女人有所帮助，那就是我最大的愿望。也许还能减轻妻子的罪责。这样一想，他觉得这种做法对谁都不是坏事。他就怕这个疯狂妖女把事态扩大，给妻子加重罪行。明明知道这个女人干这种事情决不会心慈手软，但我为什么刚才跟她如此针锋相对呢？动辄就像缺盐的骆驼般梗起脖子，把倔强品行当祖宗的遗产不愿扔下，这是为什么呢？这下真的"腐肉上撒土"，给倒霉的妻子增加了麻烦。母亲常教导说"别学你父亲的橛把子脾气"，这话现在值钱了。这时候在人面前低一下头，能降低了祖宗的尊严是怎么着？不管是好是坏，妻子毕竟为他持家生子传宗接代，为了她低下头又能怎么样，磕头了又能怎么样！把他们要的东西都给他们，把房子给他们，把那几个工资也给他们，妻子幸免于难就行了。呼和这样责备着自己，简直不知如何是好。也许酒瘾发作的缘故，他的手脚抖动得厉害。他原本已经发誓再不喝酒了，但此时觉得喝两口或许能控制手脚的抖动。这种时候喝上两口往往能稳住身心，去拘留所对付那些警察也有胆量，他这样想着就打开橱柜，找半天才找出一个酒瓶，晃动一下，瓶底里还有点酒，他直接往嘴里倒。连灌了几口，瓶子见底，浑身舒展不抖动了，感觉跟人说话也有劲儿了。他在心里想，妻子听到受害者还活着的消息一定很高兴。他拿了准备好的一点东西，向拘留所方向一瘸一拐地走去。

呼和无心顾及从身边走过去的街人，一心朝着目的地走着。突然，身后有人喊他。他回头看时，见是查干远远地朝他招手，仿佛在招呼他等一等，之后匆忙地跑了过来。几天来呼和没跟人说上几句好话，这时见到查干感到格外的亲切。查干也是个跟他一样爱喝酒的人，对人不坏。这时候只有查干把他当人看，呼和感动得都想哭了。查干走到跟前问："你要去哪里，这么着急？"

"我想去探视一下老婆！"呼和不好意思地说。小镇不大，出了大事小情，在饭间茶余都能传开。事先呼和虽然没告诉过查干，但查干也知道他老婆在哪里。查干没有大惊小怪，权当一件平常事说："我和你一起去吧！"

"唉，那是啥好地方，你跟着我去干啥？"呼和为难。

"想想咱俩合谋偷酒喝被她骂的事，我也得去看望她！"查干边开玩笑边陪着呼和走。

"我们去了也不知道能不能见上面。"在半路上呼和这样无助地说。

"找找人看嘛！"查干信心十足。呼和感到自己有了靠山。

呼和他们来到拘留所说明了情况。拘留所的人说："你昨天刚来过！"不让他们进去。呼和求情了，磕头了，毫无效果。查干看着朋友的可怜劲，也帮着说话就差下跪了。"磕头也没办法，上边不批不行！"对方只有一句话，把他们拒之门外了。

查干一看求爷爷告奶奶也不行，想出了一个对他来讲极不愿意采取的办法。他想到了自己的老婆。他老婆常在领导层里周旋，对此他既不赞同也不反对。他的原则是，谁能管住一个智力健全人的行为呢，大家各行其是，你行你的，我做我的。其中他和老婆都很好地享受了酒这个东西。他们生活自由，互不干涉，从来没有因为一些琐碎小事而红过脸，相处和谐，生活富裕。如果把和睦富裕的生活称作幸福生活，查干便是生活在这样的家庭里。

查干知道老婆善于社交，一般的事情都能办成，但他从来没求过老婆，也不愿意求老婆。现代人的嘴可不是白长的，认识的人也好，不认识的人也罢，都说"查干的老婆是个能人"，说她老公是靠她的裙襟关系过日子，更甚者说他"作为男人吃软饭好可怜"，诸如此类的社会舆论他在明里暗里没少听过，这大大地伤害了他做男人的自尊，所以他从来不求老婆。可是眼下他实在没别的办法了，只好替呼和求一回老婆。他从口袋里摸出手机，按了老婆的号码，对方正在打电话。他合上手机，和呼和闲聊一些不关疼痒的事。

"等一会儿吧，咱俩没必要那么着急，过一会儿肯定能想出办法来！"查干安慰着身边如热锅上的蚂蚁的呼和，再次拨电话，仍然占线。

"早不打晚不打电话，这破娘们儿……"查干生气地啪一声合上手机。两人又交谈了几句，没什么话好说了。

"这人咋这么啰嗦呢，说个没完没了……"查干嘟嘟囔囔地踱来踱去，过了几分钟再打过去，听筒里传来："您所拨打的电话正在通话中，请稍等。"查干终于恼怒了："这破娘们儿真他妈的啰嗦，啥事说个没完没了的！"

"活人嘛，总会有事的吧！"呼和反过来安慰查干。

老婆的通话总算结束了。

"跟你哪个爷说个没完！人家有事急得不行。"电话刚通，查干就来劲儿了。

"哎哟，什么事呀？"老婆见怪的声音。

"什么什么事？是我有事。"查干依旧咆哮道。

"我哪知道你有事。现在知道了，你说吧，我的好老公！"查干老婆哄着他笑。

"人家在这边有事急得不行，你在那边还有心思笑。你又遇到什么高兴的事了？"查干污蔑她。

"我的小爹呀，啥事那么严重，现在说行吗？"老婆在电话里就差跪求了。查干的闷气还没消，听老婆这么一说，想说的话也说不出来了。

"你看，你想急死我呀？快说吧，出什么事了？"老婆反过来着急了。查干就把事情一五一十地说了出来，心里痛快了不少。

"就这个事儿？"老婆进一步核实道。

"就是，就是。"查干不管对方看见与否，在那里点点头说。

"我知道了，你们俩就在那边稍等一会儿。你把你的好友好好劝慰一下吧。老婆犯事了，他能不闹心吗？人家可不像你。要明白这时候朋友才有用！"老婆的话仿佛在揪他的耳朵。

"你这人咋这么啰嗦呢，办点事还有那么多说道。"查干下意识地关掉了手机。

"什么情况？"呼和战战兢兢地问。查干这才想起来，刚才只顾向老婆发威了，没弄清事情究竟怎么处理的。

"接着怎么办？"两人谁都没了主意，正在那里徘徊时，拘留所的看守接了个电话。看守立刻并拢双腿站得笔直，连连点头说："是！是！"然后转身问："你们俩谁叫查干？"

"我是！"查干向前说。看守说："你进去见你老婆吧！"

"不是我老婆，是他老婆！"查干解释。看守不信。

"电话上说是查干，没说别人！"看守认准了电话里的指示。看守和查干争论了一通。查干没法，又给老婆打了个电话，"你这个东西听不懂人话呀，给人家咋告诉的！"他暴跳道。

"啊，你们俩没喝酒吧，不会跟人家好好商量吗？都成啥玩意儿了！"电话上老婆好像生气了，哼哼叽叽的。呼和责怪自己，两个老爷们儿在这么点小事上看女人脸色，我们俩算是什么人呢？查干还在一边向老婆显神威："你这糊涂娘们儿，跟人家说清楚嘛，呼和我们俩就在这边……"

不一会儿，看守的电话又响了。

"你们两人都进去吧！"看守说。

33

呼和带来的消息，总算给乌兰增添了活下去的信心。

"佛爷保佑！"乌兰听了萨仁还活着的消息，不住地祈福着。呼和、查干安慰了乌兰半天。

"我罪该万死，那个妇女千万别死！"乌兰捶打着自己的额头说。

"事情已经转向了好的一面，事到如今不要太闹心了，要保重身体！"查干安慰她说。

"如果那个妇女安好，我的事情无所谓，爱咋判就咋判吧，怎么判我都接受，对此我不抱任何幻想。"乌兰表明了自己的态度。

"人没死，不会成为太大的问题，顶多给点经济赔偿就完事了！"呼和很像个大丈夫。

"我是毫无办法，被关押在这里什么也做不了。只有你费心了，那些赔偿的事都压在你一个人头上。我怎么是这样一个罪孽深重的恶魔呢！给人家和家人都带了灾难。"乌兰懊悔得要撞墙。呼和非常难过。查干听说萨仁还活着，心里想说的话很多，但不知道怎么说好了，尽量无话找话地劝慰着乌兰。但他的话就像懒马加鞭——走不动道。

"那个牧民妇女是个明白事理的人，好好商量的话也许不用起诉！"查干说出了自己的看法。

"我也是这么认为的！"呼和附和着查干的话说，意在给妻子打气。

"你们不要为我枉费太多的精力，少办那些没有用的事情。是我自己犯的罪，用不着你们来挽救我，没用！"乌兰哭得一塌糊涂。

"你想得太多了，我们也是活人嘛，托亲靠友做做工作，或多或少减轻点罪责吧。"查干跟刚进来时判若两人，絮絮叨叨地说。他的话触动了乌兰。乌兰想，这个人虽然跟我老公一样是个臭名昭著的醉鬼，但是在这种人人退避三舍的时候能够站出来，给我们出主意想办法，这是难能可贵的，所说所讲也不是毫无根据。当今社会，如果走关系找门路，大事化小小事化了是完全可能的。可是，我为了几个钱差点要了人家的命，你们替我奔波有啥用？你们的奔波没有意义。我家醉鬼有这样一个朋友也算是幸事，最起码遇到困难有商量的人。乌兰这样一想，心里敞亮了许多。

"到时间了！"警察提醒道。

呼和、查干尽己所能安慰了乌兰，走出拘留所时天色已晚。这回上哪儿去呢？两人商量的结果是去医院。两人一路探讨着事情的来龙去脉——开始是呼和在草原奶茶馆摔伤，乌兰因此讹诈他们，这次出事以后新赛罕反过来报复他们等等。两人越谈越没底气，觉得扭转这件事情不容易。

"那个妇女还好说，好好商量的话她不是不懂事理的人！"查干说。

"她好说话。但是她那个小叔子可不是简单人！"呼和搓着两只手无奈地说。

"如果直接对话，他还好说，他那个张狂的老婆可不好对付。"查干有些胆怯。

"那怎么办呢？"呼和抓耳挠腮。

查干沉默了片刻，摸着下巴说："最好是趁他们俩都不在时去医院跟那个受伤的妇女直接对话！"

"好的！"呼和点头。

"那么什么时候去呢？"查干望着呼和问。

"晚些时候去吧，那个疯女人贪睡肯定不会在医院待到太晚！"呼和当明白人。

"太晚了也不行，太晚了医院不让进去。"查干老谋深算。

"知道，知道，咱们在走廊里盯着，他们俩一抬屁股我们就进去。"呼和点头。

"时间还早呢！"查干望着西斜的太阳说。

"这么早去等着也是白费！"呼和附和道。

"不然咱俩少喝点吧，到时候说话也有胆量！"查干眨巴两下眼。

"我看行，我就担心自己到那以后不敢说话！"呼和响应着。

查干和呼和在医院附近找了一家小饭馆，点了两个凉菜，要了一瓶白酒。第一杯酒两人喝得相当痛苦，都呲牙咧嘴的。他们私下里订了君子协定——今晚决不能超量。

"这种时候还喝酒作乐，我们俩有点太过分了吧？"查干举起第二杯酒，自罚一杯喝了下去。

"为什么骑白马？着急了嘛。"呼和强把酒喝下去一般咧了咧嘴。查干暗自思忖，看你那样呲牙咧嘴的，那不是因为酒太辣而是内心苦闷罢了。这种事情落谁头上都闹心，更何况那是他的结发之妻，没办法。那也是，过分低迷干啥，事情已经到了这种程度，只能硬着头皮度过去。你是男人，必须有骨气。唉，怎么办呢？说几句话，为他解解闷吧。查干这样想着，谈起了有关两人初到草原奶茶馆的话题。

"别说，那天晚上我们俩确实有点过分了！"查干说。

"哪天晚上？"呼和盯着他的嘴巴。

"你被踢的那天晚上！"查干带着逗趣儿的口吻说。

"我被踢的那天晚上确实有点那个了！"呼和难堪地笑了。

"说实话，事情的根源不能说不在我们俩身上，那天晚上如果我们俩不是喝成那样能出现挨踢的事件吗？能出现后来的动刀子事件吗？"查干压低声音说。

"当时我们究竟怎么了，那样嘚瑟。都怨这个破酒！"呼和自言自语。

"是因为酒吗？好像不是吧，还有别的原因吧！"查干拉着长调说，一边观察着呼和的脸色。

"那个牧民妇女的眼睛会笑，把我的魂都勾去了！"呼和说着像孩子般天真地笑了。

"嗯哼，这可是真话，说实话的人无罪，来吧！"查干举起了酒杯。

"那天晚上你也没消停待着，没放过一个可乘之机！"呼和直视着查干的脸，仿佛要把他脸上的粉刺都挤出来。

"好了好了，你我都是挨踢的货！"查干滋溜一声干杯了。

"你很幸运，白吻了一回漂亮女人！"呼和巧妙地鞭挞了一下查干。

"你只不过挨了苏尔泰巴特尔迅猛的一脚，别的方面也没亏着，该占的便宜都占了！"查干回敬道。

"但我不如你！"呼和仿佛把不尽如人意的东西用酒来补偿一样，把杯里的酒全干了。

"酒色不可或缺的这个世上，我们俩也算没白活一回！"查干两杯酒下肚后清瘦的脸上有了一点血色，随即也吹嘘起来。

"唉，尽量别这样'不白活一回'，这样'不白活一回'的话终将一无所有！"呼和垂头丧气。刚刚燃起的谈兴随之卡壳，酒也喝不下去了。呼和建议："这玩意儿咱就别喝了！"这瓶酒才下去二指，他们就把它收了起来。接着两人动起碗筷，拉开大吃一顿的架势，但一碗面条都没吃完两人就饱了。他们用饭馆寡淡的茶水漱了口，偶尔打一个空饱嗝干坐在那里。此时，他们也用不着酒力来助推，自然而然地谈起了如何去看望萨仁的计划。

"我们俩去看望那个妇女，就这样两手空空去吗？"查干提醒。

"现在我身上分文没有，只能豁出二皮脸去了，没别的办法！"呼和说着摊开了两只手掌。

"东西由我来买，可是买什么好呢？"查干摸着衣兜说。

"买点奶食品。"呼和话没说完，查干打断说："他们不缺奶食品！"说完直摇头。

"她是个牧民，喜欢什么呢？"呼和挠挠头说。

"我们俩先出去看看！"查干站了起来，呼和跟在后面。两人进了医院附近的一家大一点的商店。这里的商品都是针对患者准备的。他们想买点像样的东西，正商量买什么好，又确定不了时，店主几次问他们看望什么人。两人心里很反感，看望什么人跟你有什么干系？他们俩谁都没理她，拿起这个又摸摸那个依然犹豫不决。店主生气道："你们俩到底买什么，不买就不要随便动！"

"你生什么气呢，买你的东西不就得了！"呼和囊中羞涩，声音却很大。然而这个声音在店主听来像财神爷按门铃般悦耳，刚才的白眼仁立时便温和了许多。

"哎哟，两个哥哥要看望什么神秘客人，这么不愿意告诉我？"店主走到他们跟前忸怩地笑。

"这个女人咱亲还是不亲呢？"

"哥你能就你来吧！"两人互相小声逗趣，大约过了喝一碗茶的光景。店主显然听不懂他们两人说的话，但还是扭腰摆胯跟着他们走。平时他们俩上饭店买下酒菜不用看菜单，可眼下要给萨仁买慰问品心里却都没谱。这时店主也看出了他们的样子，介绍说看望老年人应该买什么好，看望儿童应该买什么对，看望男患者买什么适合，对女患者什么最有营养，城里人喜欢什么，乡下人爱吃什么，看望同学应该买什么，看望情人应该买什么等等，如数家珍般娓娓道来。他们俩听了有点后怕，刚才差点得罪了这位如来佛。在这位如来佛店主的提示下，他们俩总算买到了称心如意的慰问品。那是一个里面装了多种水果，外面用彩纸包装的水果篮，透过玻璃纸能把里面的各种水果看得一清二楚。

他们唯恐把玻璃纸弄破了，仿佛怕惊醒熟睡中的幼儿般小心翼翼地抱着走进了医院。他们对带来的东西非常满意，在攀爬楼梯时这样对话道：

"你给自己的老婆买过这种既有营养又好看的东西吗？"

"这……好像没有吧！"

"我也是！"

"你要是没说我还没想起来呢，明天给乌兰……"

"别扯淡了，给蹲在拘留所的妻子送水果篮，你缺心眼儿？"

两人扑哧扑哧地笑了。这时已经走到了病房的走廊里。

"这时候还有心情笑，我们俩真是无可救药的家伙啊！"查干自责两人刚才哄笑的荒唐举动。

"啼笑人生嘛，哪有不笑不哭的生活！"呼和呲牙咧嘴笑。

乏力的笑声又起。这对他们来说声音够小的了，然而在肃静的医院走廊里却成了噪音。

"肃静！"一个护士大声警告他们。

"你这个'肃静'比我们俩的笑声高多了！"这话到了查干的嘴边，但他没说。假如他们知道萨仁的病房号不需要打听，查干也许就把这话说出去了。没说出去的好处也显现出来了，护士非常痛快地告诉了他们萨仁的房间号。

"谢谢了！"呼和回敬了一个客气的道谢。

两人到了萨仁的病房门口。谁领先进去？两人推诿起来。

"你先走！"查干说。

"我有点不敢……"呼和往后退。

"我更不好意思。我今天是陪你来的，不然……"查干躲闪着。

刚才的护士端着装有镊子、针头等医疗器具的盘子走了过来。两人总算找到了可乘之机，他们点头哈腰不声不响地跟着护士走进了病房。护士从白大褂的口袋里拿出体温计夹到萨仁的腋下，又在桌子上放了几样红红绿绿的药包，转身返回去了。呼和准备把带来的东西放在萨仁的床头柜上。床头柜不大，放东西很不方便，他磕磕绊绊地将东西往桌上放，玻璃纸发出哗啦啦的响声，引起了萨仁的注意。她刚才只顾跟护士配合，没注意后面跟进来的二位。萨仁一下认出了呼和，一个想法闪电般射入脑海：这个人的身体还行，那就好，可怜的家伙！

"你的身体还好吗？"萨仁问。呼和正犯愁如何开口，马上说："好好！你的身体没事吧？"生怕话题落地再也捡不起来。查干在后面紧张得像个做了坏事的孩子般站立不安。

宝音老伴从椅子上站起来让座："孩子你坐这儿吧！"

"额吉你不用起来，我没事。"查干在原地点头哈腰。萨仁看见查干，心里涌上来一种说不出的感觉，这个人干啥来了，难道我们俩还没丢尽脸面吗？！如果这时我弟弟弟妹来，你怎么见他们的脸，难道你是个没脑子的糊涂虫？赶紧走吧！萨仁又气又羞，脸上火辣辣地发烧。

呼和鼓捣半天，总算把水果篮稳定在了桌面上，接着又不知说什么好了。萨仁跟他们也无话可说了，量了体温又吃药忙了一阵。

"这两个孩子是我儿子单位的吗？"宝音老伴儿问。萨仁住院以后，每天都有人带着成箱子的牛奶或大包小包的东西来看望，他们的说笑比带来的水果还甜蜜。听说他们都是苏尔泰巴特尔单位的人。对此宝音老伴儿向老头儿夸耀说："咱儿子朋友真多！"老头儿却把头扭过去说："那有什么好！"老两口因此争执起来。老伴儿说："你这个人真古怪，有朋友也不好，没朋友也不行！"宝音不服气："这样有朋友不是什么好事！"老伴儿扭过脸说："不好能怎么样？""你以为他们是来看望我们儿媳妇吗？"宝音像打架的公牛般瞪起了眼。老伴儿听不进去，仿佛耳朵里钻进了飞着的小虫子，"管他什么意思呢，他们绝不是看在你那张干牛皮一样的脸面上来的，是看在咱儿子的面子上。""在你的眼里别人的东西都好，你不怕扎手吗？"宝音拿话把老伴儿呛了一下。"你怎么净说没用的话呢，老糊涂虫！那是我们要的吗，人家送来了，你咋办？你那么厉害，为啥不退回去呢？当时咋不说话呢？你的嘴被骆驼踢了？"老伴儿暴躁起来。"我知道这不是咱硬要的。这是人家看在儿子头上大盖帽的威力送来的，你知道不？听说儿子最近升官了。'吃人家的嘴短'，照这样下去要惹麻烦的！"宝音的训导使老伴儿心烦意乱。

宝音老伴儿刚才习惯地问了两位是儿子单位的吗，这阵子她在心里想：可别是我儿子单位的！她看看床头柜上的水果篮。那水果篮果真像老头子说的那样要扎她手的感觉。

突然"扑通"的一声响，呼和直挺挺地跪在了地上。宝音的老伴儿被这个突如其来的举动吓得下意识地喊了一声："兔崽子！"

呼和给萨仁咚咚磕头。

"喂，别介……"萨仁手忙脚乱坐起来，夹在腋下的玻璃体温计掉在瓷砖上粉身碎骨。

"我太对不起您了。千错万错都是我们俩的错！您……"呼和哽咽着说不出话来，酸楚的泪水沿着他憔悴的面颊流淌，在灯光下画出两道参差不齐的痕迹。

"一个男子汉大丈夫，这是干啥呢？"萨仁差点从床上跳起来。她想把呼和扶起来，从他腋下扶了扶，毕竟是男人，虽然皮包骨头，萨仁还是扶不起来。

"孩子，有啥事起来说嘛！"宝音老伴儿想哄他起来。

呼和依旧僵硬地跪着不动。

"这人没事吧，不会是又犯病了吧？"萨仁无奈地望着呼和。

查干终于找到了说话的机会。"他是想跟你们请求一件事，又说不出口，这是为难的！"查干说出了此次前来的主要目的。

"不管什么事，起来再说嘛。我们也不是听不懂话的孩子！"萨仁从呼和的肘部扶了一下，还是没扶起来。

"他就怕你们起诉。他这是在替妻子下跪求饶呢！"查干从旁边一个劲儿递小话。

"我求你们了，除了起诉怎么都行。赔偿方面你们就放心吧，我把房子卖了也要赔偿你们的各种损失，或者你们把房子直接拿过去也行！"呼和嗓音哆嗦。

"这个人好可怜，他也是为了自己的妻子才这样死去活来求人……"宝音老伴儿在病床的那头暗暗祈祷。

"我要是起诉，他们这个家庭就完蛋了！"萨仁也在纠结。

34

萨仁虽然流血过多，但内脏没受伤，这几天恢复很快，如果是没钱的人家早该出院了。对于在草原上生活惯了的人来说住院好比蹲监狱，萨仁身体稍微恢复过来就急着出院。早晨医生进来做例行检查，萨仁就把想出院的打算说了出来。但头天晚上苏尔泰巴特尔劝阻说过："忙啥呀，彻底好了再出院！"新赛罕也说："住着吧，反正有人出钱！"萨仁正犹豫不决时，宝音老两口进来了，一个提着一暖壶热奶茶，一个拎着包子、奶豆腐等食品。见两位老人一前一后步履蹒跚进来，萨仁心疼了。她出了事给两位老人增添了许多麻烦。已经上了年纪的人，黑天白夜不休息，来来回回折腾容易吗？唉，我这个当子女的让老人伺候，心里着实过意不去。早点出院吧，让两位老人回家好好休息。萨仁这样想。

"孩子，起来喝茶吃早点吧！"老婆婆寻碗找筷子满屋子蹒跚。

"爸妈，我已经没事了，你们俩多休息一会儿嘛，来这么早干啥！"萨仁温柔地说。

"我们这是人老了，'想睡没觉，想磕没庙'，早点起来活动活动还很舒服。"宝音摸着下巴说。萨仁起身去洗漱。老婆婆给她的碗里放了炒米和奶豆腐，浇了滚烫的奶茶，单等她过来食用。

"医生一会儿进来，我想要求出院。"萨仁拿着湿毛巾进来说。

"病这个东西不是你我说了算，治疗半途而废留下后遗症，还不如彻底治愈了的好。这种事情我们也不是没经历过。千万别留下尾巴，那样的话对人家是麻烦对自己也是麻烦，儿子说的这话值得考虑。"宝音现出老到的样子。两天前萨仁急着要出院，苏尔泰巴特尔就说过这句话。宝音在一般情况下跟儿子总是意见不一致，这次却出其不意地跟儿子达成了一致。但他不赞同苏尔泰巴特尔和他媳妇坚持要抓人要赔偿的做法。他奇怪，这些孩子为什么总想收拾人家呢，难道收拾人家是那么惬意的事情吗？尤其这一个在医院里折腾成这样，他们还有心思考虑那事，现在的孩子到底在想什么呢？假如收拾了人家后病就自然好了，那还差不多。病痛缠身的人最烦发生口角。就算收拾人家后病好了，那算什么好事！宝音心里很不痛快。老公公虽然嘴上没说什么，但什么都写在了脸上。萨仁心知肚明。

穿白大褂的医生进来走到萨仁床前，例行公事问了一些问题。医生的脸色比任何一天早晨都随和，夸了一回萨仁的体质，又夸农牧民的身体素质就是好。萨仁趁机问了一下能否出院的事。

"带点药出院也行！"医生点头说。

"啊，太好了！"萨仁立刻坐起来要下床。医生摆摆手示意她不要下床。萨仁重又坐回床上。医生示意她平躺。萨仁已经住了一个来月医院，懂得医生来检查时患者必须平躺的规矩，所以医生一打手势她就平躺了。医生拿听诊器仔细检查了萨仁的胸部、腹部、后背。

"你现在气力不足，出院后必须好好养一段时间，需要多补充营养，不能劳累。"医生口头下达了一大堆医嘱。萨仁在病床上躺了这些天心里很憋闷，一听可以出院身上立刻轻松了许多。宝音老两口这些天一直在陪床，听说可以出院，心理压力也减轻了不少。大家都轻松了，忙着整理东西，就等着苏尔泰巴特尔和新赛罕过来。他们俩不过来，这几个人无法办理出院手续，所以必须等待他们俩来。

世上没有比等待更漫长的事情。宝音活到老才明白了这个道理。

等到小晌，那两位终于来了。

"这回都办好了，只要嫂子签字就行了！"这是苏尔泰巴特尔进来后说的第一句话。

"那就走吧，这么简单啊！"萨仁感慨着下了床。

"嫂子你要去哪儿？"苏尔泰巴特尔诧异。

"回家呀，除了家我上哪儿去！"萨仁兴致勃勃。

"为什么要回家？住着院好好治疗嘛！"新赛罕摇头晃脑道。

"不，你不是说一切都办好了吗？"萨仁瞅着苏尔泰巴特尔说。

"不是那么回事，说别的事呢！"新赛罕故作神秘地说。

"那么，别的什么事？"萨仁蒙了。

"什么事，嫂子你就别管了，签字就行了，其他事我来处理。"苏尔泰巴特尔从手包里取出一寸多厚的材料，翻出最后一页说，"在这把名字写上。"他把材料放到萨仁跟前。

"这是啥？我不懂！"萨仁说。苏尔泰巴特尔向她眨巴眼，意思是别让爸爸知道了。

"什么叫什么，不就是上诉抓人那些事吗！"宝音从旁边发怒道。

"不不，我不签！"萨仁坐到床上扭过身不理睬。

"你被人捅了，就这样麻木不仁过去了？你们真是太不可思议了吧？"苏尔泰巴特尔绷起了脸。

"不论怎样，我是不能……"萨仁一口咬定。

"那不是能不能的问题，那是权益问题！"苏尔泰巴特尔唱起了高调。

"难道只有你才有权益，别人就没有权益了？"宝音只顾念自己的经。刀再快也削不了自己的把，儿子再厉害也拗不过自己的爹。苏尔泰巴特尔懊恼得坐立不安。保护合法权益是针对受害者而言，套不到肇事者身上。这个道理苏尔泰巴特尔比他爹更明白，但他更明白越讲道理父亲越不听。所以他在父亲面前不敢当明白人。

"什么能不能的,不就是签字吗?那边的事别人替我们跑,要是自己跑的话你可以讲能不能的事!"新赛罕在一边生气道。

"你们为什么非要告人家呢,不告状就解决不了这件事吗?"萨仁近乎乞求道。

"这件事不是一般商量就能落实得了的,必须起诉通过法律来保障。没有法律保障,他们会赖账不给钱的,知道吗?"苏尔泰巴特尔气得青筋暴跳。

"我们的人安好就行了,非要让人家赔偿干吗?我们也不是靠别人的东西来维持生活的!"宝音老伴儿想讲点道理。

"那么,那些医疗费谁出?我们已经把自己所有的钱都拿出来了。我们也不是像人家一样有牛羊,就靠几个有数的工资过日子!"新赛罕道。

"行了,我自己承担,你们出的钱我还你们!再别说那么多了,早点出院!"萨仁打定了主意。其他几位反应各不相同。苏尔泰巴特尔已经无可奈何了。新赛罕在心里琢磨,你想当好人就当去吧,我不给你当好人,她紧紧咬住替萨仁交的医疗费不放。

"我觉得还是这样做对,我们的家境怎么也是比他们家好,听说他们家已经很窘困了!"宝音老伴儿终于说话了。

"我妈咋这样呢,不把儿子的话当回事儿,反而替陌生人着想,看这都成啥了。"苏尔泰巴特尔不敢跟父亲顶嘴,知道母亲心慈,把自己的不满情绪全发泄了出来。

"儿子,他们不是陌生人,我认识!"母亲急道。

"妈怎么认识他们呢,你就想堵住我的嘴!"苏尔泰巴特尔哼哼唧唧地说。

"认识,认识,他们来过了!"老太太讲了呼和、查干两人来看望的事情。

"原来是这样，那两个家伙过来诉苦了。我们的人就是这样耳朵软容易受骗上当，把自家人的话全当耳旁风！"苏尔泰巴特尔说完，将手里的材料狠狠摔在地上。

"那孩子为了他们那个家庭死去活来的。家里人一个进了监狱，一个成了残废，多可怜。你们把他起诉了，他们怎么办？"宝音的老伴儿把前一天晚上呼和来跪求的事情一五一十说了出来。

"那是他们活该！"新赛罕横眉冷对。

"别人告状打官司找不着人，我们有人却撇在一边不用。真是些宽宏大量的人！"苏尔泰巴特尔摇头叹息。

"那男子怪可怜的，把家里的房照都拿来了。如果我们没收了他们的房子，那他们有地方住吗？"宝音老伴儿唉声叹气。听到"房产证"，新赛罕煞白的脸上泛起了血色。

"把他们那几间土房要过来就行了，再告他们有啥用！"新赛罕的鼻孔频频翕张。

"那家仅有几间破土房了！"萨仁犯愁了。

"那一带要拆迁了！他们家我去过。房子虽然不怎么样，但有院套，换两个楼房肯定没问题。"新赛罕跃跃欲试。

"把一家人弄得无家可归，法律就是这样的？唉，不明白。"宝音甩了甩袖子。

35

萨仁在这次灾难中虽然身上留下了伤疤，但身体无恙，可是失业成了她的又一个烦恼。草原奶茶馆当初营业时，很有发大财挣大钱的架势，而如今却关门了。对萨仁来说，那个奶茶馆赚也好赔也罢，她在那里忙活能够减轻内心的痛苦，所以她主张接着经营。新赛罕说："为了挣那点钱，不值得付出那么大的辛苦！"一句话把萨仁的想法打消了。萨仁十分烦恼，这下我做啥好，像我这样的人在城里会做什么呢？萨仁整天闲待在厢房里，被寂寞煎熬得死去活来。她想自己出去找点零活做，却找不到门路。一个健康的人整天待在家里，简直是活受罪。在这个地方，她唯一能依靠的能人就是苏尔泰巴特尔。哪怕让他帮忙找点零工做也比闲待着强，她决定去找苏尔泰巴特尔。听说苏尔泰巴特尔他们家已经搬进了新楼，但萨仁一直没去过。没去过也好，她毕竟在城里生活了这些天，也有点经验了，问来寻去，早晨出去直找到小晌时终于找到了苏尔泰巴特尔家。今天恰巧是双休日，萨仁去的时候小叔子家里人刚刚起床。新赛罕睡眼惺忪地打开了门。苏尔泰巴特尔打着哈欠从卧室里走了出来。

"这房子好漂亮！"萨仁夸奖说。

"还行吧！"苏尔泰巴特尔伸懒腰。

"嫂子啥事这么早？"新赛罕有点排斥的样子。

"喂，我的妹子，太阳升这么老高了！"萨仁微笑着说。新赛罕坐在那里依旧绷着脸。

"哎，嫂子来了，你不煮点茶什么的？"苏尔泰巴特尔刚从梦中醒来了般提醒新赛罕。

"我们几个到外面吃吧，熬奶茶太麻烦！"新赛罕厌烦地说。

"外面吃多贵呀，花那钱还不如自己做吃得好。来，我来做！"萨仁站了起来。

"贵能贵到哪去，那点钱算啥。"新赛罕不赞同萨仁的说法。

"那就更好，好久没喝嫂子熬的奶茶，真想喝了！"苏尔泰巴特尔说。

新赛罕经营过奶茶馆，所以更知道奶茶的味道好坏。萨仁不会别的，但煮奶茶是一绝。新赛罕心里明白，但嘴上"嗯啊"地勉强答应着，逃脱了做早餐的差事，径直进卫生间洗漱去了。

萨仁的光临给苏尔泰巴特尔带来了口福。他在心里偷偷乐，这下能喝到草原醇香的奶茶了。这个时候他才显现出草原人的本色，不管怎么样，他毕竟是草原上长大的人，从骨子里喜欢喝奶茶。新赛罕在结婚之前，早晨以咸菜、稀粥、烤馒头填饱肚子。两人成家以后生活在同一个屋檐下，不可能每天都各支各人的炉灶，从吃喝到穿戴各方面必须互相迁就。对新赛罕来讲，作为这个家庭的媳妇不管吃什么穿什么都要"入乡随俗"。如果说每个人的生活都要受到家庭影响的话，这个家给她的最大影响就是奶茶。于是她就慢慢习惯了喝奶茶。虽然习惯了却没有像苏尔泰巴特尔那样有瘾，熬奶茶的技术更差。家庭生活就是琐碎事情的细账单，不管大事小情都需要合拍。苏尔泰巴特尔每天早晨都想喝纯正的草原奶茶，但新赛罕熬的奶茶太不如人意，让他喝不进去吐不出来。因而，在这个家庭的日常生活中经常出现锅碗瓢盆的碰撞声。偶尔这种声音变成两人的吵架和谩骂。然而，这种不和谐往往在同床共眠之时便告了一段落。

萨仁去熬奶茶。

正如"自家东西在心里，他家东西在洞里"一样，萨仁找来寻去带打听，总算把炒米奶酪之类找齐了，一阵忙碌后将熬好的奶茶端到桌上来了。黄褐色的奶茶上面漂浮着星星点点的黄油。奶茶散发出来的香气驱散了昨晚留下的一屋子汗臭等怪味。

"赶紧洗脸喝奶茶啰！"苏尔泰巴特尔手舞足蹈地向卫生间奔去。

奶茶烧开了，散发出诱人的香味。苏尔泰巴特尔贪婪地吸着奶茶的香气说："好久没喝到嫂子熬的茶了，今天好好喝一顿。"

"哎哟，看那德行！好像没喝过奶茶似的。"新赛罕明显在嫉妒苏尔泰巴特尔对萨仁的夸奖。

苏尔泰巴特尔第一个坐到桌旁，拿眼睛询问新赛罕，奶茶里放的还有啥东西。

"瞅我干吗？你想割掉我的肉放茶里喝就尽管割吧！"新赛罕像小孩子一样耍起了脾气。

"那啥，在哪儿？"苏尔泰巴特尔左寻右找。

"冰箱里有煮好的手把肉！"新赛罕说。苏尔泰巴特尔去翻冰箱，找出一塑料袋肉，却不知放哪好，瞪眼珠子发愣。

"哎呀，你想放我头上？好像不是这家人似的，橱柜里有盘子嘛！"新赛罕暴躁道。萨仁赶忙从橱柜里拿了盘子，把熟肉放在了盘子里。

"真是好肉，是你们自己杀的羊吗？"萨仁尽量缓和气氛说。

"我们自己不杀肉羊，别人送来的就够吃了。这个肉是……谁送来的了？"新赛罕摸着后脑勺回忆。

桌面上的东西基本齐了，就缺奶豆腐。

"让这家伙笨手笨脚地去翻腾，还不如我自己找！"新赛罕走过去，从橱柜里拿出切得很细的奶豆腐，把它放在盘子里端过来。

"这个是谁送来的？"她又开始在脑子里搜索人名。

"你们俩朋友好多呀！住在城里不缺肉和奶吃真不错。婆婆总叨咕你们吃不到肉食和奶食品，看来这操心完全是多余的了！"萨仁无话找话说。

"唉，有啥呀，他也就这点能力，若是别人早该……"新赛罕不满地说。苏尔泰巴特尔狠狠地瞪了妻子一眼说："你别说那些没用的话！"他在嘴里塞满了肉，忙着嚼动。

"我说假话了吗？这是真的吧！"新赛罕依旧坚持自己的看法。

"不让人消停喝茶，你什么玩意儿！你总这样，我们家还能来人吗？"苏尔泰巴特尔生气道。

"哎哎，我没让他们来吗？看你那熊样，想把人吃掉是怎么着。"新赛罕说。

"你们俩这是怎么了？像两个不懂事的孩子！"萨仁以大姐自居训导他们。两人这才休战了。

"嫂子，你今天怎么有时间出来了？"苏尔泰巴特尔转话题问。

"闲待着简直受不了，管他什么活儿，想找点事干，所以找你来了！"萨仁瞅着苏尔泰巴特尔的脸说。苏尔泰巴特尔听了这话，脸色一阵黑一阵白："人家给你办好事，你却往坏处想。我现在什么办法都没有！"这话让萨仁非常失望。"当时你要是按照我们的意图做了，赔偿的钱你都用不完，哪有现在这样求人找活儿干的事？"新赛罕在一边幸灾乐祸。

萨仁终于明白他们俩不会帮忙。在那件事上她没按他们的意图做，所以他们有意见，今天终于表达出来了。他们的意思很明显——你自作自受。是，我不会把自己的所作所为推给任何人，也不让别人看我的笑话。我以为世上还有这么一个可以依赖的弟弟才来的，如果这是个错误的想法，那么我不麻烦你们了。人这个东西就是这样，如果自己最信赖的人失信了，那是最伤感情的事情。萨仁彻底寒心了。

"我不是来听你们跟我算后账，我是把你们当作自己的亲弟弟妹妹才来找你们的！"萨仁放下茶碗头也不回地走了。苏尔泰巴特尔和新赛罕面面相觑没动地方。

萨仁走出苏尔泰巴特尔家很远，才发现自己浑身都在哆嗦。为什么这样发作呢？她责问自己。这是向他们发脾气的回报吧？偶尔去一趟他们家，还朝弟弟弟妹发脾气，我这是怎么了？她责怪自己。

风被各种建筑挡道，失去了方向乱吹乱舞。太阳从一片片云彩中进进出出。穿行在街道上的车辆吱哇乱叫，仿佛在表达各自主人的心情。萨仁耷拉着脑袋往前走，不知去何处好。听见一声"萨仁姐"，声音那么熟悉而亲切。她抬头一看，哈妮拉站在身边。城里不缺人，单缺知音。见到哈妮拉，萨仁有一种久违的感觉。

"你干啥呢，要去哪里？"萨仁问。

"要玩儿去……"哈妮拉回答。

"玩儿啥呀？"萨仁进一步问。哈妮拉用手势表达了打麻将，反问萨仁去哪儿干啥。

"也没目标，待在家里太无聊！"萨仁诉苦般说。

"那就跟我走！"哈妮拉拉她做伴儿。

"啊呸，我不会玩那玩意儿！"

"不会就给我做伴儿坐一坐！"

"那行，反正我不会玩儿。"

"作陪也比在家闲待着强吧？"

"说的也是！"

"那就走！"

"好嘞！"两人一拍即合，来到了哈妮拉常玩的地方。

这是个厢房，摆着三张麻将桌。东家是一个年轻妇女，手指间夹着烟卷，见到哈妮拉就大呼小叫道："嘿呀，死鬼走得这么慢。再不来他们俩就要疯了……"指着一张桌上闲坐着的二位。

那两个年轻人显然对增加了新牌友而高兴，其中一个络腮胡子十分殷勤地说："哈妮拉，你今天领来一个新人太好了！请这边坐。"

"那就看看新人的技术怎么样，快开始吧！"另一个留着长发的年轻人像个渴极了的羊见到水源一样急着往前冲来。

"我姐不玩这玩意儿！"哈妮拉连忙解释。络腮胡子大眼瞪小眼说："什么，她在地球的哪面生活？"

"你这个姐姐她会玩儿啥？"留长发的年轻人咻咻地奸笑。

"你这个坏蛋别胡说！"哈妮拉在长发男人的臂膀上响亮地打了一巴掌。东家一看自己不上桌就不够手，不仅赢不了钱，连台费都收不着，于是凑数上了桌。

"你们两个坏蛋，今天不让姐给你们剥层皮就不舒服了吧……"哈妮拉用话来刺激着他们。

刚开玩儿，旁边的麻将桌上出了一个大输赢，需要东家破钱。一个说输了五十，另一个说输了一百，一个说赢了多少，还有一个说赢了多少多少，他们议论纷纷闹哄哄起来。输的人觉悟高，赶忙摸口袋付钱。赢的人毫不客气地揣起了钱。萨仁看着很奇怪，输的不心疼，赢的不客气，这些人简直不可思议。她不由想起了老人说的"赌博不讲情，讲情不赌博"那句话。东家给他们破了钱，收了台费刚坐下，又一个麻将桌上的人吵吵要喝茶。对东家来说，来这里打牌的都是上帝。她又要起来服务，这边桌上的人不让了。三张桌的人虽然各玩各的，但他们都是熟悉的牌友，相互间说话不忌讳，拿出各自所能来互相讽刺嘲弄，意在娱乐上增添欢乐。

"你这个家伙肠胃着火了？一个劲要水喝，不让我们消停玩儿，咋这么个麻烦的皮囊呢！"哈妮拉痛斥那人。

"他老婆把他当旱獭晒干了！"长发歪着嘴拉长调说。

"那就没招，太可怜了。快给他喂点泔水吧。"络腮胡子捂嘴笑。

"你们这些泄了元气的家伙，小心我去泡你们老婆！到时别傻眼了。"那边桌上的人粗暴地反击道，满屋子人哄堂大笑。

萨仁多日孤独待在家里寂寞到了极点，见到这种场面既好奇又好笑。城里的蒙古族人像山野上的狍子一样少，但在这个小小麻将馆里竟然聚了这么多，真是奇怪。朝哪边看都能看到黑红的脸膛，他们讲着社会上流行的黄段子，说着自己的语言，就像有人开玩笑说的那样"放屁也是蒙古味"，这让她感到非常亲切。在东家凑数打牌之际，萨仁突然发现自己不知不觉中成了义务服务员。她平常也是手脚勤快，给十个八个人递水倒茶伺候不在话下。

快到傍晚时，有人来替补了东家。接着东家忙着要给大家做饭。玩牌的人一旦开玩就沉迷于其中，不像正常人那样按时吃饭，突然发现时肚子已经空得快要透亮了。所以麻将馆必须每天安排一顿饭。如果没有这顿饭，那些人就一走不回头了。城里不缺麻将馆，夸张一点说多如牛毛，去哪里都能吃到一顿饭。因少了一顿饭而失去顾客太不划算，顾客不来了这个麻将馆就要倒闭。因此东家不能不重视这顿饭，虽然不能像有钱人那样让大家吃得太好，但也要努力让大家吃得好一点，面子上也说得过去。今天东家手气不错把那几个都收拾了，而且另两张桌上出了几次大的输赢，台费进来得也痛快。东家有了双份收入，打牌的人就想提高伙食标准。

"听说东家要请大家下饭店！"长发挑起了话题。

"就是嘛，今天你把我们全给收拾了！"络腮胡子进一步亮明意图。

"请就请，有啥了不起，几个钱的事！"东家答应得痛快。于是，今晚这顿饭就落实在了饭店。萨仁见此情景很是感慨，这些人简直是不可思议，说玩就玩，说吃就吃，一个人提出要求另一个人就照办，他们真能放得开，原来城里还有这个地方。

到了晚些时候，打牌的人的电话多了起来，有的被老婆叫走了，有的被朋友叫走了，还有的去接孩子，有的被别的地方打麻将的给缠磨走了。东家竭力挽留他们："吃完饭再走吧！"但他们仿佛是这个世界上最忙的人，不想留下来，匆匆忙忙都走了。最后只有长发和络腮胡子没走，他们决意要吃这顿"不吃白不吃"的饭，就是太上皇来叫也不去了。东家并没有说表面话，她为了表达诚意，等牌局刚散就领着剩下的人去了附近的一家小饭馆。萨仁由于给大家服务了，成了这顿饭局的特邀嘉宾。

饭店老板也是个乡下人，在城里占了个屁股大的地方开这么个小饭馆。由于饭菜不掺假，他们的小饭店在这一带很有信用。点菜时东家反复征求了客人的意见，最终以肉食为主荤素搭配点了四个热菜四个凉菜。这些菜在被请的几位眼里也是满满的。不言而喻，这桌不能缺少酒，而且不能限定喝多少，先喝着再说。

萨仁今天在人们的起哄下喝了不少酒。为什么这么喝？她不得而知。她在平常一听说酒就反胃，今天却喝得很顺溜。她喝下去几杯后，堵在胸口上的东西仿佛被风吹散的阴云般不见了，心里敞亮了许多。起初，她闷头不语，喝了酒以后脸上有了羞怯的笑容，接着跟人说话也通达了，后来举杯就干，来者不拒，谁敬酒都干，简直判若两人了。其他几位还想继续战斗，输钱的想捞回来，赢钱的想再赢点，各自抱着不同的想法，狼吞虎咽扫光了盘子里的菜，鬼哭狼嚎干掉了两瓶酒，没一个人恋桌，早早地散了。

哈妮拉岁数最小，但她是酒桌上的老手，今天她只忽悠他们几个，自己没怎么喝。而萨仁却被他们几个敬酒敬得蒙头转向，诸如初次相识酒，感谢倒茶服务酒，夸她漂亮酒，问住处酒，问做什么的酒，邀请她多来麻将馆的酒，请她去家里的酒，让她有事说话的酒，祝愿以后多来往的酒等等，名目繁多的酒让她喝得晕头转向耳鸣眼花。

那几位声音也高了，返回来继续打牌。萨仁坐在他们旁边直迷糊，她决定回家。从表面上看不出她醉酒了，所以迷恋牌桌的几个人谁也没阻拦她。

萨仁一见风腿就不好使了，走起路来仿佛踩在云团上。她的头一阵晕眩，一下栽倒在道边。晚饭后出来散步的人纷纷跑来看热闹，把她围了个水泄不通。萨仁趴在地上呕吐着，浑身收缩成一团，干呕半天却只吐出一点绿水。

　　"这女人反胃了！"有人在指手画脚。

　　"一个女人喝成这样，这是为了什么呀？"有个女人撇嘴说。

　　"看吧，喝酒有啥好处！"又一个女人把她当反面教材对身边的男人说。

　　"她是谁的老婆，有人知道吗？"有个老者在众人中寻找。

　　"这老头多管闲事！"几个年轻人取笑着老者。

　　萨仁勉强站了起来。几个坏孩子从她后面推了一下，她两腿拧着麻花又倒下了，额头重重地撞在路边的大树上。几个孩子一看事情不好，纷纷从人墙后面逃掉了。萨仁的额头血肉模糊，看上去十分吓人。

36

　　呼和在罕席热大酒店宴请了查干一家。因为，在他最倒霉的时候查干跟他唇齿相依同甘苦共患难，为了答谢查干的朋友之情，呼和今天特意摆了这个宴席。查干老婆因单位有事没来，呼和很遗憾。查干老婆虽然没来，但把话捎来了。她说，首先感谢呼和、乌兰的深情厚谊。其次，我们两家不是不认识，尤其呼和、查干俩是老酒友，那么客气干吗？特别是你们家这种情况，让你们破费很是过意不去。以后找个机会两家好好坐一坐，我来买单。你们俩少喝，给我那位勒点缰绳，你们都身体不好，别过分高兴把以前的教训忘了！

说完她自知失礼，急忙改口说，你们俩有什么需要我帮忙的，请尽管吩咐。

酒席开始之前，查干把夫人的这些话一五一十地转告了呼和、乌兰，呼和、乌兰双手合十表达了感谢之情。接着酒宴开始了，呼和两口子互相瞅一眼，似乎在问对方谁先说。乌兰说："你是男人，开酒看我干啥？"于是呼和开席了。

"是这样，人倒霉时才认识真正的朋友。查干是在我最倒霉时不弃不离的好朋友！"呼和没说两句就哽咽起来，说不下去了。

"哎，咱们现在不说那些事了，事情已经过去了，说它干啥！"查干有些坐不住了，但脸上阳光灿烂。

"果真如此，我老公这半辈子没白跟你喝酒！"乌兰眼睛潮润了。

"不说了不说了，我们的感情都在这杯酒里！"呼和举起了酒杯。

"对对！"另两位赞同，三人站起来叮当碰了杯。"草原白"的酒劲呛鼻子，几位呲牙咧嘴喝下去了。重新坐回去后，乌兰抓起酒瓶给查干斟了满满一杯酒。过去查干跟呼和喝酒，没少遭到乌兰的白眼仁。现在乌兰这样敬重他，他有些不习惯，坐立不安点头不止。乌兰给查干敬完酒，又给呼和满上了。

"干啥呀？"呼和假装生气不喝。

"实在喝不进去吗？那就别喝了吧。"乌兰故意逗他，假装收起酒杯。以往他在家里喝酒，每每都被妻子说三道四，已经留下了后遗症。今天他要当着查干的面拿一把，让妻子劝酒敬酒。"养驼人最知道公驼的脾气"，乌兰早看透了他的意图，故意要收酒杯。呼和没想到这一手，"喂喂……"他手忙脚乱地护住酒杯。查干哈哈大笑。乌兰捂住嘴扑哧笑了。

"看见没，我老公的什么都可以抢，就是不能抢他的酒杯。抢了就要出大事！"乌兰呵呵笑。

"好可爱，我们老呼的为人那是没说的，酒是个坏东西！"查干冷嘲热讽道。

"被这破娘们儿抓住把柄，她是杀人不见血的！"呼和被嘴里的菜呛住咳嗽起来。

无话不成酒，无酒不成席，无话无酒宴席无灵气。几个人争抢敬酒，感谢查干的酒，夸奖他妻子既有能力又漂亮的酒，夸奖查干有这样的妻子真有福气的酒，好朋友在这点事上用不着客气、谁遇到这种事都会那样做的低调谦虚酒，事情这般理想处理的庆幸酒，今后好好过日子的祝福酒……说道众多的酒每提必喝，每喝必干，眼看着酒瓶里的酒迅速下降。

酒越减少话越多，说来说去话题转到了萨仁身上。他们承认，假如萨仁起诉了，他们再努力也白费，一切将付之东流。接着他们惦念起萨仁，可怜啊，一个菩萨般善良的女人，不知她现在身体状况怎么样！接着，他们以一句哲言"莫与好人打赌，莫与恶人定约"为话题，谈起了那次去看望萨仁时磕头跪求的事情。现在他们认识到，其实当时用不着采取那种拙劣手段，萨仁本来就没想起诉，她从来没产生让他们倾家荡产家破人亡的恶念。查干承认那是他出的主意。呼和说那也是为了我这个好朋友，实在没招了才采取的办法，也是无奈之举。他们深感求人不容易。大家谈起当时的担惊受怕仍然心有余悸。他们认为这都是因为酗酒贪玩的结果，决心以后安分守己过好日子，要时刻不忘人家的好处，尽力报答恩情。谈及这些，他们每个人的脸上都有些发烧。他们坚持"多说话少喝酒"的原则，将话题继续展开转移到苏尔泰巴特尔两口子身上。他们谈起新赛罕不禁咋舌，认为她是个有狠劲的女人，这次把他们折磨得够呛。他们醒悟到过去折磨别人的罪孽返回来落在了自己头上，觉出仇恨和嫉妒不会给人带来好运。人的贪欲为什么无穷尽？他们直摇头。他

们吃惊地发现，萨仁是世上打着灯笼也难找到的好人。他们闹不准
这种人属于明白人还是糊涂人。他们谈起了苏尔泰巴特尔荣升为法
院副院长的事情，羡慕他的年龄，认为在政法系统像他这样蒙汉兼
通的人太少，认定他有远大的前途。乌兰把呼和与查干俩跟苏尔泰
巴特尔比较后说，看看人家年轻人，你们俩再审视一下自己吧。他
们俩争辩说，我们不愿意在人面前像他那样嗫嚅，要是愿意早就到
他那种程度了，还吹嘘说这时候早当上大官了。他们知足道，像
我们俩这样老实本分做人多轻松，当官有风险，不知道哪天就进去
了……这样海阔天空神聊的结果是一瓶酒很快见底了。他们都把持
住自己不再喝了。

"第一次看见你们俩这么容易放下酒杯。看来坏事有时候也会变
成好事！"乌兰用这句话结束了这顿酒。

"人有九窍，谁能知道从哪儿开窍！"查干抬起了屁股。

"如果我们自尊自爱不自暴自弃，我们也是人物！"呼和歪歪斜
斜站了起来。

他们走出酒店，温柔的晚风迎面吹来。今天喝得不多不少恰到
好处，都有些微醉，心情非常轻松。近几年街道面貌大有改观，霓
虹灯闪烁着七彩光芒，各种小车像蚂蚁一样穿梭。他们漫步来到了
罕席热酒店大广场。过去市民们想散散步消消食都没有去处，几天
前这个广场落成，给大家带来了欢乐。这个由国家名牌大学著名学
者设计的广场上有假山、人造河、露天影剧院、养鱼池、木头桥、
曲径、喷泉、屏幕、塑料植物、体育设施、桌子、休闲椅等，娱乐
设备样样齐全。尤其装饰灯各具特色，有中国结灯，有花花肠灯，
有新鲜葡萄般嘟噜灯，有鼹鼠拱出的土堆般成串的灯，有驼掌般胖
圆的灯，有满月般明亮的灯，有花炮一样绽放的灯，有羊粪蛋一样
圆小的灯，有孤鸿般孤单的灯，有莲花一样盛开的灯，有彩笔一样

五彩缤纷的灯，有蚂蚁屁股一样尖尖的灯，有孔雀开屏一样扇形的灯，有鬼火一样晃晃悠悠的灯，有牛粪火一样一闪一闪的灯，有鱼眼一样圆鼓的灯，有古钱币纹一样弯转的灯……各种彩灯，每到夜晚发出七彩光芒，把广场装点得像天堂般迷人，吸引着当地没见过世面的百姓，蚊蝇般涌到这里来消遣。

带来人间幸福的这个广场，在刚刚建设的时候许多人坚决反对，他们的态度现在转了一百八十度。有人当时认为这是毫无用处的东西，建这个玩意儿纯属吃饱撑的，现在却否定自己的历史说"这可是做了一件功在千秋的大事"，领着子孙装模作样地走在广场上。有人扬言，如果花了那么多钱还造不出这样的广场，把那些领导杀吃算了。"开始涨工资了，听说涨幅很大……"有人信心十足地走在广场上。"这是出了一个煤矿的好处！"有人卖弄小聪明。"靠几个牛蹄子，哪辈子能发展到这种程度？"有人夸夸其谈。"这样下去不知会发展成啥样！"有人在展望未来。"工资也该涨了，我们的嘴还没被骆驼踢呢！"有人气愤这些好处来得太晚。"物价涨了！"有人在犯愁。"雾霾又来了！"有人在痛苦。"未来不可测，癞头不可摸。"有人像吃了蝎子草的骆驼一样仰着脖子。"好赖都托国家的福。"有人像不挑食的猪。"众神的看法都不同，何况平民百姓呢。"有人充当明白人，旁人频频点头没人摇头。

查干最近安分守己不与人太深来往，听了这些人的议论，觉得他们就像当今社会的百科全书无所不知。到此，三个人分两拨各奔自家去了。

呼和两口子正往家走，看见路边围了许多人。黑夜里这些人拥挤到一起干什么呢？呼和好生奇怪。乌兰拦住他，一定是街头小混混在打架。两人想绕过去，走了几步发现不像是打架，好奇心诱惑着他们走了过去。两人挤进人群看究竟，一看是一个喝得烂醉的女人。起初他们没认出是谁，在微弱的路灯下只看见她满脸淌血。乌兰想赶紧离开，扯了一下呼和的后襟。呼和转身的瞬间突然失声道："这不是萨仁吗!""别瞎扯淡了!"乌兰一时没相信。越不相信的东西越想细看，这大概是所有人都有的好奇心。呼和、乌兰两人仔细看了又看，毫无疑问就是萨仁，他们同时确认了。"她怎么会在这儿，怎么变成这样了?"好奇心占据了他们的全身。乌兰首先解开思想的禁锢，在萨仁栽倒之前抢先一步抱住了她。呼和依旧愣在原地。醉酒的人支撑不住身体，浑身松松垮垮地压在乌兰身上，乌兰抱不动了，萨仁的身体往下坠去。

"喂，你不是死尸吧，赶紧过来帮我一把!"乌兰着急道。呼和被妻子骂醒了，急忙帮妻子把萨仁连扶带抱从人群中拖了出来。

他们来到另一盏路灯下等待出租车。萨仁在挣扎。在两人的拼命招手下来了几辆出租车，但一看有醉鬼马上开走了。他们向司机求爷爷告奶奶，解释说一个女同志醉酒了。其中一个司机想拉他们，一看萨仁在呕吐，立马逃之夭夭。两人连招手带搀扶萨仁胳膊都麻了。这时幸好来了一辆出租车，司机把挡风玻璃放下来探出头问："去哪里?"呼和、乌兰两人傻眼了，不知送哪儿去好。

"送家去。"呼和说。

"醉成这样了，送回家能行吗?"乌兰不放心。

"那就送苏尔泰巴特尔家去。"呼和看了一眼乌兰。

"嗨……她在马路上爬滚成这样肮脏了，他那女人的脾气能留她吗?"乌兰提出了一个问题。

"到底上哪儿去? 别耽误时间。"司机生气道。

"那就只能拉到我们家了吧!"呼和支棱着耳朵听乌兰的口气。

"拉去倒是可以。可是她醉成这样了，万一有个三长两短咋办?"乌兰又提出了一个问题。

"不就是喝醉了吗，能怎么样？我醉过一万次，也没三长两短过，现在还活着呢！"呼和采用了启发式。

"哦，那就去我们家吧。"乌兰终于下了决心。两人想让萨仁上车，可是萨仁却用脚蹬着车门不上。

"把车弄坏了。"司机生气了，出租车放着臭屁一溜烟跑了。呼和实在没办法了，给认识的一个出租车司机打了电话。萨仁听声音突然认出了乌兰，犹如见到了魔鬼一样挣扎起来。乌兰、呼和无论怎么劝说，萨仁仍然甩手踢脚要挣脱逃跑。呼和、乌兰强行抱住了她的手脚。萨仁仿佛着了魔一样发作起来。

"你们还想把老娘怎么着，还没喝够我的血吗？你们这些畜生！"萨仁一边骂一边狠狠咬了一下乌兰的手，乌兰疼得哭叫起来。

"我们能把你怎么样呢！你喝醉了，先上我们家吧！"呼和乞求。

"去你爹吧，上你家！去你妈吧，上你家！我不是钻你狗窝的人。你们想要的都拿走。我是醉了，你们想占便宜，妄想！"萨仁挣扎来挣扎去挣脱出一只手，在呼和的脸上狠狠挠了一下，鲜血沿着面颊直流，呼和放了手。

萨仁终于挣脱出来，摇摇晃晃向马路中心跑去。乌兰强忍着手上的疼痛，在后面紧追不舍，却被奔驰的车流挡住了。车喇叭声仿佛威胁野生动物般吱哇乱叫起来。萨仁跑到马路中间软绵绵地倒下去了。一辆疾驰的车老远就开始刹闸发出刺耳的声音，依然朝萨仁滑行过来。

"崽子，没命了！"乌兰吓得屁滚尿流。

"哎呀，完了！"呼和站在路边直跺脚。众多车辆一连串停下来，有的车辆择路而走。看不到萨仁的身影了，呼和急得要死。萨仁躺在车轮下的情景即刻映射在他脑海里。车上的司机们纷纷下车。呼和不敢去看，站在那里捶胸顿足。

"喂，你不是男人吗，来一下！"乌兰急促地喊叫。呼和这才拖着跛脚穿过车流走了过去。刚才急刹车的那辆车正好顶到萨仁身上停下了，把萨仁蒙古袍的大襟压在了车轮下，任萨仁怎么挣扎也起不来。司机们围住呼和，纷纷扔过来狠话。

"连老婆都看不住，简直死鬼一个！"有个司机骂道。

"你老婆死了也是白死！"另一个司机给他算了账。平时伶牙俐齿的乌兰这时吓得说不出话来。司机倒车，萨仁迤里歪斜要站起来，乌兰抢上一步扶住了她。萨仁犹如发狂的母牛，猛劲甩手，胳膊肘重重杵在乌兰的腹部，乌兰疼得眼前一阵发黑倒在地上。一个好事的司机惊奇地道："这个女人咋这么疯狂呢！"回过头看着呼和脸上的挠痕，"让老婆挠了……"说完哈哈大笑。

"我就这样疯狂，那是老娘挠的，你们这些坏东西能把我怎么样！"萨仁呵斥住那个司机，冲他脸上"呸"地吐了一口唾沫。

"这家伙应该钻进车轮底下才对！"司机像恶狗般呲牙道。

"你这个狗崽子，有尿就撞一下老娘！"萨仁想叉腰却栽倒了，呼和单手拉住了她，使她避免了成为脑震荡患者的灾祸。萨仁刚站稳，就在呼和的脸上重重地拍了一个贴饼子。呼和依旧没松手。

"女人里还有这样的醉鬼呢！"

"女人醉了太可怕，一会儿也许要脱裤子了……"司机们七嘴八舌地说着风凉话，纷纷上了各自的车。

一辆车开过来贴着呼和停下了。这是呼和叫的那辆车。司机下来帮助呼和他们，费了很大的力气才把死命挣扎的萨仁弄上了车。萨仁上了车也照样，哭闹、摔打、唾弃、挠人、咬人哪个程序都没落下。车好不容易开到了呼和家。萨仁却不睡，搅得他们也不得安宁。"苏力德，你把我一个人扔在这个没有恩爱的世界上走了！你为什么这样铁石心肠呢？"萨仁哭了，"我是多余，我是活该，你们不要管我……"萨仁这样吵吵闹闹打打摔摔熬过了半宿。突然，萨仁看见了乌兰，冲过去抓住她头发乱薅，把乌兰的头发薅下来不少。乌兰只能哭丧着脸没回手，而且在萨仁挖苦敲打她时也坦然接受，觉得这是自作自受，反过来心疼起萨仁来。她认为自己作的罪孽给萨仁带来了不幸。萨仁失去了生活的伴侣，受尽人间苦难，磕磕绊绊地走在人生路上。我不但不给她送爱心，还反过来伤害她，我是人吗！谁把她醉成这样扔到大街上的？原来，像我这样黑心肠的人在这个世界上还真不少！该遭雷劈。不沾酒的女人不可能无缘无故喝成这样，必定是遇到了烦心事。萨仁的心胸像草原一样宽阔，她还有什么烦心事呢？一定是遇到了非常痛苦的事情。我也曾经失去生活的方向，情绪低落醉酒遭过罪，知道醉酒遭罪的痛苦。现在她的内脏一定快要烧灼了。听说不喝酒的人冷不丁喝大酒必定要伤胆。应该想方设法让她醒酒，不然明天她会一蹶不振。乌兰这样想着，彻夜守在萨仁身边，防止她摔倒，注意不让她撞伤，给她喂水喂汤以防产生低血糖，拿湿毛巾敷在她的额头上，把在呼和身上用过的戒酒绝招全部拿了出来。

呼和从旁边瞅着乌兰的举动，心里很是佩服。

"你什么时候学了这些技术？"呼和仿佛自己从没醉过一样说。

"这都是你让我练出来的。你这回知道什么叫大醉了吧！"乌兰几句话让呼和无地自容了。

"喂喂，你没少说我的那点劣迹吧，我虽然喝酒臭名昭著，但有几回让你这样伺候了？"呼和把多年的积怨说了出来。

"真没记性，你现在忘恩负义了。看来你还没醉够！"乌兰用怨恨的眼神看他。

"行了行了，我醉酒也不是没数，也没少遭罪，现在不说了！"呼和转移了话题。

萨仁耍也耍够了，快到天亮时打起了盹儿。呼和见萨仁睡着了，想让老婆也休息一会儿，说："你去睡一会儿吧！"

"你会伺候人吗？"乌兰虽然不放心，但还是想腾出手梳梳头洗洗脸。呼和把萨仁当成熟睡中的孩子，唯恐惊醒她，从乌兰怀抱里轻轻接了过来。

"理智一点！"乌兰去卧室前警告呼和说。

"哪能呢！"呼和几乎要指天发誓。

"这是美女，不好说！查干你们俩的禀性我不是不知道。"乌兰敲打了一下，做老公的脸色顿时变红了。

"你还知道这些呢。"呼和忸怩地瞅着老婆说。

"你们那些破男人，哪个没有点毛病！"乌兰扑哧笑了。

人们都渴望纯洁的生活，但生活不是像人们渴望的那般纯洁。从不纯洁中懂得纯洁，这就是生活的本色。呼和、乌兰这样平静地感受着和睦的快乐，迎来了一个特殊的黎明。

37

萨仁醒过来时天已小晌了。她头昏脑涨口干舌燥，一动身就想吐。她只隐约记得昨晚喝醉后往家走的情景，接下来发生的事情就毫无记忆了。她环顾一下周围，发现比自己住的房子宽敞，这才意识到自己是在别人家里。是在苏尔泰巴特尔家吗？但不像是楼房。我到底在什么地方，为什么在这里？她急忙坐起来，脑袋嗡的一下，胃里翻江倒海。这时，门轻轻地打开了，"醒来了？"传来女人的声音。萨仁的耳朵嗡嗡响，她听出是个很熟悉的女人声，却反胃反得厉害，来不及看清来者是谁，便捂着嘴向门口跑去。她跌跌撞撞地冲开卧室门，来不及带门就"哇哇"地吐起来。吐了半天吐出一口绿水。量不多，仅仅一小酒盅而已，但吐出来时耗费了大量的力气，也让她承受了难以忍受的痛苦。萨仁觉得肝胆相互撕扯般揪着疼，嗓子干得要冒烟，鼻腔崩裂般疼痛，眼睛里星光灿烂。当她像临产的妇女般折腾时，那位女人走过来扶住了她，按摩着她的头部、颈部和后背，一边往屋里喊："拿凉水来！"萨仁一下子听出是乌兰。她吃惊不小，不知自己为什么会在这里。在乌兰的拍打、揉搓、按摩下，萨仁堵在胸口的东西慢慢消失，心里敞亮了不少。呼和端着大水舀子跑了出来。

"哎呀，你这个人真笨！拿水舀子来干吗，把水盛在碗里或茶杯里多好！"乌兰训斥呼和。

"不对，喝酒喝伤的人用大水舀子喝凉水才痛快！"呼和为自己辩解。

乌兰接过水舀子，把水端到萨仁的鼻子底下。萨仁接过水舀子一口气喝了下去，然后长长地出了一口气，着火般的内脏舒服了不少。

"不管怎么样你也算是男人吧，你的手比我有劲，快给她揉揉，我进屋准备点稀粥什么的。"乌兰指挥着呼和。呼和按照乌兰的安排走过来换了手。到底是男人的手有劲，随着他的按摩揉搓，萨仁的头部、颈部开始缓解，有了点说话的力气。

"我怎么来到你们家了？"萨仁开口问。

"咋说呢，碰上了。"呼和呵呵笑，"进屋喝点热茶或者稀粥什么的吧！"萨仁回头朝屋里走去。进屋以后，她才觉出自己的面部肿胀，还能闻出点血腥味，一摸头部，头上包扎着纱布，浑身到处都痛。再看乌兰，发现她一只手弯曲着。呼和的脸上则有几道挠痕。萨仁预感到昨晚一定出了大事。

"你们家镜子呢？"萨仁小声问。

"这边!"乌兰用水肿的脸往卫生间示意。萨仁进了他们家的卫生间,照着镜子看了自己,不禁大吃一惊。她的头发蓬乱,包扎在头上的白纱布上浸透出血污,脸色黑不溜丢,脸上伤痕累累,眼角乌青,俨然一个刚从战场上下来的伤员。她吓得"妈呀"叫了一声,双手捂住脸站了片刻。这下可咋见人呢,跟人见面该怎么解释,到底出了啥事?不知道昨晚咋折腾他们了,为什么不要命地喝了那么多酒?后悔和沮丧笼罩了她的全身,使她处在无尽的煎熬中。

"快点洗漱,喝完茶吃点东西咱俩去医院吧,不换药不行!"乌兰走进洗漱间拉住萨仁的手说。

"去医院干什么,没事吧!"萨仁踟蹰。

"需要去医院仔细处置一下伤口,不然会留下伤疤的!"乌兰想笑,水肿的脸却不听她的使唤。萨仁刚才在镜子里看到了自己的丑相,现在又听乌兰说需要去医院,吓得酒伤不治自愈了。她胡乱地擦了一把脸,跟着乌兰走出来。两人坐在桌旁呼噜呼噜地喝起了拌汤。昨天晚上,萨仁一味地喝酒没吃多少菜,这时才知道自己饿了。用瘦肉汤煮的拌汤,上面撒了葱花,好吃得很。萨仁吃得满头是汗,身上也舒坦了许多。这拌汤是专为喝酒受伤的人准备的,两人接连吃下去几碗,打起了饱嗝,开始说笑起来。

"以前我家只有我一个醉鬼,这回我终于有伴儿了!"呼和坐在一边开玩笑。

"这些破男人整天醉嘛哈的却不说自己,我们女人醉一次他们就有说的了!"乌兰反唇相讥。

洗碗刷锅的任务留给了呼和,乌兰、萨仁直奔医院去了。路上乌兰问萨仁为什么喝了那么多酒,萨仁回答说没事干闲待着实在无聊。乌兰拐弯抹角地提醒了许多话,诸如:城里喝酒的人很多,但人们把醉酒的人当癞皮驼看;别人不会跟你白白喝酒,必定有原因;

尤其是那些上班族有钱烧的，有的男人见到女人就糊上去，若是有人待你嬉皮笑脸时你一定要警惕等等。萨仁只谈了自己没活干的闹心事，隐瞒了苏尔泰巴特尔让她失望的实情。她反过来问昨晚的事情时，乌兰轻松地撒了个谎敷衍了事了。萨仁知道没出太大的事，心里松了一口气。

她们刚走到医院门口，萨仁的手机就响了，是苏尔泰巴特尔打来的电话，问她卖不卖牧场。萨仁马上拒绝了。那边苏尔泰巴特尔好像发火了。"我那点牧场碍你什么事了？"萨仁在这边也愤怒道。话筒里传来冷冰冰的话："你以后没活干别找我！""卖牧场的事，你以后也不要跟我说！"萨仁也冷冰冰的。"人家为你好，你不知好赖！"那边的手机啪的一下关了。"好还是赖，将来会明白的！"萨仁自言自语道。

38

萨仁洗了一大堆被罩褥单枕套，刚直起腰，服务员就叫她。她那次大醉恰巧碰见呼和两口子，不仅避免了一场灾祸，而且跟过去的仇人乌兰也成了知心朋友。乌兰得知萨仁因为无事可做寂寞难耐才喝得酩酊大醉后，就和呼和商量给萨仁找一份工作做，他们跑了好几天才给她找了个旅店清洁工的工作。面朝街道的这个小旅店是个二层楼，共有十几个房间。住这里的人主要以自费出差的旅客为主。旅店条件虽然不如大酒店宾馆好，但很舒适又便宜，还能满足个别顾客提出的特殊要求，所以客源还算充足。店主是个三十来岁的年轻人，人机灵脑子活泛。他充分发挥自己的优势，成为了本镇的青年优秀企业家。

店主平时总是拉拉个脸，仿佛谁欠他八百万一样。今天见到萨仁，他的脸上却堆出了少有的笑容。这也是萨仁来到这个旅店后第一次看见店老板的笑脸。

萨仁在这个旅店找到了营生，这固然比闲待着难受强。但只几天的时间里，她就亲身体验了"寄人篱下享福不如自由自在受苦"这句话的内涵。旅店的所有人都是萨仁的上司，向来勤快的她唯恐工作中有闪失，每天起早贪黑地努力工作，就这样老板也不满意，总挑理，总说这个不行那个不对，动不动拿扣工资来吓唬她。可是今天这是怎么了？萨仁很奇怪。这时老板嘴角上挂着笑意说："今天我想跟你商量一件事！"萨仁虽然汉语不好，但也大概听懂了意思，心里想：你是大老板，跟我这样的小人物商量什么！老板见她默不作声，以为没听懂他的话，便拿出手机叫了人。老板刚把手机关上，一个女人夹着腿扭腰摆臀地进来了。

"嗯，你把我的话给她翻译一下！"老板给那位女人下了指示，然后把萨仁从头到脚看了一遍说，"有这么好的条件应该做，只是做还是不做的问题。"那个女人把他的话翻译给了萨仁。

"啥有那么好的条件？"萨仁在嘴里嘟囔。

"这人说什么呢？"老板看着那个女人的嘴问。萨仁的话被女人翻译成了汉语。接着女人把老板的话翻译成蒙古语告诉了萨仁。萨仁这才知道老板在夸她长得漂亮，羞得不知如何是好。老板非常敏感地看透了萨仁的内心，说："有啥不好意思的，赚钱就得了呗！"说完哈哈大笑。老板的笑是因为心里有数了。而萨仁并没明白赚什么钱。

老板给那位女人交代完一件事等着萨仁的回答。

"老板问你，从今晚开始接客行不行？"那个女人说。

"意思是去车站接客人吧，我会吗？天啊！"萨仁暗骂自己什么也不会。

"不是那么回事，问你能不能陪客人！"那个女人直晃脑袋。

"怎么陪？我这笨嘴笨舌的不给人添累赘吗？"萨仁弄不明白怎么陪，心里万分着急。

"怎么陪都行，一起睡觉也行！"女人毫不隐讳地说，而后若无其事地望着萨仁。

"你们怎么能干这种事呢！"萨仁满脸通红地说。

"那有啥，赚钱就行了呗，现在哪儿不是这样呢！"女人说。

老板在一边一直观察萨仁的表情，蠢蠢欲动地问女人："她说行还是不行？"那个女人摇头示意萨仁不同意。老板好像埋怨那个女人不会说服人，也许是想表现一下自己的本领，他把那个女人支走后，就淫邪笑着朝萨仁走过来。他一边在自己的手背上轻吻了一下，然后左手半握拳用右手的食指捅了捅说："这个来钱快，比你洗东西容易多了！"

"哦，你们才用这种卑劣的手段挣钱，让你老婆来挣这个钱吧！"萨仁甩下话，扭头从老板办公室走出来。她气呼呼地走在走廊里，却意外地碰见了哈妮拉。

"喂，妹子你上哪儿去？"萨仁诧异地问。

"说是这儿有个客人。"哈妮拉若无其事地回答。萨仁不敢相信自己的耳朵，"什么？"问话时她的声音都变调了。哈妮拉依旧镇定自若。

"这个家伙钱烧得不行了，我去好好收拾一下他，很快就出来，然后咱俩去下饭馆！"哈妮拉急急忙忙地往里走，走出很远了又说，"姐姐你稍等一会儿！"她边说边向萨仁挥手。

萨仁虽然是哈妮拉的邻居，但不知道哈妮拉具体干什么工作，一出去就深更半夜或者天亮以后才回来。萨仁偶尔问她去哪里这么晚才回来，哈妮拉只说"有客人"。萨仁一直羡慕她有那么多客人朋友，没想到她说的客人是这种"客人"。她这才发现还不如蒙在鼓里了。哈妮拉有靓丽的容貌，还有让人羡慕的年龄，干别的什么不行，非要干这个？萨仁这么一想，心中就产生一种说不出的苦涩滋味。她替这个没心没肺的年轻女人脸红和痛心。她想早日离开这个是非之地，但又怕无事可做寂寞难耐。她不禁审问自己，我在这个地方到底能干什么？有点营生做，这也是朋友帮的忙，她又不想离开这里。人家做了都不当回事，我有什么看不起的。我看不起有什么用，世事不会按我的意志来转移。你看得起也好看不惯也罢，地球照样该怎么转还怎么转。我连自己都顾不了，跟人耍什么脾气？唉，花花世界，你为什么是这个样子？我也是跟别人一样有着自己的理想和目标。这个世界为什么非要让我见识这些花花东西呢？别让我见识我不想见识的这些东西不行吗？萨仁被种种思想矛盾纠结着走到了洗衣房门口，后面有人追上来通知她："从明天起，你别来上班了！"

萨仁交代了一些琐碎的事情，正准备回家时，哈妮拉满面春风地过来了。

"哎，我被开除了！"萨仁愁眉苦脸地道。

"为什么？"哈妮拉的眼里射出凶光。

"他们让我干的事情我没干，也许是因为这个原因吧。"萨仁叹息。

"他们让你干啥？"哈妮拉刨根问底。

"接客人，还要干什么，不知道……"萨仁不好意思地扭过脸。哈妮拉听了气愤地道："这个坏种，我去要他的命。"哈妮拉说着朝老板办公室奔去，萨仁拦都没拦住。

哈妮拉一脚踢开老板办公室的门，进屋就指着老板的鼻子骂道：

"臭流氓，你收敛点！"老板蒙了，不知发生了什么事，见萨仁进来劝住哈妮拉，才明白了事情的缘由。他知道这事一定是因为开除萨仁而引起的，怕把事态闹大，就装腔作势地说："有啥事好商量！"哈妮拉只把他的话当狗叫。

"操你妈的！"哈妮拉直接骂了娘。萨仁吓得心怦怦跳。

"妹妹，你别冲动！"萨仁乞求哈妮拉。

"没关系，姐你别怕！我知道这混蛋欺软怕硬。没事！"哈妮拉毫无惧色。那家伙胆小，也很狡猾，他这个店不仅提供住宿，还以提供性服务为主要挣钱手段，况且老板自己也"享受"。这家伙是个小抠，总想利用自己老板的权力"白整"，还死怕被老婆发现他的这些破烂事。哈妮拉掌握他的劣迹和要害，劈头盖脸地骂他。老板窘得不知如何是好，除了"有话好好说，好好说"外什么也说不出来。哈妮拉骂够了，转身问萨仁："姐，这家伙把你的工资给了没？"

"七八天的事……"萨仁说。

"这混蛋常干这种事，用了人家几天不给钱就撵走，养成恶习了。干半天也得要！"哈妮拉跟老板索要萨仁这几天的工资。老板不敢惹这个碰不起的刺头，什么也没说，老老实实地付了萨仁的工资。哈妮拉接了工资说，"你把我这个姐姐当我看呢？做梦吃馅饼吧！"回头便走人。

哈妮拉走出旅店，邀请萨仁下饭馆。萨仁心疼她的钱，"花那钱干啥，还不如从街里买点东西拿回家做，爱吃啥做啥，不行吗？"萨仁阻拦道。

"在饭馆吃方便，做那玩意儿太费事。走，姐姐。"哈妮拉扯住萨仁的袖子就走。萨仁听着哈妮拉的话，由衷地替她惆怅起来。按老人的说法，哈妮拉这个年龄正是成家立业的好年华。然而，这个妹妹年龄容貌不比别人差，为什么把家庭扔在脑后在社会上这样混呢？萨仁长长地叹了一口气。

"怎么了姐姐？这样唉声叹气的。"哈妮拉打断了萨仁的思维。

"妹妹呀，姐姐跟你说个事行吗？"萨仁两眼含泪等待着哈妮拉的首肯。

"咋不行呢，我们俩之间有啥话不可以说的！"哈妮拉温顺地说。

"你的年龄这么小，为什么这样做……"萨仁话还没说完，哈妮拉就一把抱住她的脖子，另一只手捂住了她的嘴，说："我知道姐姐要说什么，不要说了。"她的身子软绵绵地黏在萨仁身上。

萨仁从哈妮拉的举动上看出她有沉重的心事。萨仁知道，话不一定非要说得太白，说多了反而伤着爱面子的人，使她更加痛苦。所以，她不想再伤害这个善良而聪明的妹妹。

"呵，你还口口声声叫我姐姐姐姐的，你想扭断姐姐的脖子是怎么着？"萨仁开了个玩笑。有时，有些事情上点到为止就可以了，用不着没完没了的说教。

哈妮拉松开了手，领着萨仁来到一个绿色牌匾、名叫"银碗"的小餐馆门口。哈妮拉说："咱俩就在这儿肃静地说说话，吃点蒙餐吧！"

萨仁站住了，问："他们家饭菜行吗？"

"行行，要啥都有，你尽管吃好啦！"哈妮拉充当推介人。

"妹子，我说的不是那个意思，我问的是这里没有乱七八糟的东西吧！"萨仁把前面的话解释了一下，盯着哈妮拉的嘴，哈妮拉只要说句"有"，她随时准备撤走。

"这个你就放心吧，让他们做乱七八糟的事他们也不会，都是跟我们一样的乡下人。"哈妮拉这么一说，萨仁才放心了。

"哦，那就行吧！"萨仁答应了，后面还加了一句，"哎呀，我还挑三拣四地成了领导了，呵呵……"她一边取笑自己一边轻轻地拍了一下哈妮拉的肩膀。

　　两人难得一聚，哈妮拉想好好吃一顿，荤素搭配点了不少菜。萨仁拦住了哈妮拉，她不想在吃喝上太多破费。两人在点菜问题上要来退去费了点时间。萨仁的阻拦最后也没能挡住哈妮拉，最后饭桌上摆了四个菜，旁边还立着几瓶啤酒。作为女人这样摆谱，萨仁的某个神经仿佛被钢针挑破了一般感到极不舒服。

　　"我俩这样坐一坐倒是挺好，可是见到熟人咋办？"萨仁左顾右看。

　　"看见就看见呗，我们也不是偷吃别人的东西！"哈妮拉毫不在意地打开了一瓶啤酒。她说话很冲，倒酒却稳稳当当的，仿佛在显示自己是酒场上的老手。满满两杯啤酒，上面堆起了沫子。随着叮当的碰杯声，哈妮拉把一杯啤酒全干了。萨仁只吮吸了一口，脖子往回缩了一下说："我不爱喝这玩意儿，像马尿似的。"哈妮拉笑得前仰后合。

　　"什么事笑成这样？"萨仁依旧把酒杯端在手里惊异地问。

　　"姐你品尝过那东西吗？"

　　萨仁这才明白过来哈妮拉笑的原因："你这个鬼妹妹竟然拿我开涮！"

　　在说笑中"马尿味道"消失了。两人频频碰杯，话越说越投机。酒喝高了，话说海了。

　　"姐呀，假使我有一点点办法，能这样做吗！"哈妮拉把刚才萨仁提出的半句话接了上去。这个答案不是用一两句话能说完的。

　　"我们刚结婚时，不知道是托山水之福还是父母之恩抑或是国家的政策，要牧场有牧场，要牛羊有牛羊，还算是比较富裕的牧户。我老公智商不低，在那一带绝对算得上是勤快人。虽然没有老户牛羊多，但我老公说再努力几年一定成为上等户。对此我也信心百倍。

我这样相信是因为他有文化知识，而且头脑灵活。我老公常叨咕，靠这几头牛羊什么时候才能富起来？在他看来发家致富是指日可待的事情。说是发家致富需要许多朋友。这样我们家遵循'有千万只羊不如千万个朋友'的古训，老公在外广交朋友。就这样，认识或不认识的人每天都来我们家。然而，正如'蚊蝇多了生蛆虫'一样，天长日久了我才发现这些人都是酒肉朋友。他们前来只是为了吃喝玩乐，而且还耍钱。我老公有时没钱了就拿牲畜做抵押。开始时拿羊来做抵押，后来拿牛马做抵押。这样一个好好的人渐渐迷恋上了喝酒和赌博。我不是没见过酗酒的人，说实话，我们乡下缺什么样的人也不缺酒鬼。可是，沉溺于赌博比酗酒更讨厌，怎么拽他耳朵也听不进去我的劝告，陷在里面简直眼睛都红了。后来我们家连牛毛都没有了。虽然牛羊没了，但我仍对他怀有期望，为了老婆孩子怎么也得找一条活路吧？没想到这是个最愚蠢的想法。我老公已经一无所有，还借高利贷输了个精光。我们家债台高筑，没钱还贷，就把牧场租出去逐年还款，我们不仅没了牛羊，连住处都要保不住了。当时我简直欲哭无泪。想离婚，但已经有孩子了，离了上哪儿去？除了将就过日子毫无办法。就这样他却一点也没有回心转意。有一次他们在我家玩了一宿。我突然醒过来时，身上有一个人正在动作，那个口臭让我差点呕吐。我惊恐地坐起来开灯一看，一个黄眼珠的家伙正朝我淫笑。我气得冲进厨房提着一把杀猪刀过来，那家伙吓得扑通一声跪在地上说：'你老公输钱给不起了，让我睡你一晚上。'听了这话，我的眼前一片漆黑。输钱输得把妻子都豁出去了，这还叫人吗？真不如一条好狗！世界上的男人都死光了吗，我非要跟你这样一个无情无义的人过！我一气之下就离家出走了。"

听了哈妮拉的诉说，萨仁除了叹息，一句劝慰的话都说不出口。

突然，一声"你好！"打破了沉默。萨仁顺声看过去，发现朝克正站在旁边。朝克的突然出现，使本来担心碰见熟人的萨仁措手不及，她想，我这简直翻天了，在众目睽睽之下喝酒行乐，我是个什么样的女人！她的脸颊火辣辣地烧。

"好好，你好吗？真是个稀客！"萨仁站了起来。在草原上无人不识著名摔跤手。哈妮拉不仅认识朝克，也知道他的绰号叫"铁塔"。

"哎哟，这个铁塔从哪儿冒出来的？"哈妮拉自来熟地说。朝克在摔跤场上英勇无比所向无敌，此时在两个小女子面前却显得相当笨拙，他站在那里只有来回捯脚的本领。

"请坐！"萨仁让座道。

"坐过来喝点花酒吧！"哈妮拉的话把朝克弄得不知说什么才好了。

"不喝，不喝……"朝克连连摆手要走开。

"你看看，还瞧不起我们呢！"哈妮拉拿话激他。

"不是，不是，我有点急事。"朝克难为情了。

"现在正是接羔期，能不忙吗！"萨仁同情朝克。

"那也是，喝杯啤酒能耽误多大事！"哈妮拉倒了一杯啤酒递了过去。朝克没再啰嗦，接过啤酒一下子就倒进了嘴里，那样子不像喝酒，俨然是往空桶里倒泔水。"这回行了吧？"朝克征求意见般看着哈妮拉。

"不行。坐下吧，像你这样的摔跤手能缺帮手吗？人们都主动要求去帮你！"哈妮拉拉住朝克的衣袖。

"我确实忙，没时间陪你们俩了，抱歉！"朝克决意要走。

"有啥事那么忙，谈对象了？追求著名摔跤手的姑娘一定是成群结队吧！"哈妮拉说。朝克简直不知所措，很不好意思地迅速瞅一眼萨仁。

"哎，你呀，胡说什么呢？人家接羔正忙活没办法！"萨仁拦住

印土／

231

了哈妮拉。

"确实忙！"朝克挣脱出哈妮拉的手走了。

"哼，不就是接羔吗，干啥急成这样？我们也不是没接过羔。不就是眼高手低嘛，谁知在忙乎什么呢！"听了哈妮拉这样带刺儿的话，朝克转身返了回来。

"你说什么？"朝克瞪起牛眼，像发情的公驼般仰着头，像攫取小鸡的老鹰般端着膀子，撸起粗胳膊走了过来。这家伙要打人了，被这个活金刚打一下什么东西受得了，哪怕拍一下也够受的。哈妮拉吓得刚才的劲头荡然无存，"妈呀，那家伙来了。"哈妮拉随时准备躲到萨仁的身后。萨仁知道，朝克原先对那些欠嘴的妹子总是采用这种办法吓唬她们，便微笑着说："没事没事。"哈妮拉犹如吓破了胆的兔子，眼睛瞪得溜圆。朝克达到了吓唬的目的，惬意地嘿嘿笑。

"吓死人了！"哈妮拉喘着粗气坐回原地。

"我知道是这样。再逗不逗了？"萨仁嘲笑哈妮拉。

"谁知道破铁塔会这样要凶，不吃敬酒吃罚酒的家伙！"哈妮拉摁住狂跳的心脏说。朝克回身走了。

"喂，等一下！"哈妮拉从他身后喊道。

"怎么了？"朝克再度回身。

"把这些都喝了再走，像奶妈似的吝啬，总剩点留点干啥！"哈妮拉指着刚倒满的啤酒杯说。朝克回来依旧站着喝了，说："这回行了吧？"拿酒杯向哈妮拉照了照。

"不行，再来一个。"哈妮拉逼酒。

"怎么还要来一个？"朝克发蒙。

"你吓唬人，罚你。"哈妮拉又倒了一杯。

"这回行了，妹妹。这人不像我们无事可干！那边还有那么多活儿等着呢!"萨仁阻止她说。

"接羔吧,那容易,不行我就去帮你!"哈妮拉轻松加愉快地说。朝克当真了,把她从头到脚审视了一遍:文眉画眼,涂抹指甲,挺胸突乳,露着肚脐,趿拉鞋子赤着大腿。朝克以为她是街里的浪女,觉得这种人不可能靠近牲畜,于是想奚落她一下。

"嗯,现在牛羊都图省事,大多都用屁股下犊生羔!也许接羔容易点……"朝克说完若无其事。

萨仁立刻听出朝克在嘲笑哈妮拉,心里想:你就拿这样的话来讽刺打击我妹子,不往好处理解人家的话。萨仁心里护着哈妮拉。哈妮拉也是牧民子弟,早就听出了朝克话里的恶意。

"听说现在的羊都从腰部生羔……"哈妮拉偷笑。朝克知道自己错了,被人抓住了把柄。大家再也控制不住哈哈大笑起来。萨仁对哈妮拉的反击很是过瘾,仰视着朝克的下巴说:"怎么样,见识了吧?"

"罚双杯!"哈妮拉摆放了双杯,倒满了啤酒说。

"我真要走!"朝克摆手。

"你把这些都喝了,我给你找接羔的人,保证没问题!"哈妮拉说。朝克一听这话,高兴地端起了酒杯。

39

老天爷在清明之前必定要下一场雪,这个习惯今年依然没改。雪后地皮湿润,空气清新,各种植物疯长起来。牛羊都闻到了青草的芳香。对牧民而言,这样美好的气候一年能有几天。然而,天降大地的这个湿润的恩赐,在人们稍微大意间总会夺走一些刚出生的羔羊的生命,这是个很可怕的事情。

其呼尔图草原上，有几间依山而居的红砖房。太阳还没出来，在早晨的清新空气里传来羔羊的咩咩叫声。房屋东侧的羊圈门被打开，一个年轻妇女抱着两只羊羔走了出来。西北风裹挟着寒气阵阵吹来，女人的蒙古袍的大襟被风吹起。她腋下的两只新生羊羔被冻得直哆嗦，不停地咩咩叫着。女人轻声说："哦，可怜的小东西，冷了吧？"她在它们的鼻子上各亲了一下，用袍子的大襟盖住了两个湿乎乎的小生灵，顶着凛冽的寒风向屋里走去。这个妇女便是萨仁。几天前，萨仁在饭馆里碰见朝克，哈妮拉给朝克灌够啤酒后，确定了萨仁来这里接羔的事情。

原来，朝克的父母年岁大了，虽然没到动不了的程度，毕竟家里牲畜多，唯一的儿子已经三十了仍是单身，有时候家里活多人手不够难免忙不过来。朝克的父亲叫图门丹巴日拉，人不仅勤劳，而且执着，一旦下定决心就要干到底。他认定，无论世事如何变化，无论社会如何变革，人离开地球去天上生活的日子还远着呢。尤其对我们草地蒙古族来说那比骑马登月球还难。如果那么容易，成吉思汗时代早就实现了。就看你智商够不够，祖先留下的土地还够。这个辽阔土地上的人们，在几千年的历史上，征战南北，有过胜利也有失败。这块土地像他们的袍襟一样被撕去了不少，然而"瘦死的骆驼比马大"，到如今仍然保留了大片草原，在我们这一代人身上决不能失去它养育后代的功能。国家政策好，要求大家保护和利用好这块土地，谁也没有拿鞭子赶我们走。只要不破坏它，合理利用它，不用看别人的脸色照样生活得很好。老汉抱着这种思想观念，把唯一的儿子留在了草原上，留在了自己身边，没让他放弃放牧。这样，朝克在父亲的严格管教下，热爱牛羊，放牧有方，成为了优秀的牧民。唯一不尽如人意的是他到目前还没找到媳妇，让自己的老母亲没享受当婆婆的福。这事成了他们家一大难题。特别是到了接羔期，家里没有年轻妇女，只能由两个老人受苦受累。朝克虽然看在眼里，却不急着找媳妇，这让两位老人感到奇怪。不仅他们俩着急，亲戚朋友们也帮着介绍了不少女孩子，但朝克除了摇头就是摇头。母亲急道："到底哪不行？"儿子却说："着什么急，现在不是急着结婚的时代。还不如在父母跟前多玩几年。"他像小孩子般黏着父母。"哎，儿子，要在过去，你这个年龄已经是成家多年的人了。你能一辈子玩吗？最起码你也得替老妈着想吧，我这把老骨头也该休息了。"朝克捂住耳朵不听。当父亲的在这个事情上不好说话，整天训斥儿子尽快找媳妇也不是事。所以他听了母子的对话觉得好笑，但在外表上绷着脸不吱声。他笑的是儿子的脾气禀性越来越像他了，不达目的不罢休。说实话，这是图门丹巴日拉偷乐的一个主要原因。绷脸是示意儿子考虑一下母亲的话。作为父亲不能像当母亲的那样天天唠叨，他要保持做父亲的尊严。但是，每到接羔期，家里人手不够时，当父亲的也会把老伴天天唠叨的事情当回事提醒提醒儿子，这在某种程度上动摇了儿子的想法。头几天，父亲又提起这件事，说自己和他母亲的身体状况一年不如一年。朝克终于坚持不住了，想找个接羔帮手，进城巧遇了萨仁，事情比想象的还圆满。

萨仁抱着湿乎乎的羔羊小跑着来到门前。这时迎面走出来一位老年妇女，正是朝克的母亲——卓拉。

"额吉，一个两岁母羊下了双羔，一滴奶都没有！"萨仁说。

"哎呀，这白灾天，先前生的都顾不上呢，没奶的两岁母羊还落羔，这可要命。"卓拉不禁哀叹道。按道理说增添牲畜是好事，没有一个牧民不高兴。卓拉也是如此。她哀叹是因为这种寒流天气，一个没奶的两岁母羊生了双羔，简直是雪上加霜。她心疼萨仁夜以继日不停步地操劳。从昨晚开始下起了雨夹雪，间或还刮大风，天气变得异常寒冷，这对刚出生的羔羊来说比下刀子好不了多少。卓拉知道萨仁一宿没睡，始终奔波于羊圈和屋子之间。她心疼萨仁，想起来替她。萨仁却说："额吉你别累着，我自己行。"没让她起来。天亮时，卓拉强迫萨仁说："合一会儿眼歇歇！"萨仁这才回屋稍微休息了一会儿。然而萨仁是个干起活儿来全身心投入的人，本应该在东屋睡觉的她不知什么时候又跑出去了。卓拉想出去巡查一下羊羔，刚推门出来，便看见萨仁抱着两只羊羔过来了。这孩子对牛羊特有爱心，哪个有福人家的孩子是这样呢？我家儿子要是能找到这样的媳妇该多好！卓拉的目光不在那两只羊羔身上，而是在萨仁身上打转。

"姑娘，你先进屋睡觉吧，挤奶之前睡上一觉。"卓拉伸手去接羊羔。萨仁把怀里的双羔交到卓拉手里说："棚圈门口有一头红牛要临产了，好像是个三岁的母牛，我去看一下！"说着转身走了。

萨仁走到棚圈门口，看见那头三岁母牛身后已经露出牛犊的头部和两条前腿，母牛躺在那里正在往外使劲。她知道三岁母牛生头胎必定要折腾，想伸手帮它拉一把。母牛却跳了起来。如此这般几经靠近几经站起。萨仁知道自己一个人不行。她先把母牛赶进棚圈，然后返回去叫人。刚走到门口，朝克披着衣服迎面走了过来。

"有一头三岁母牛难产了。这头母牛是个古怪的东西，不让我靠近，照这样下去牛犊会憋死的。最好有个人抓住母牛，就能把牛犊拽出来！"萨仁说。朝克只说了一句："哦，是吗？"穿上衣服就直奔牛棚去了。朝克个子威猛高大，且着急，走起路来大步流星。萨仁小跑着跟在他身边。萨仁在这几天的接触中，对身边的这位威猛的男人有了一些了解。他话语不多，办事果敢，一旦下定决心，什么也不说，直接去做。他就是这样一个直率的男人。萨仁走在他的身边，心里有一种依赖感。

"牛也小看我，不让我靠近。这怪脾气的东西，看你这回怎么样!"萨仁有了帮手,得意地说。朝克停顿了一下脚步,笑看着萨仁说:"它躲避你是怕你拿走它的孩子!"这话对别人也许是闲话,对萨仁来说却不是。她明白他在追后账。朝克这几天几次向萨仁表白,始终没得到准确的答复。这不是萨仁在向朝克讨价还价,而是萨仁觉得自己已经成过家,又是寡妇,怕毁坏了一个处男的名声,还不如在接羔上实心实意帮忙,最后心平气和地离去。她是抱着这种想法而来。

"咳,躲避能躲到哪里去,要当妈妈了才这样折腾吧。"萨仁害羞地把脸扭过去了。朝克以前不敢跟萨仁开玩笑,经过这几天的接触脸皮也厚了。

"痛苦是暂时的,幸福是永远的!"朝克嘿嘿笑。

"有谁能平衡痛苦和幸福呢!"萨仁低头看着自己的衣襟说。

"那种平衡不是佛爷给定的,只能自己掌控,你说是不是?"朝克定定地盯着萨仁,目光里充满了男人的痴情。萨仁很为难,回答这个问题还是不回答?正犹豫时,朝克一把抓住了她的右手。萨仁的手落在朝克的巨掌里,她想把手挣脱出来,使出吃奶的劲儿也无济于事。

"喂,那边的母牛怎么了!"萨仁惊呼,朝克松开了手。萨仁发现自己的手疼得厉害,一看,湿乎乎的手指头都粘到了一起。

"手劲都一样,硬邦邦的。"萨仁下意识地把朝克和苏力德放到一起比较,嘴里这样嘟囔。声音虽小朝克也听见了,说:"一样就对了嘛!"他用单手轻轻地打开了棚圈的铁门。

那头三岁母牛卧在角落里正在往出使劲,牛犊还是没生出来。萨仁离老远轻唤着走了过去,母牛还是站起来跑了。

"好像要难产,不拽出来不行。"萨仁担心道。

"我把它抓住,你拽拽看!"朝克冲了过去。

"要生了，你轻点，轻点。"萨仁把朝克推到后面，自己轻声呼唤着靠近了母牛。那头母牛听到萨仁的轻声呼唤不再惊恐了，浑身战栗着去角落里卧倒了。萨仁轻轻地挠着母牛的臀部，嘴里小声呼唤着。疼痛难忍的母牛躺下去使出浑身解数挣扎。萨仁在嘴里轻轻呼唤着，用手去拽牛犊，却怎么也拽不出来，萨仁只好向朝克递过去求援的眼神。朝克扑过来，挽起袖子大有一把将牛犊拽出来的架势。萨仁急忙摆手说："轻点，轻点。"母牛哞哞惨叫。萨仁的呼唤声渐渐升高。母牛在痛苦地挣扎。萨仁的呼唤声加油声加剧。最后，牛犊唰啦一下被拽了出来。萨仁把牛犊的胞衣挑开，对着牛犊的耳朵噗噗吹气。牛犊摇晃了两下脑袋，挣扎着要站起来。三岁母牛哞哞叫着舔犊子。终于，一头黑红色的腰花牛犊立在了软骨未脱的四蹄上。

"给母牛吃点羊草！"萨仁指使着朝克。朝克从草棚里抱来一大堆羊草。萨仁批评他说："一下子不能给它吃那么多，会伤着母牛的！"

"牲口都要挑选，何况是人呢！"朝克说完坏笑。

母牛嚼着羊草，眼睛盯着牛犊不停地哞哞呼唤。春风吹进棚圈里，找不到方向在墙角里直打旋。

40

接羔接近尾声。羊绒羊毛开始脱落，绒毛挂在沙棘枝头上，剪羊毛迫在眉睫。其呼尔图草原夏营盘上用铁丝网围成的羊圈里，羊群堆积在一起热得呼呼直喘。羊圈外面有几个人在剪羊毛。腰板笔直的一位老汉走进羊圈里，抓住一只羯子的后腿，另一只手抓住顺侧的前腿，砰的一下把羯子掀翻在地。仰面朝天的羯子蹬踏着四蹄拼命挣扎。老汉把羯子的一条后腿夹在前两腿间绑定，从肚脐处开始剪毛。这人便是图门丹巴日拉。他这种超乎自己年龄的动作，使在旁边剪羊毛的萨仁和朝克看得瞠目结舌。

老汉去抓羯子时，萨仁担心地向朝克使眼色，意思是让他去帮一把。朝克摇了摇头没动。接着老汉摔倒羯子，羯子挣扎时萨仁又悄声说："快去给绑一下腿。"朝克仍没动，说："不行，阿爸会生气！"假设朝克真的按萨仁的话去做了，老汉必定生气。图门丹巴日拉这个人从年轻时就是个干活的能手，现在虽然已是花甲之年，身手依然矫健，而且劲头有增无减。如果有人看他年龄大，想伸手帮一把，他就说："我还没到给人打下手的程度，你们干好你们的！"他只有生气没有服气。眼下，他手里的弹簧剪刀正在证实他的这句话。

朝克和萨仁各自给自己手里的羊剪着绒毛，已经剪完了一半，这时图门丹巴日拉才开始给自己抓的羊剪毛，等朝克和萨仁剪完时老汉也已经剪完了，跟他们一起朝羊圈走去。

"阿爸剪得好快！"萨仁惊诧。

"这老东西跟别人不一样，姑娘你别着急慢慢剪吧！"卓拉若无其事地说道。其实，她看着老头子不减当年的干活劲头心里也自豪，从语调中也能听出她向着萨仁说话的意思。萨仁来他们家接羔时虽然是春天的昏黄季节，但对卓拉来说仿佛家里升起了一轮太阳般的感觉。卓拉从内心相中了萨仁的勤劳能干和稳重性格，在萨仁背后跟老头和朝克夸奖说："哪个有福人家生的这样勤快的孩子！"并把她当作自己的孩子对待，口口声声亲切地叫她为"姑娘"。

图门丹巴日拉进羊圈又抓了一个羯子。这个羯子比刚才那个强悍，没头没脑地往前冲，结果把图门丹巴日拉撞得一下子跪倒在地，手里却依旧抓住羯子不放。朝克看在眼里，觉得父亲毕竟年岁大了，急忙过去帮父亲抓住了羯子。图门丹巴日拉扶着膝盖站了起来，一边拍打着蒙古袍的大襟一边说："踩在大襟上了！"

站在羊圈外面的卓拉想，这是老头儿在找借口，便说："可不是嘛，没有大襟的话你这个年龄不可能给羯子下跪！"她的话里既有嘲笑老汉的意思，也有批评他不顾年龄逞能的意味。这话让图门丹巴日拉面红耳赤，但他反过来一想也有道理。

"就是嘛，我脑子糊涂了，没意识到这一点。你比我强多了！"他反唇相讥，语意里明显报复老伴儿你也比我强不了多少的意思。

"哎，少扯！我现在啥也不是了，那也是把我这一生都交给你了！"卓拉无意识地跟他斗起嘴来。图门丹巴日拉强憋住笑，准备再抓一头羊，他用眼睛在满圈的羊群里寻找合适的羊。这时，朝克把那只羯子拉出去，绑住三条腿，招呼父亲过去。这次老汉没发脾气，他顺从地走了过来。朝克跟父亲擦肩而过，去羊圈里继续抓羊。图门丹巴日拉不声不响地骑到羯子身上剪起了羊毛。自己做的事让别人插手，这大概是在他一生中头一回。卓拉奇怪今天的太阳不知从哪升起的。

"你今天总算知道自己有个儿子了吧！"卓拉小声说，捂嘴直乐。

"我早就知道自己有个伺候我享福的儿子，只是伺候你的儿媳妇不知什么时候才落户到咱家呢！"图门丹巴日拉觉得自己的独根或许已经找到了终身伴侣，但他不好当着儿子和萨仁的面捅破这张纸，只好压低声音对老伴儿说。这时，被剪毛的羊突然挣扎起来。图门丹巴日拉感觉到可能伤着羊皮了，仔细一看，果真在羊肚子上剪掉了手指甲大的一块皮子。

"唉，完了！老糊涂，光顾说话了。"他以往剪羊毛，剪一天也没伤过羊皮，今天却失手了。他埋怨和责备着自己，捏起一点土涂在伤口上。

"今天我老头儿完全开窍了，难得承认自己是老糊涂！"卓拉照旧没放过奚落老伴儿的机会。

"该糊涂时就得糊涂，我快到糊涂的时候了！"图门丹巴日拉拉着腔调说。这时有人过来问候。他抬头看，原来是北面营地的一个年轻人。图门丹巴日拉回敬了问候，又问了年轻人从哪里来。年轻人只简要地说是从旗镇来。"镇里有什么新闻没？"图门丹巴日拉想简单地打听消息。结果年轻人回答的不是那么简单了。年轻人把前段时间旗里部分领导和随从因大吃大喝被处分的消息当新闻一股脑说了出来。几位手里的剪刀都停止了。

"我们认识的几位没事就好，其他那些人爱怎么着就怎么着吧！"图门丹巴日拉把这事当成极其平常的消息议论道。

"听说有一个叫什么来着？"年轻人想了想说，"哦对，熟人里有苏尔泰巴特尔这个人！"萨仁听了，不敢相信自己的耳朵。

"他是做什么的？"图门丹巴日拉想进一步打探。

"在法院当官儿！"年轻人漫不经心地说。

"谁家的呀？"图门丹巴日拉侧耳听。

"好像是巴彦查干的宝音老汉的儿子吧！"年轻人说。

"啊，就是他那个上了什么大学很出名的儿子吧，他就这样报答父母？"卓拉吃惊不小。巴彦查干的宝音和其呼尔图的图门丹巴日拉在大集体的时候都是出了名的优秀牧民，所以他们互相都熟悉，今天听说宝音的儿子被绊倒在社会的脚步下，图门丹巴日拉和卓拉心里很是难过。

"老宝这个人一辈子自食其力，不拿别人的任何东西，他们家怎么出了个这样的败类呢？"图门丹巴日拉摇头叹息。

"那孩子也许是被哪个坏人拐坏的吧，不然他父亲的财产够他吃的！"卓拉将信将疑。

"大吃大喝是肯定的了，据说行贿数额也很大！"年轻人说，这话在图门丹巴日拉听来很有可信度。

"那差不多，我们的孩子没有多一只手，不会拿人家的东西，只会给人家送自己的东西。"图门丹巴日拉又一声叹息。

萨仁听了觉得那是苏尔泰巴特尔多行不义必自毙的结果，而他干的不义之事被人这样谈论，毕竟不是光彩的事情，这让她感到无地自容。

那个年轻人越讲越来劲，最后把苏尔泰巴特尔老婆吵吵要离婚的事也说了出来。绵羊拼命挣扎。萨仁这才发现自己在胡思乱想中把羊皮铰了一块。朝克从旁边看见她脸色苍白，两手颤抖。

年轻人继续讲述着苏尔泰巴特尔的所作所为，诸如跟别人合伙坑害乡亲，逼着唯一的嫂子把牧场抵押给了别人，讹诈肇事者收受房产等等，把自己所听到的一知半解说了不少。萨仁再也听不下去了，扔下剪子向屋里跑去。

"这丫头身体不舒服吗，怎么了？"卓拉担心地问。

"一大早晨就起来忙活，也许累了吧。"图门丹巴日拉猜测道。

"哪个都不是。"朝克大步流星从萨仁后面追了过去。

老两口觉得是个事，赶紧把手里的羊剪完毛，也回家去了。"两个孩子吵架了？"两人一边走一边小声谈论。

几个人相继回到家里，萨仁把身体转过去一声不吭。平常大家在一起时，她总是"额吉，阿爸，这个，那个"地说个不停，制造和谐氛围让大家高兴，现在突然这样不言不语了，家里有种灶灭茶凉的感觉。卓拉急得围着炕沿团团转，不停地问："姑娘你怎么了，病了还是疼了？"老汉仿佛"抽支烟解万愁"般叼起了烟袋锅。此时此刻，只有朝克才完全理解这个饱尝人间甜酸苦辣的女人的心情。

"额吉，我想明天去一趟镇里！"萨仁说。卓拉心里一下子空了，仿佛候鸟在此住了一宿又飞走了的感觉。

"不回来了吗?"卓拉眼睛潮湿了。

"妈,不是那样!"朝克解释。

"你什么时候回来?"卓拉像个孩子一样眼巴巴地盯着萨仁。

"那个叫苏尔泰巴特尔的,是她的弟弟!"朝克说明了情况。

"是吗?那就赶紧去吧!"图门丹巴日拉压灭了烟袋锅。他说完就后悔了,把人家的孩子当作自家的人,"老糊涂!"他用拳头捶了一下自己的头。

41

阵阵热风仿佛在昭示夏天已经到来。空旷的戈壁滩白雾茫茫。往年的陈草枯叶都凋零了,新芽嫩叶绿了整个草原。春秋天气变化无常,一些牧民依然穿着厚实的衣服,这时热得敞开了衣襟。今年刚出生的羊羔甩动着盘子大的肥尾活蹦乱跳地撒欢。羊群旁边兀立着一匹枣红色的高头大马,它的旁边有一位魁实的汉子正敞着怀迎风吹口哨。他的胸腔宽阔底气足,吹出来的口哨犹如颂扬草原的牧笛声。所有这一切都表明这条汉子正在吉星高照春风得意。

北面山上洁白的石英石在阳光下闪烁,山下是一家夏营盘。一个骑马人拿出望远镜向夏营盘方向望去,就见一个骑摩托车的人正朝这边驶来。骑马人龇着洁白的牙齿笑了。摩托车沿着羊肠小道熟练地前行,偶尔在后面扬起一股烟尘。这股烟尘使骑马人仿佛闻到了奶茶的香味,也使他心旌摇荡。骑马人正是朝克,他向摩托车方向翘首观望了一会儿,便打马回头朝羊群奔去。此时他想起了一件事。

　　朝克每天守在羊群旁放牧，晒得黑里透红，萨仁则天天中午来替班。朝克有时候离老远就去接萨仁。萨仁奚落他说："我也不是小孩子，来接我干吗？"朝克回转马头的原因就在这里。萨仁应该没看见他刚才骑马跃跃欲试去接她的情景吧，不然又该嘲笑他了。弄不好还要嘲弄他说，来接我就接嘛，还犹犹豫豫干吗？她的嘴仿佛专门为了奚落他而生。朝克暗想：我为什么总是说不过她呢？有句话说"志同道合是最幸福的姻缘"，我还从来没遇见像她这样跟我志同道合者。让我说什么好呢！问她，"我们俩一起生活吧？"她却迟迟不给答复。我总是迫不及待，可是她却说："你是个处男，想娶我这样的人真没骨气。"说着转过脸去不理我。我着急了，说要强行征服她。她脸色铁青地说："那容易，我就在你眼前，方便得很，费不了多少事，片刻就完事……"把我弄得毫无办法。从那以后我跟她说话总是有点怯懦。老佛爷呀，让她说个答应的话吧，那样我们就拜天地结为夫妻了。

　　摩托车的声音越来越近，朝克从幻想中清醒过来。

　　"这风好热，你口渴得受不了了吧？快回家喝茶去吧！"萨仁熄灭了摩托车，用女性的温柔眼神看着朝克。

　　"这风多舒服，吹透了每一个毛孔，浑身解乏。身体的困顿可以由大自然来解除，心头的困顿不知由什么来解除！"朝克边说边下了马。

　　"你有什么困顿解除不了的？"萨仁的话仿佛掐了一把朝克的要害。朝克用鞋底踩平了一块草地，用眼神示意她坐下。萨仁毫不客气地坐下了。自相识以来，萨仁第一次这样顺从地听从了朝克的指挥。她的这种举动使朝克找不到日出的方向了。朝克挨着她坐下，萨仁没有像以往那般冷漠地躲开。

　　"这风好热，是不有点热过头了？"朝克说。

"到时候了！"萨仁说出这话，不由脸红了。

"今天的太阳落错方位了吧？"朝克从萨仁的脸上寻找着什么。比起朝克，萨仁的生活经历要丰富得多，但此时被一个魁梧的男人直勾勾热辣辣地盯着，她也不由自主地低下了头。

"落日的地方总会有的，哪儿都可以落嘛！"萨仁悄声道。

"是吗？"朝克追问。

"是！"萨仁抬头直视着朝克。她的目光像电流一样击中了朝克的身心。朝克心领神会，这个目光是没有杂念的纯洁的爱，而且是他所爱的人发出的真爱。等待一个人的真爱，是多么漫长的煎熬啊！当它突然降临的时候，朝克简直有些诧异。情感这个东西虽然看不见，当那道目光确切地落到他身上时，这个男子汉大丈夫也挺起了胸膛。他像展翅的雄鹰般把她搂过来，萨仁消失在他宽阔的怀抱里。

呼吸急促了。

动作慌乱了。

磕磕绊绊了。

喘不过气了。

嘴唇变成了拔罐子。

啵一下分开了。

马牵着缰绳躲走了。

"马……"羔羊般的叫声从身体下面发出来，朝克松开手臂呼唤坐骑。枣红马听见主人的声音，回头咴咴叫，仿佛在说你干你的，我走我的。朝克抄起身边的套马杆追过去。枣红马突然惊觉了什么，蹦跳着躲避他。趁马还没有加速跑起来，朝克几步跳过去套住了马，然后给它戴上脚绊子。

"干么要给它戴脚绊子，你不回去喝茶了？"萨仁说。朝克没理会，给马戴了脚绊子回来，又挨着萨仁坐了。

"干什么呀，怪热的。"萨仁装出生气的样子说。

"我一点也不觉得热，反而很舒服，比喝茶还好着呢！"朝克边说边在萨仁冒汗的额头上啪地亲了一口。

"不是没机会，以后有的是时间！"萨仁嘴上这样说，胳膊已经箍住了朝克的脖子。

刚才的戏重又开始了。

腰带松开了……

彻底放开了……

恢复了正常。

萨仁成了一条水獭。她已经忘掉了生活的这种味道多时了，现在觉得生活中的一切美好又重新回来了。她深切地体会到只有摔跤手才能把这一切完整地带给她，于是不由自主地又说了一句："咋这么一样呢！"这话让朝克变成了另一个人，那个人便是苏力德。朝克深深地感受到这是萨仁的真情表露，在生活的磨难中煎熬过来的这位女性，此时已经把他当作以前的丈夫接纳了。朝克感到无比幸福。他想留住这个充满幸福的爱情，哪怕是瞬间。他想问跟谁一样呢，但没能张嘴。他觉得那样会触及她内心深处的伤痕。

"什么一样呢？"他说。萨仁这才意识到自己的失言，脸色绯红了。我这是说的什么呀？她的脸上着了火一样热辣辣的。大自然的热风，真爱的热吻，男人的热唇，这些使她像阳光下的冰块一样渐渐化去。朝克看着萨仁满面绯红汗流两颊的样子，以为难为了她，心里很是过意不去。

"一样才能满足彼此的心愿嘛，我就怕不一样！"朝克平静地说。这句话不是钻进了萨仁的耳朵里，而是钻进她的心里。她围在头上的白纱巾已经松开了，长发蓬乱地贴在脸颊上。她又一次把脸贴在朝克宽阔的胸膛上，像吃奶的牛犊般轻轻地拱动。朝克的心跳宛如拿棒槌在木桶里捣奶一样咚咚响，无限的幸福感从萨仁的心中升腾，她陶醉在这个幸福当中，禁不住回忆和寻找它的起源……

"没有青草的地方马群为什么转悠？没有父亲的地方我们为什么转悠？"有一首歌是这样唱的。我是在那个没有青草的地方转悠过的马，我是抱着不享福也不受苦的想法去了那个地方，可是那个地方谁跟我志同道合呢？我们满意的人家不满意，人家满意的我们不满意。也许这个世界原本就是这样不合辙吧？一想也是，本来不懂不会的东西，咋做才能跟人家合拍呢？尤其像我们这样的牧民，在那个聚集了成千上万人的地方，做什么才能跟人家合拍呢？要说富裕，那个地方什么都不缺。除了买不着眼珠子，别的什么都有。不对，人的眼珠子也有。那个地方人财两旺。可是，摊在我们头上的东西有多少呢？如果说有人有福享不了，那就是我们，所以我们的思维跟不上。一说到"落后"，人家的目光就落在我们的脸上。在人家这种目光下生活，谈何幸福？幸福来源于财富吗？要说财富，这个社会缺什么呢？这个社会的民众缺什么了？好像没什么欠缺的东西。然而，像我们这样的人，身在财富中却享不了福，反而像掉进了虚拟的地狱。难道这是热爱牛羊的结果吗？如果是那样，这个世界上放牧就没用了。还不是那样，爱谈论牛羊的人，爱吃牛羊肉的人比比皆是。这仅仅是懂得了放牧的道理，知道牛羊肉好吃的缘故吗？我们放牧的好处连天地都知道，为什么有人不明白呢？真是奇怪啊！我们的生活来源于大自然，一旦离开了大自然，我们跟谁合拍去？放弃自己的东西去遵循别人的生活规律，虽然会得到一些东西，但失去的太多，必定被视为愚蠢别无好处。不懂得其中的奥秘，就难以喝上其中的水。事实是否如此呢？情投意合是幸福的根本，情不投意不合过的是地狱般的生活。也许和谐世界都是围绕情意来形成吧……

被爱温暖了的朝克和萨仁不知不觉中打了个盹儿。枣红马的响鼻声惊醒了他们。

"喂，你快去快回，这大热天的受得了吗！"萨仁说着动了动身子，却仿佛被裹在驼鞍屉里动弹不得。"哎哟，快闷死了，松开点！"萨仁去推朝克，朝克松开了双臂，萨仁才挺胸凸乳深吸了一口气。

"还想要。"朝克伏在萨仁的耳朵上悄声乞求。萨仁毕竟比朝克早品尝过性的味道，知道男人就像馋奶的牛犊没有节制，怕他太过头伤元气，于是缩着身子说："行了吧。"朝克却硬挺挺地忍不住了。萨仁只好顺从地跪地接受了。爱情之门自然启开，充满野性的动作狂涛般涌动。几个羔羊跑过来观赏着他们的表演，而后吹鼻跺蹄仿佛对他们的行径很不满的样子。

"动物都在提醒呢，这回行了。动物的预感比人更灵敏。那达慕马上到了，这样不行的！"萨仁站了起来。

"这跟那达慕有啥关系？"朝克不以为然。

"不行的，知道吗？"萨仁这样提示着，靠在了他身上。

"不行能怎样？"朝克不服气。

"你哥在的时候说过，男人对什么都可以要强，但对这事不能要强！"萨仁说。

"是吗？"

"是！"

"尝到了甜头，怎么能控制得了呢？"

"控制不了也得控制！"

"能不能控制住，难说！"

"我就怕你控制不住，那样的话我们结合有意义吗？我还是早点离开好！"萨仁说。朝克在近一时期的来往中了解到萨仁虽然很温顺，但她不说空话假话。他怕萨仁真的离开他。

"不是不是，能控制，能控制。"朝克表示了决心。

"我说的意思是摔跤手如果总跟女人纠缠运气就没了。在那达慕盛会上照耀众人目光的是摔跤手的运气！"萨仁说完，把脸贴在朝克凸起块块肌肉的臂膀上。朝克理解心上人的爱护和关怀，挺起宽阔的胸膛，用感激的眼神表达着自己已经"明白"的意思。萨仁把这一切全看在眼里，突然想到了什么问："哎，我想跟你商量一件事。"

"什么呀？"朝克盯着萨仁问。

"说什么好呢？还没什么呢跟你商量这事好像有点不合适……"萨仁支支吾吾。

"有啥不能说的，我们已经是最亲密的人了。"朝克急道。

"哎，你说啥呢？我要是用刚才的举动缠住你的话就不是人了！"萨仁用脑门子轻轻碰着朝克的臂膀。

"我想让你一辈子缠住我，我愿意。你跟我有什么不可以说的？"朝克用胳膊拥住她。朝克的话完全打消了萨仁的忧虑。

"人们乱纷纷议论苏尔泰弟弟。"萨仁叹气。

"我也听说过一些不好的消息！"朝克附和着说。

"我想去看望他，又有点不敢，已经犹豫几天了。左思右想还是想去一下。"萨仁说出自己的想法。

"听说要按党纪国法处理，你去能办啥事？"朝克不解地说。

"这下他在那个地方能干啥吧，指望谁，实在没办法就……"萨仁说了半句话看看朝克。

"干啥？"朝克侧耳恭听，想了解清楚她的意图。

"我是这样想……"萨仁在朝克耳朵里如此这般地说了一通悄悄话。朝克一直在点头，后来说："这也是个办法。不过人家听不听你的安排也是个问题！"

"对一个在人家的地盘上抬不起头的人来说，还是家乡温暖吧！"

萨仁说。朝克又点点头说："你这个人纯属为别人而生，有几个人替你着想了？"

"要那么多人干什么，有一个就够了，其他的用不着！"萨仁倒在朝克的怀里潸然泪下。这个泪水里包含了信赖之心和痛别之意，包含了信心和决心。与她赤诚相见的朝克理解这一切。

"不管怎么样，那两个弟弟弟妹有你这样的嫂子是他们的福分！"朝克说。

"福分是什么，是情投意合吧，我是正在享受这个福分的人。"萨仁说。

"我也是这样的人！"朝克抱起萨仁旋转起来，衣襟在风中打旋。

42

人要是唯利是图，生活就失去了味道。苏尔泰巴特尔家的生活正在这样失去味道。苏尔泰巴特尔曾经有地位有收益，新赛罕因此而目中无人不可一世。如今苏尔泰巴特尔倒霉了，新赛罕闹着要离婚。她回娘家住了几天，今天回来决意要跟苏尔泰巴特尔离婚。她进屋时，苏尔泰巴特尔正用被子蒙着头躺在沙发上睡大觉。茶几上躺着两个空酒瓶，显然是头天晚上喝的。几个月以前，新赛罕初次搬进这个家的时候满面笑容，一切东西都是崭新的，当时有一种来到了天堂的感觉。而如今，满屋子酒气熏天，桌椅柜子倒了，锅碗瓢盆碎了，衣服鞋帽扔得到处都是，主人像死猪一样躺在沙发上。新赛罕很失望，假如把屋里的东西像甩鼻涕一样甩出去，那么没有一样东西让她留恋。她的心虽然这样硬，但也许觉得毕竟苏尔泰巴特尔是自己的结发丈夫，或者想起自己毕竟或多或少享受过这个家庭的温暖，女人的天性促使她不由自主地去捡起地上的东西。男人还在酣睡中。她默默地立在他的跟前侧耳听，没有一点动静。"不会是死了吧！"她慌了，心脏不由狂跳起来。一想他果真这样离她而去了，她的眼里就盈满了泪水。几天前，她跟苏尔泰巴特尔大吵大闹，发誓再也不回这个家，现在却不知为什么这样，自己也说不清了。她抱起蒙在被窝里的男人的头哭了起来。被子拱动了两下，苏尔泰巴特尔坐起来瞪着醉眼泡生气道："怪不吉利的，一大早晨嚎什么？"

新赛罕成了自作多情的人。这家伙真没良心！她心里悔恨。

"法院的人马上来核实事情，你他妈回来干啥？滚，现在就滚，你不是已经滚蛋了吗？滚！"苏尔泰巴特尔捶着桌子吼道。

"你以为我是想你了才回来的？想得美！你现在已经没脸见人了！"新赛罕往地上呸地吐一口唾沫，还不解恨，在唾沫上狠狠踩了一脚。

"我到什么地步跟你一点关系都没有，我愿意。你现在就给我滚出去！"苏尔泰巴特尔直指门外。

"你让我走我就走吗？你那是痴心妄想。你别叫嚣，咱俩还不知道谁走呢。这家里我是女的，留下也得是我留下，法律是保护妇女儿童合法权益的，你能怎么着？"新赛罕倚仗女权负隅顽抗。苏尔泰巴特尔听了这话差点笑出声来，"你这是做梦吃馅饼！你以为这房子还会给你留着？"这话一掌击碎了新赛罕的美梦。

"你说什么？"新赛罕的目光仿佛要穿透苏尔泰巴特尔的身体。

"我不说，一会儿法院的来了你自然就知道了！"苏尔泰巴特尔仿佛这事与己无关般说道。新赛罕意识到无家可归的苦难即将临头，未来生活的苦味就在嘴里，忍不住说："那我们住哪儿？"目光里苏尔泰巴特尔依然是那座山。

"你愿意上哪儿住就上哪儿住去，别让我看见！"苏尔泰巴特尔走过来把新赛罕往门口推。新赛罕在心里想，这人彻底不回头了！她难过得又气又想哭，胸闷气短眼窝里全是酸楚的泪。她决不甘心于像个流浪狗一样被赶出家门，使出吃奶的劲挣扎着，一屁股坐到地上耍赖。但无论她怎样闹都无济于事，苏尔泰巴特尔把她权当一团牛毛毫不费力地推到了门口。

"怎么着，你以为把我赶跑了就没事了？"新赛罕一边声嘶力竭地喊叫，一边用脚蹬住门槛使劲往后坐。

"你别跟着我过抬不起头的日子了，还是走你的阳光大道吧。我也不想给你脸上抹黑，还是自己一个人承受罪责吧！"苏尔泰巴特尔不住地往外推。新赛罕索性坐到地上，两脚蹬住门槛死活不起来。这时的苏尔泰巴特尔还在醉酒状态，摇摇晃晃，浑身乏力，没能轻易地把她推出去，但仍然笨拙地推搡着。

"大傻瓜，我不忍心扔下你一个人走，如果我忍心就不回来了。"新赛罕强挤着泪往后坐。

"不忍心了吗！"苏尔泰巴特尔顺势往回一拉，把她拉倒在地，一手拉开门，要把她扔出门外去。不承想，一抬头，眼前出现了一个人的面孔。在这芸芸众生的世界上，再也没有比这个更亲切的面孔了。苏尔泰巴特尔不禁叫了一声："嫂子！"他愣住了。"嫂子"这个声音在新赛罕听来，仿佛救星从天而降，她跳将起来喊一声"嫂子"，跑过去抱住萨仁的脖子呜呜哭起来。

萨仁身后站着一个铁塔般的汉子，脸上留了一圈乌黑发亮的络腮胡子。他把门口哭成一团的新赛罕和萨仁推进屋里，似乎在表达着"家丑不可外扬"的意思。

"嫂子我已经听说了，弟弟弟妹你们别闹心了！"在这个被万人唾弃的家庭里，萨仁的话仿佛春天的阳光一样带来了温暖。

"朝克哥哥，请往里坐！"苏尔泰巴特尔挪动着庞大的身躯整理着沙发上的东西。

"看样子苏尔泰弟弟昨晚没少喝。怎么样，烧心不？"朝克的微笑既亲切又使他难堪。

"没事无聊，喝了一点，有点多了，哎哟哟，不得劲儿……"苏尔泰巴特尔想笑没笑出来。

"不是喝了一点吧？"朝克拿眼睛朝桌子上的两个空瓶示意。苏尔泰巴特尔被揭穿了谎言，不好意思地笑起来。

"我们家苏尔泰不喝就不喝，一喝跟他哥一样猛喝。现在胃肠难受得不行了吧？我看还是先喝点肉汤吧！"萨仁说着向厨房走去。

"唉，男人喝酒，女人生孩子，这都是不治之症。不喝点咋办……"朝克觑了一眼苏尔泰巴特尔，嘿嘿笑着，屁股底下的椅子吱嘎响。

"你这个人啊，在弟弟弟妹面前胡说什么呢！"萨仁责怪着朝克进了厨房。

随着萨仁和朝克毫不客气的说笑，家里刚才冷清的气氛已经消失殆尽，显现出和谐家庭的温暖。新赛罕忙着收拾屋子。苏尔泰巴特尔也忙着收拾自己脸上的垃圾。

肉汤端上来了。把瘦肉切成细细的肉丝熬成的汤，上面撒了葱花，苏尔泰巴特尔喝下后感觉浑身从里到外通透地舒坦。亲人做的肉汤把他温暖到了内心深处。

"简直是让人垂涎的肉汤，就给你弟弟喝，我也是个人啊！"朝克拿话来活跃气氛。

"'人不为己天诛地灭'，比起你，我们是一家人！先照顾自家人再说吧。"萨仁给苏尔泰巴特尔的碗里又添了肉汤，"对，喝出一身汗就舒服了，多喝点！"

"现在的人太不公平，对想要给的人，给了又给。不想给的人，一点都不给!"朝克装出满腹牢骚的样子。

"就是嘛,现在人就这样,你上哪儿去说理吧!"萨仁说着抿嘴笑。萨仁和朝克有趣的对话落在苏尔泰巴特尔的耳朵里,让他感到特别亲热。比起那些趾高气扬走路、说话打官腔、阳奉阴违、自以为是的公职人员,还是乡下人的话语才像奶汁般纯真,比肉汤还有味道。听了这些话,哑巴都想说话,何况是苏尔泰巴特尔呢。

"朝克哥虽然是威名远扬的摔跤手,但你想喝我嫂子的肉汤不那么容易吧?"苏尔泰巴特尔逗趣道。

"你看怎么样,我说对了吧!"萨仁的微笑变成了讥笑。

"在人家的勺子下吃东西何其难也,我在这个家庭里端饭碗比登天还难!"朝克做出仰面摔倒的动作。

茶好了。

"你像个请来的佛像般坐着不动,赶紧把那个……"萨仁向朝克使眼色。

"我现在被人家使来唤去地很是悲哀……"朝克表面上装出很不情愿的样子,行动却非常敏捷,他从包里掏出带来的奶食品,放在了桌子上。

萨仁和朝克的言谈举止,给了苏尔泰巴特尔一个信号:我嫂子找到生活的伴侣了!

这时,萨仁去厨房切奶食品,新赛罕盛奶茶,厨房里响起了菜刀和案板的响声。不一会儿,萨仁把切好的新鲜奶豆腐放在盘子里端了进来。奶豆腐的味道盖住了奶茶的香气。为了给弟弟弟妹吃点新鲜奶食品,萨仁一大早晨起来赶制了这个奶豆腐。味道鲜美的奶豆腐让人垂涎欲滴。

"很长时间没喝着嫂子做的奶茶,非常想喝。不管事情怎么样,先搁点奶豆腐好好喝一顿。"新赛罕边叹息边把嘴唇凑到碗边儿上。

"能有什么事呢？该吃吃该喝喝，一切都会好起来的！"朝克端起茶碗呼噜呼噜地喝起来。

"依朝克哥的说法，世上的事就像喝奶茶一样容易！"苏尔泰巴特尔嘿嘿笑。

这时，响起了敲门声。

屋里的人支棱着耳朵瞪眼朝门口望去。新赛罕坐不住了，脸色铁青道："来了……"

"什么来了？"萨仁的心剧烈地跳动起来。

"来就来吧，我做的事跟你们无关，别害怕！"苏尔泰巴特尔站起来去开门。

门口来了几位法院的人。他们进屋后仔细观察了屋里的东西。一个大盖帽从手提包里拿出一份带公章的文件庄严地宣读起来。这份文件里通报了没收这间非法所得楼房的意见，严正命令这间房子的主人在几日几时之前必须搬出去，指出这是最后的通牒。大盖帽最后问苏尔泰巴特尔："听清楚了吗？"苏尔泰巴特尔过去也是干这个的，对这种行当相当熟练，当然明白"听清楚了吗？"这句话的严肃内涵，他老老实实地回答说："听清楚了！"

几位回身要走。那位宣读文件的人过去是苏尔泰巴特尔的部下，每天像他的尾巴一样跟随过他。苏尔泰巴特尔一看公务执行完了，让他坐下来喝点茶。那位轻蔑地看了他一眼摆了摆手。新赛罕本来为失去住房无家可归而烦恼，见此人如此无情，更是怒火中烧："哟，你以前像恋家的狗一样总来我们家，原来是这种反复无常的人！"

"反复无常的人不是我，是占贪国家钱财的那个变质的人！我是执行公务，知道不？"大盖帽瞪眼珠子道。

"瞎扯淡吧，你以为自己的屁股那么干净吗？你敢保证没吃过肉也没喝过汤？"新赛罕借机揭老底。

"你有什么证据吗？这样侮辱国家公务人员，我要告你们！"大盖帽严正声明。

"告吧，苍天没瞎眼吧，当官儿的有几个没吃没喝？你们也就整我们这样没靠山没背景的人罢了，还有什么能耐？那些吃得撑破了肚子拉屎都冒油的人，你能撼动他们的汗毛吗？你们这些东西！"新赛罕声嘶力竭道。

大盖帽实在承受不住一个女人当着他的面如此大喊大叫，支支吾吾了一会儿，拿出执法人员的忍耐劲头说："你跟我大喊大叫有啥用，你家的房子也不是我没收的，有能力你往上去喊叫！"说完摔门出去了。新赛罕骂红了眼，他们走了以后依旧不停地跺脚大骂。见妻子如此发怒，苏尔泰巴特尔心软了，她这样大喊大叫不都是为了他吗？到底是结发夫妻。但是，别说你只是一个倒霉蛋的妻子，这是国法，你能怎么样！谁被抓谁倒霉，没被抓住的依然趾高气扬，世道就是这样，知道吗傻瓜……他有点心疼妻子了。屋里一片寂静。

"茶都凉了，我把它热一下。"萨仁端起了茶锅。

"好好，喝茶是最大的收益。他们想没收的给他就完事，这有啥了不起的！"朝克乐观依旧，仿佛这个家里从来没发生过任何事情。

"不识祖先留下的财富，上帝也要惩罚。这话体现在我身上了！"苏尔泰巴特尔长长叹了一口气。

"房子都没了，这下好了。"新赛罕气得直喘粗气。

"我弟弟虽然在外面摔了跟头，但在家里没摔跟头吧？"萨仁抿嘴笑。

43

图门丹巴日拉与太阳一起出发，快到晌午时逼近了西日嘎湖。关于西日嘎湖有很多传说，其中最令人惊奇的是在冬天里西日嘎湖能把冰凌甩出几里地以外。冰凌带着湖泊里的垃圾飞出去，清洁了湖泊的水。这是真实的事情，给人一种启迪：湖水都懂得洁身自好，大有与人一比高低的意味。

在初夏的热风中，紫红大马把几个夏营地甩在身后，颈下和腹股沟里都浸出了汗水，但仍不停步低头往前挺进。年老的主人有些承受不住马的颠簸，想下马歇歇脚，但最终还是决定到湖边跟马一起彻底放松一下。他调换着坐姿，忍受着紫红大马的剧烈颠簸咬牙前行。

今天他有一件事必须去见宝音。他们家跟宝音家隔着一个苏木，冬天里骑马走一天的路程才能到达。出发前儿子提醒他说骑摩托车快还省事。老头儿却说："我再老还没到承受不住马颠簸的地步。"说完不服气地扭过脸去。"你这个歪把子斧头脾气该改一改了，自己老了听听孩子的话有什么不好。你当自己多么年轻，都成驾不起辕的老牛了……"老伴儿的唠叨更激起了老头儿的倔脾气。"你唠叨我就不骑马了？你做梦去吧！"他把老伴儿的话全当耳旁风了。现在他回想起来自己果真有点不自量力了。图门丹巴日拉也是个"天老大地老二我老三"的人。他认为，自己这把老骨头骑着马去，比烧汽油去更受宝音他们家人的尊重，现在他仍然觉得自己的初衷是正确的。

带着芒硝的蓝藻散发出腥味，呛得鼻子发酸。他来到西日嘎湖边时愣住了。眼前的情景令他难以置信，这就是西日嘎湖？他的眼睛跳到了额头上。西日嘎湖怎么干涸成这个样子？原先骑马沿着湖边跑一圈需要大半天，眼下湖中央只有一汪牛眼大的湖水，湖底里结块的碱土白亮亮发着刺眼的光。他原本想迎着湖面上吹来的凉风痛痛快快地喘口气，人马舒坦地歇一会儿。现在这个想法彻底地被眼前的惨相毁灭了。

传说，西日嘎湖从地底下与母亲湖相连，湖水中有神秘的水牛……此刻，这些传说刹那间从图门丹巴日拉大脑中消失得无影无踪。他已经看惯了湖水拍岸的壮观景观，看着眼前牛眼大的一汪湖水觉得太微不足道。"世上没有嫌弃水的水鸟"，这话真有道理。水鸟们嬉戏于牛眼大的水面上，它们似乎满足于这汪水面能浮起它们巴掌大的身体，不断扎进水底又浮出来很是快活。它们看见图门丹巴日拉勒住缰绳要下马，纷纷拍打着水面啾啾鸣叫着飞走了。它们的鸣叫仿佛在喊："毁灭一切的人类来了，快逃！"鸟类都见不得人影了，还有什么可说的呢！图门丹巴日拉这样想着，从马镫里费力地拔出脚下了马。他盘腿坐到寸草不长的碱土地上，亲身体会到了寸草不长有寸草不长的好处，最起码没有蚊子、苍蝇。湖水虽然离他还远，但水面上的阵阵湿润的凉风吹来，让他感到些许的舒服。他的好心情与快要干涸的湖水一样低落了一大半。

几头牛奔这片光秃秃的地方没命地跑来。它们是被牛虻叮得无处躲避才拼命跑这里来的。一头三岁的母牛好像发情了，另一头两岁的牤牛闻闻它的外阴皱起了鼻子。图门丹巴日拉看着这几头当地笨牛感到很亲切。他没想到这个地方竟然还有跟他一样喜欢当地笨牛笨羊的人！这些牛也怪可怜的，牛虻要在它们的皮底下繁育后代，它们当然拼命地逃跑了。图门丹巴日拉觉得它们的生活跟他一样也有太多的不幸。他像可怜自己一样可怜它们。一种疼爱牛羊的慈悲心诱导着他站起来去观赏它们。牛群却因为他的突然站起而吓跑了。唉，老东西了，牲口都吓跑了，真的要成精了我。他这样贬斥着自己。这时，身后响起了汽车的轰鸣声。他转过身去，一辆灰色小车从他身边疾驰而过，去追赶那几头牛。这是怎么回事？他奇怪。只见小车追赶着要把那头二岁牤牛从牛群中分离出来。图门丹巴日拉大致明白了他们要干什么。从饲草中汲取营养的牛，怎么能跑得过喝着汽油的汽车呢，那头二岁牤牛终于口吐白沫停了下来。从小车上下来几个人，没头没脑地把小牤牛按倒在地。图门丹巴日拉的猜测被证实，不禁骂道："简直是一群豺狼！"那几个人活像抢食的狼，在小牤牛身上忙活了一阵便走开了。小牤牛把传宗接代的"宝囊"丢了，挣扎着站起来，跟在另几头同伴后面痛苦地蹒跚而去。图门丹巴日拉感到浑身揪着疼，心想这些人还算是人吗？恰巧那几个人来到了他跟前。图门丹巴日拉想告诫他们："这大热天的劁牛，不怕生蛆虫吗？你们……"话还没说出口，其中的一个人便粗声大气地问："这些牛是谁的？"

图门丹巴日拉的阴险劲儿上来了，蛮横地说："不管是谁的都在自己的草场上，跟你们有啥关系？"

接着，互不相识的几个人的对话像说相声一样开始了。

"罚款，知道不！"

"为什么？"

"偷着留了这样的种公牛！"

"不是偷着留的，是按自然规律留下的吧！"

"你那个说法行不通！"

"为什么？"

"留着这种经济效益不好的牛有啥用，糟蹋草场！"

"这是谁的说法？"

"上级的说法！"

"你那个上级是什么上级，国务院还是当地政府？"

"你管那些干啥，快拿出罚金！还有劁牛的工钱。"

"政府都取消了牧业税，你们还说劁牛的工钱，简直是狗叫！"

"我们没时间跟你学狗叫，好多事要处理。你咋这么无聊？赶快！"

"哦，我无聊了，那无聊的事我没必要给你们钱！"

"老头儿你没事吧！这是上级的规定，能不执行吗？磨蹭什么！你以为你不给钱我们就没办法了？"

"不是，你们总说上级上级的，那个上级是哪个上级？你们像狼一样血淋淋地在草场上劁牲口……"

"老头你注意点，你这是谩骂上级。"

"我这不是骂，假设你们那个上级真让你们这么做了，那么我这个谩骂对他们是祝福！"

"懂法不，骂人应该怎么处理？"

"懂，懂，不懂的是咱们国家的法律里面哪一条是允许你们对老百姓的牲口随便动手。你们是懂法律的人，给我好好讲讲吧！"

"谁随便动手了？"

"你们！"

"我们？"

"对！"

"我们是执行上级的指示，你有意见找上级去说，跟我们没关系！跟我们有关系的是骟掉那些破烂牤子的卵蛋。别说废话了，赶快把罚金交出来！"

"什么时候谁下的指示？"

"现在，上边的，你想怎么样？"

"不是，我能怎么样呢！老百姓有点接受不了。"

"接受不了能怎么样，接受也得接受，不接受也得接受！"

“我没有义务接受！”

“你怎么是个不讲道理的人呢？”

“就你们是讲道理的人！”

“那你是什么人？”

“牧民。”

“牧民有啥了不起，你牧民就有功劳了？”

“没啥了不起，也就放牧而已，给谁讲功劳，都是守本分的人。”

“你放牧就规矩点放牧！”

“放牧还有什么规矩不规矩的？”

“有，放这种牛羊，你一辈子有头绪吗！”

“管他有没有头绪，祖祖辈辈放过来的牛羊……”

“可是，你那个祖祖辈辈干的事现在不行了！”

“为什么呢？”

“为什么？形势不允许。”

“什么形势？”

“把拳头大的牛羊满山遍野放的时代已经过去了！”

“那么，现在的时代放什么样的牛羊行呢？”

“现在是饲养经济效益好的牛羊的时代。”

“啥样的牛羊是像你们所说的经济效益好呢？”

“个头大的牛羊！”

“大的？”

“对！”

“个头大的有骆驼，那就养骆驼吧！”

“养骆驼也行。”

“现在骆驼已经成了保护动物，不能吃它的肉。光饲养它的话没
有肉食可吃了，哪怕饲养山羊也可以吧！”

"山羊是最大的敌人，它们把草原全祸害了。"

"山羊还有那么大罪状了？"

"那可不，饲养山羊是个犯罪行为，对后人犯下了滔天罪行，懂不？"

"这么严重了？我才知道。这么说，世界上再也没有比山羊更可怕的动物了。那么，对饲养山羊的人怎么办？"

"懂了就行了，还问那么多干啥！"

"那就养绵羊怎么样？"

"绵羊也比山羊好不到哪去！"

"那就彻底完了！现在究竟饲养什么好呢？"

"牛！"

"牛？"

"就是嘛，养牛！"

"请问一下，你们刚才骗的不是牛吗？"

"那不是牛。我们说的是那种大个的红白花，乳房奄拉地的黑白花牛！"

"难道那种牛不踩踏草场不吃草吗？"

"吃。可是几头牛能吃多少。"

"哦，你们的意思是让我们拿几头牛维持生活？"

"几头也是经济效益，比你们那些满地跑的本地牛收入高得多，知道了吧？"

"那几头牛的成本对别人是几头，对我们来说就不是几头的事了，超过了我们的承受力！"

"这叫高投入高效益！"

"你们说这个高那个低的，最后把吃草的牛变成吃人的牛。我们到哪年哪月才能把那些牛饲养出来获得经济效益？这简直跟狐狸等待牤牛睾丸掉下来是一个结果！"

"不会经营牧业就进城去嘛！"

"祖上的福分没在城里，要想增加城里的新乞丐，那就只能去了！"

"你这个老头儿怎么不懂道理呢！赶快交钱，我们忙得很，没有跟你闲唠嗑的时间！"

"不就是割牛卵蛋吗，忙什么……"

"你说什么？嫌罚少了吧，想让我们追加罚款吗？"

"如果还没割够牤牛卵蛋，你们就加去吧！"图门丹巴日拉说着站了起来。

他们中的一位说："这老头要逃跑，别让他逃掉了！"立刻有一个人挡住了图门丹巴日拉的去路。图门丹巴日拉真想拿缰绳抽他，但毕竟年龄大了控制住了脾气。

"赶路的人都不放过，你们是土匪？这也是国家政策？走，找你们所说的那个上级去！"一听图门丹巴日拉这话，那几位立时成了泄了气的皮球。"你是赶路的人？"他们面面相觑，终于像被敲击了犄角的牛——晃着脑袋走了。

"秃尾巴狗！"图门丹巴日拉禁不住发泄憋在胸口里的恶气狠狠地骂道。几位刚要钻进小车里，听见老头儿的骂声马上转过脸，用愤怒的目光扫射过来。

"老头儿你别给脸不要要屁股！"其中有一个瞪眼道。

"你们这些人就知道跟老百姓要东西。你们的脸皮跟屁股有什么区别！"

"老头儿你收敛点！敢骂公务人员……"

"你们这是给国家丢脸！你们这些家伙给百姓带来了多少灾难，还自以为是公务人员，太不知耻！"图门丹巴日拉用马鞭子指着他们说。他那样子大有"你们动手我就拿马鞭子抽死你们"的架势。那几个人无可奈何，一个劝道："跟这个破老头纠缠有啥意思，还不如上别的地方去！"说着向另几位挥了挥手。

小车扬起湖底的干涩碱土，后面拖着未燃尽的汽油烟开走了。图门丹巴日拉被硝尘呛了一口。他离开西日嘎湖时身心都很沉重，或许多余惹事生气的吧！跟那些毫不相识的人发生口角有什么意思？他一时找不出答案，默默地往前走着。他责备自己，跟公家的人发生争吵好比蜀犬吠日——少见多怪！然而，刚才那些人的蛮横表现再次出现在脑海里时，他又觉得自己做得对。他这样反复地思考了一阵子，内心很难平静。"现在的事情怎么都这样奇怪！"这种看法在他心中升腾。究竟奇怪在哪里，他也说不出来，胸闷得难受，除了生闷气没别的办法。紫红马的颠簸摔打着他的老骨头，草原上的微风偶尔吹进他的怀里。小小野鸟在天空中振翅飞翔。间或响起蝈蝈的鸣叫，在他枯草般的思绪上更添一份痛苦。

紫红马剪起耳朵低头向前奔跑，图门丹巴日拉手持藤条鞭坐在马背上继续赶路，到中午时分抵近了一个开阔的平川。平川里遍布着抽油机，犹如啄木鸟般啄着大地。到"老人川"了！他知道自己已经甩掉了一半路程。一想起到达今天的目的地时间不会太晚，他的心中就豁然开朗。经过"老人川"时，他不由想起了一个很早以前的传说。

据说，伪满洲国刚刚成立、各个旗间的边界刚划定的那个时候，他们家族从遥远的杭爱山那边来到这个地方。这个地方地处几个旗之间。那时候蒙古族地区的搬迁范围就像做奶豆腐的模子一样定格，所以外地人被驱赶的事情经常发生。他们家族的老者很狡猾，一到春夏季节大家都聚集在这里一起诵经。他们早晨来的时候每人带点别人遗弃的东西当柴火用，到晚上才回去。就这样也免不了各个旗的差役轮番过来驱赶他们。老者们说："我们是佛教圣徒，你们驱赶我们是不对的！"他们坚持不走，对方也奈何不了他们。那时候，人们认为佛教的力量能战胜一切，所以这话很有威力，怕驱赶诵经的人会受到佛爷的惩罚，结果老者们取得了胜利。从那以后，人们把这个平川命名为"老人川"。他们家族的人就这样在这个水草丰美的地方立住了脚跟。那时候的土地政策非常严苛，谁要掘开一块草皮埋掉一只旱獭，都要受到狠狠的处罚。

旧时代已经过去了。每个时代都有自己走过的痕迹，歪的还是直的自己说了不算，只能让历史做证。"用屁股算卦的人"多了不是什么好事。

忽然，他听见载重车震颤大地的轰鸣和它发出的杀羊般的鸣笛声，才发现自己挡道了，急忙拽着缰绳躲到了路边。一辆十几轮的大卡车拉着大油桶轰轰隆隆摇摇晃晃地从他身边开了过去，扬起的灰尘瞬间吞噬了他和他的马。紫红马喷着鼻子抖抖身，差点把图门丹巴日拉从鞍子上抖落下去。野风不停地吹拂，不一会儿就把扬起的灰尘吹得干干净净。

老人川里不停地"磕头"的抽油机犹如戈壁里暑天的骆驼般分散开来，在升腾的地气中飘起降落。他的耳边回响着一句听来的话："地下油都是用地表水挤出来的！"作为万物之母的地球，在内部是血脉相连，下面的油脉空了必须用水来塞满。他这么一琢磨，仿佛找到了西日嘎湖水的去向，原来地表水跑到地下去了。他恍惚看到了天地在殒命。从前是依赖草的力量移动的世界，如今借助油的力量滚动了。真是没办法。他的眼前浮现出家里的那几辆机动车。"不用油行吗？"他拷问过自己。"不行！"这句话仿佛赛场上的快马一样来到他的嘴边。他望了望苍天，苍天没有告诉他。紫红马本能地喷鼻清理着鼻孔里的尘埃，仿佛在回应他一样。

图门丹巴日拉马不停蹄地往前赶路，终于隐约听见了要去的那个地方的狗叫声。他策马走上了一个山岗，眼前是一大片四棱八翘的风力发电装置。紫红马停住脚步，将一路上加工出来的体液从肚子下面的管子里放了出来。图门丹巴日拉和着它喘气的节奏，拿藤条鞭子有节奏地敲打着马镫子。

叫"诺彦席勒"的这个地方水位很低，除了冬季里的积雪以外没有其他湿润的东西。或许是这个缘故吧，这里没有村落和人烟。图门丹巴日拉做着各种猜测。马尿在干土里滋进去四指深，尿臊味和干土味混杂在一起刺鼻难闻。

据说一般大卡车拉不动这种风力发电机的一片风叶。这种风叶转一圈就能挣好几块钱。立一个风力发电机需要投入上千万人民币。听说这种风力发电机刮起的风能吹跑云彩，它发出的磁场对人体健康很不利。它发出的电只有内地人得到了实惠……种种传说使图门丹巴日拉产生了想去看看的念想。他奔最近的一个风力发电机去了。看似不远，走起来却不近。为了一个与己无关的事情耽误时间，他有些后悔。但既然已经拐过来了，他还是坚持走到了跟前。

他到近处一看，不禁大惊，原来这是个隆隆呼啸的周长有蒙古包地基大的庞然大物！他举目远眺，远处抽油机星罗棋布，每台机器都占据着能容纳千只羊的地方，周围光秃秃寸草不长。每个抽油机之间的土路像蜘蛛网一样交织在一起。超乎他想象的风力发电机比他羊圈里的羊群还多，像展翅的大雁一样在诺彦席勒岗上排成行。以前的耳闻和现在的目睹在图门丹巴日拉脑海里形成对比，他禁不住摇头惊叹："国家咋这么有钱呢！"哪怕把这么大投入的点滴拿出来给我们也好啊！他不知道自己这是感慨还是期盼。在庞大的风力发电机旁边，他就像一个小虱子。他在这种巨大反差面前才明白了什么叫大什么叫小的概念。"算了吧！"他对自己的看法并不满意，重新骑上马继续赶路。

他在马背上颠簸时又琢磨，这些东西对我们到底有啥用？琢磨来琢磨去得出一个连自己都不太满意的结论：没有用的东西放我们这里干啥！看不懂人家做的东西还说什么？他不再思考这些了，只顾赶路。

一团乌云从巴彦查干敖包那边升腾，转眼间从他头顶上压了下来。图门丹巴日拉急忙下马，把系在马鞍子后面的雨衣解下来穿在身上，又重新骑上了马。他举起藤条鞭子虚晃几下，紫红马仿佛害怕鞭子落在它身上，蹬开四蹄加快了速度。冷热空气对流加快了风速。风吹乱了马鬃，吹鼓了图门丹巴日拉的雨衣。炮声隆隆打散了乌云，满地尘土飞扬。图门丹巴日拉自言自语道："雨还没下，却下起了沙尘暴！"风暴仿佛不让万物听到他的话音，话一出口就被吹散了，连他自己都没听见。

风从身后猛吹，马尾巴在马的两条后腿之间甩动。孤驼泪大的雨点噼里啪啦地打在图门丹巴日拉的耳朵上。不知是雷声还是炮声，远处轰隆隆的声音不断。图门丹巴日拉下了马，想把马鞍子裹起来。雨点被风抽打下来，砸在他的手背上。他把马鞍子上的四条皮梢绳和两个马镫团到一起，用鞍鞯盖住，拿鞍桥上的细皮绳仔细捆好。刚做完这些，老天就下起了瓢泼大雨。雨点带着冰雹打得草尖都低下了头。雷电划破天空，仿佛能炸塌河床般炸响。葡萄干大的冰雹打得他无法伸出手。这是久旱后的一场阵雨，一会儿就会停下来。图门丹巴日拉这样预计着，俨然一尊水雕般立在那里。果然，过了熬一锅奶茶的工夫天边放晴了。雨水来不及渗透到干皮般的地底下，沿着草根潺潺流淌。长着镊子嘴的紫红色虫子满地爬行，发出沙沙的啃咬声。只要是干旱年，这东西遍地都是，简直是凶恶的象征，令图门丹巴日拉很是讨厌。这个叫"天虫"的虫子铺天盖地而来，晃动着细细的触角满地跑。它们似乎在图门丹巴日拉脑海里说："借你们的吉言我们繁育成这么多了！"图门丹巴日拉仿佛被打了一个嘴巴子，无话可说了。

44

"雨要停了……"卓拉边叨咕边去打开门。阵雨马上要过去了，稀疏的雨点在夕阳的照耀下变成亮晶晶的雨丝。拴马桩那边挂上了七色彩虹。卓拉解开蒙古包顶上的绳索，来到蒙古包的西面。蜷曲在东南面的四眼红花狗一跃而起，吼叫着朝拴马桩方向奔去。

"来人了！"卓拉朝屋里喊了一声。宝音知道老伴儿是让他出来看住狗的意思，他佝偻着腰走出来，把手搭在额头上往拴马桩方向瞭望。那边来了一个骑着马的人。四眼狗冲了过去。骑马人毫不在乎狗的狂吠，从容地下了马。宝音一边呵斥狗一边走过去，一边奇怪：这人不怕狗？换个人的话早就"狗咬人了，狗吃人了"地叫嚷起来。那人下马的时候，四眼狗几次扑过去差点咬住他蒙古袍的大襟，他只呵斥一声，连头也不回。他把缰绳套在拴马桩上，不长不短系了一个活口结。宝音把这一切看得真切。高个子紫红马留着曲圆形的马鬃，马嚼子上戴着铜镜，元宝形的马鞍子，绿色三合油鞍鞯……古色古香的马上装饰使宝音惊奇不已，这一带有这种马上装饰的人除了我还有谁呢？宝音绞尽脑汁想。来宾轻声打了个招呼，朝蒙古包走来。四眼狗仿佛意识到自己白忙乎了，摇着尾巴走了。

"您好！"宝音问安。

"好好，你们都好吗？"来人回敬问候。宝音这才认出图门丹巴日拉来。

"来稀客了，请！"宝音伸手示意。两人在湿草地上唰啦唰啦走过来。到了门口，图门丹巴日拉在草甸子上蹭了蹭鞋底，迈过了门槛。宝音的老伴儿看着这个声音洪亮头部几乎要碰到房盖的高个子老汉很是纳闷，这是哪位呢？

"请往里边坐！"宝音往首席上让座，图门丹巴日拉却在炉子的右边盘腿坐下了。宝音跟图门丹巴日拉见面的次数比自己的岁数还多，两人情投意合关系非常要好，有老感情在，所以说话也直率。

"你这是从哪儿到哪儿？"宝音兴趣盎然地问。

"直奔你家来的！"图门丹巴日拉直言不讳。

"'有缘之人送甘露'说的是你吗？"宝音说完恭候对方的回答。

"喝你家的茶，干我自己家的活。我是为自己而来！"图门丹巴日拉说。宝音的老伴儿端茶过来，听了这话碗里的茶溅了一下，心里想这人是否还在醉酒状态。

"喂喂，你说的什么呀？"宝音愣了一下，忽然意识到他说的是萨仁。图门丹巴日拉见宝音的老伴儿脑子转不过弯儿来，便对她说："坐下慢慢说吧！"他贪婪地喝了一口奶茶，觉得这茶又解渴又解乏。宝音的老伴儿仿佛看见了长角的兔子般奇怪地盯着图门丹巴日拉。宝音仄歪着坐在单腿上，在宝音的老伴儿的耳朵里小声说："儿媳妇……"

"啊！"宝音的老伴儿一拍大腿。

"这大概是两个孩子情投意合的缘分吧！"图门丹巴日拉从怀里掏出五尺长的蓝色哈达敬献给宝音。宝音瞅瞅坐在炉子东侧的老伴儿。

"稍等等，您的哪个儿子？"宝音的老伴儿凑上前问。

"就是那个摔跤的！"宝音抢在图门丹巴日拉前面说。

"也是跟我们那个没了的儿子一样，只顾摔跤不顾家的孩子……"宝音老伴儿往后一坐摇了摇头。

"摔跤手嘛，也没办法！"宝音向老伴儿使了个眼色，意思是先把哈达接了，其他事以后再说。趁宝音接过哈达时，宝音的老伴儿提醒说："我们接是接，媳妇还有娘家呢！"

"别担心，老图能含糊吗？哪能一下子都办了！"宝音把哈达放到供佛的桌子上。

话已明了了，开始细商量具体事情。宝音的老伴儿觉得毕竟男孩儿的父亲亲自来了，必须把话说清楚。她严正提醒以后谁也不许提及萨仁曾结过婚的事，并保证将像对待自己女儿出嫁一样对待萨仁的这门婚事，甚至把配送的牲畜数额都说了出来。随着宝音老伴儿的"严正声明"，关于这门婚事的有关事情基本明确了。宝音趁老伴儿跟图门丹巴日拉交涉之际出去安排了一下。不一会儿，一个非常年轻的妇女端着一盘新煮的手把肉进来。宝音的老伴儿转身从左侧的柜子里取出半坛子酒。年轻妇女把奶酒倒进龙纹瓷碗里，双手敬图门丹巴日拉。图门丹巴日拉欠起身接过酒碗，用无名指蘸酒朝天空抛洒三下说：

预祝两个孩子

姻缘成真

早日成亲

愿我们两家

从此结为亲戚

血脉相连

在这喜庆的时刻

献上象征永恒的蓝色哈达

祝你们二位

　　福禄长久

　　万代幸福！

　　图门丹巴日拉展开手掌做了敬献的手势。

　　"好，借你的吉言！"宝音回敬了手势。图门丹巴日拉抿一口酒，夸奖说："干旱年的奶酒有劲！"

　　"我老伴儿老了，挤奶酿酒的事做不好了。可是我们这个儿媳妇能干，擅长制作奶食品和酿造奶酒！"宝音端起了自豪的架势。

　　"你们家门风好，媳妇个个优秀！"图门丹巴日拉借机夸奖了一下萨仁。

　　"家门总碰上好运……"宝音显摆道。宝音的小儿媳一直站在碗橱子旁边，见他们碗里的酒只剩一点儿，马上上前斟酒。宝音接过酒碗，盘腿而坐，朗诵道：

　　像盛开的水莲

　　无限美景在眼前

　　在这幸福美满的世界里

　　在这永恒蓝色的宇宙里

　　开辟蒙古帝国的

　　长生天的化身博格达成吉思汗

　　与孛儿帖皇后成亲之时

　　为国效忠的众臣之中

　　只有博儿弃、木华黎二位亲手系结

　　吉祥九结解开之际

　　象征着永盛不衰的香火之上

滴上醇香的酒，祝颂吉祥的祝福

从而在蒙古婚事上

盛兴了喜庆的祝颂

依据这一古老的传统

为这吉祥的婚姻

贵人不远千里来牵线

在为您接风洗尘之际

敬一杯上等马奶酿成的

圣水般清澈的酒

银碗里斟满了祝福

愿孩子们喜事如愿

从此结下美好的姻缘！

　　这时，传来蒙古包上靠放套马杆的声音，以及踩踏湿地的沉重的脚步声。不一会儿，一个年轻人走进了蒙古包，他身材魁梧，身影塞满了蒙古包的门。这是宝音留在家里的小儿子。

　　"后甸子里下来山洪差点把羊群……"年轻人进来就说，看见有外人，伸了一下舌头。宝音对儿子见到老者不问候的行径很不高兴。年轻人这才不好意思地问候道："阿爸您好？"图门丹巴日拉也没把他当孩子，回敬了问候。

　　"不知道怎么回事，现在的孩子都成熟太晚！"宝音歉意地说道。

　　"人的寿命长了不是嘛！"图门丹巴日拉给出了答案。

　　年轻人给两位老人斟满了酒。图门丹巴日拉唱道："斟满酒，让我们共同干一杯……"宝音也沙哑着嗓子跟着唱起来。宝音的儿子儿媳站在橱柜前也唱了一首祝酒歌。

　　宝音的儿子儿媳连敬三杯酒唱了三首歌，这才出去干活儿去了。

三个老人喝热乎了，打开了话匣子。

"大儿子出事以后，儿媳妇想在街里落脚，差点成了要饭的。看来缘分不在城里，还是在乡下。"宝音的老伴儿眼角湿润了。

"都是我那个没出息的儿子干的荒唐事！"宝音生气地扭过脸去。

"我们那个儿子做的歪门邪道已经轰动了全旗，你一定听说了吧。"宝音的老伴儿叹息。

"唉，说什么好呢！只能说是被社会风气拐的，你们俩别太忧虑了！"图门丹巴日拉安慰说。

"自己的东西不够了？收那些外财。咋不知羞耻呢！真不懂。"宝音愤恨，喝下去一杯苦酒。

"想要跟那些'有福之人'平起平坐吧，不是因为亲家你教育的不好。"图门丹巴日拉陪着抿了一口。

"我这个人总想趁着国家形势好让他多干点，不想拉孩子们的后腿。我总觉得男孩跟着家人生活不如靠国家干事业。这想法现在成泡影了。我这是好高骛远反而落空了。我让他回来放几头牛就对了！"宝音这样说着，用请教的眼神盯着图门丹巴日拉问，"是不是这样？"

"我只有一个儿子，所以死死把住不放。如果像您这样有好几个儿子，我也想让其中一个吃公家饭。您儿子走错了一步，这也不是长辈教育不好造成的。您为这个儿子没少付出。如果人们的想法能按您的意志去转移，那就好说了。当今行贿受贿的人多了，他们都是同样当官的人，见人家升官发财有几个能坚守住的？他可能以为别人干了我为什么不行，这样才……"图门丹巴日拉尽量劝慰着宝音。

"我们家不知降生了一个什么星，大家都认准他学习好大学毕业掌握了文化知识，现在却这样给大家丢脸让人骂祖先。唉！"宝音难过地摇头。

"这孩子没少学文化。难的是丢弃自己的东西按别人的规矩生活！"图门丹巴日拉在座位上摇摆着说。

宝音的老伴儿很激动："今天终于有人说了我想说的话。我一直认为，咱们的孩子少学点那些文化就好了！"说着眼睛定定地看着宝音，仿佛一辈子没从宝音身上得到的理今天终于得到了。

"自己的东西都占有不了，别想占有别人的东西！"图门丹巴日拉多少有点醉了，要聪明道。

"把我们当明白人看的人不多！"这种话宝音平常用铁棍子撬他嘴都不会说的。

"好在国家的方向盘没歪，否则不把我们当回事的人真不缺！"图门丹巴日拉费力地喝下了杯里的酒。

"国家采取的办法措施都不赖。牧业税取消了，草牧场补贴也不少，学生上学不收学费。过去啥也不给，还要收税收费。现在啥都给还不行了！"宝音双手摊开放在腿上。

"要说国家政策，我们国家经历了两千多年的封建社会。这个农牧业税就是从那时候开始征收的，现在才停止！"图门丹巴日拉说。

"农牧业税经过了多少个朝代，到此为止了，表明国家强盛了！"宝音摆出比图门丹巴日拉见多识广的样子。

"要说的话，话就长了。可是，有人说这些都是因为生态被破坏的缘故！"图门丹巴日拉给了宝音同样的表情。

"这是人说的话吗？那是在赖我们这些拖着套马杆挥舞羊鞭子的人呢！"图门丹巴日拉生闷气。

"您在路上看见西日嘎湖了吧？一声巨响，几天工夫湖底就漏了。"宝音使劲睁大细眯眼说。

"真是奇怪！"图门丹巴日拉瞅着宝音的嘴。

"据说那些水全流入了油田的石油开采洞里。"宝音说。

"榨干了油，抽干了水，就这样养活了草原！"图门丹巴日拉换腿坐着说。

"你们俩真是的，把孩子的事扔在一边，满世界溜达啥！把你们的话匣子收起来早点休息吧，明天亲家还要赶路，亲家母等着呢！"宝音的老伴儿勒住了他们话题的缰绳。

"但愿孩子们的婚事一切顺利！"图门丹巴日拉这样祝福着准备休息。

"一切顺利就好！"宝音和老伴儿也应和着躺下了。

晚风带着羊群的膻味轻轻吹进蒙古包里，宛如一首摇篮曲催促着人们进入梦境。一辈子放牧为生的三位老人，约定了孩子们的婚事，安详地睡着了。

不知睡了多长时间，图门丹巴日拉被一阵隆隆的炮声惊醒，屋顶上有雨丝落下来的沙沙声。一股尿憋得不行，他出去解手。

黎明前的天空涌动着片片黑云。仿佛老天也害怕人类一样，赶在人们起床前酝酿着一场雨。打云彩的大炮朝天空放着臭屁。羊群趴在那里倒嚼着，偶尔清理鼻子打一两个喷嚏。脚下的湿地上蹦跳出几只青蛙。奶牛们听到有人出来的动静，哞哞地呼唤着牛犊。发情的公牛发出沙哑的吼声。青草的嫩芽见到雨露本能地拱破地皮，散发出阵阵清香。在雨露的湿气和草芽的清香中，图门丹巴日拉那被白酒烧昏的头脑渐渐苏醒过来了。

"听见炮声了吧？"图门丹巴日拉刚回屋，宝音就这样发问。

"这炮声好像打仗一样，一时半会儿停不下来！"图门丹巴日拉灰心丧气地说。

"就看话怎么说了，据说过去大鼻子在阿尔泰山那边没少试验核武器。在上风口爆炸那种罪恶的东西，空气当然要污染了。人类从来都不承认自己作的罪孽……"宝音俨然是个卧床的"智叟"。

45

天边飘荡着驼绒色的云彩。乌尔嘎图草原久旱无雨，人们不由企盼着祭敖包盛会。干热的夏风仿佛在躲避正午的阳光，从蒙古包的底部钻进来，吹在熬奶茶的锅上，变成湿润的茶香飘散在屋里。苏德将羊群归拢在一个小丘上回到家里喝茶。他寂寞地躺在床上很是无聊。

"耳鸣呢，你猜，是哪个耳朵？"正在熬奶茶的娜仁突然问。

"除了我谁会惦记你！"苏德虽然口头上这么说，心里却寻思总算有事可做了，他从蒙古包的窗户往外东张西望。果真，从后梁的小径上一个骑摩托车的人后面拖着一溜烟驶了过来。

"狗都不敢露头的大热天，像短尾巴牛似的奔突，这是谁呀？"苏德讥讽着来人，自己笑了。

"你这个人真是的，连过路人都不放过。你没事吧？"娜仁埋怨他胡闹。

"看那团成一团的样子好像是个女人。哪个疯疯癫癫的来了呢？"苏德说完笑成一团。

"你，你精神失常了吧！女人出门就疯疯癫癫了？"娜仁生气道。

苏德再次望过去，来人衣服的颜色清晰地展现在眼前。

"是萨仁吧？"苏德说。娜仁扔下手里的勺子，身体紧贴着苏德向外望去。

"哦，我可爱的白美人，想让老公白天整一下吗？"苏德像暑天的羊一样呼呼喘气，一手从娜仁衣服底下伸了进去。

"这人今天着魔了吧，难受吧啦的……"娜仁打他的手，却无济于事。苏德横身趴在她的腰臀上。大热天，一个大男人压在身上黏糊，娜仁又热又闷受不了了。

　　"干啥呢这是！闷死了。"娜仁喘不过气来。

　　"这叫横身打法！"苏德满心欢喜地动作着。

　　"疼！疼！你这人整死我了才满意吧！"娜仁把苏德推翻在地，她挣扎着起来，已经是头发蓬乱满脸绯红了。

　　"我妻子会尥蹶子了！"苏德软绵绵地躺在那里不甘心地拿话挑逗她。这时，外面传来狗叫声。娜仁一跃而出。

　　萨仁已经站在了门口。

　　"客人来了，你们连看狗的时间都没有，忙乎什么呢？"萨仁来不及熄灭摩托车，便开始开玩笑。

　　"一大早就耳鸣来着，原来是你要来！"娜仁高兴得双腿不着地了。两人高兴得忘了问候，好一阵才想起来，互相施礼后进了屋。

　　"你好！"萨仁刚迈进门槛，苏德就坐在上首友好地笑着问候。他那憋不住的模样，恐怕再说两句就扑哧一声笑出来。

　　"好好，你好！"萨仁反过来问候。

　　"今天是哪股风把你带到我们家了？"苏德满脸堆笑。

　　"南面的风一直在邀请，所以我就出来了。这风不知是你们俩哪位的！"萨仁边说边坐到了炉子的东侧。

　　"你去的那个地方都好吧？"娜仁开始拉话。

　　在娜仁倒茶的工夫，萨仁像是在自己家里一样不客气地转身去开橱柜，拿出碗筷放在了炉子后面的四方桌上。

　　"他家的东西别人很难找到。我不知道你家还有什么。"萨仁抿嘴笑。

　　"这坏蛋进城以后眼睛朝上了，一般小民家的东西不在她眼里！"

娜仁说。两个童年的伙伴互相开着玩笑。

"你那个铁塔呢?"苏德在萨仁的脸上寻找着什么。

"你这人胡说什么呢! 铁塔是啥呀?"萨仁有点忸怩。

苏德看她老实了,更起劲儿地调侃道:"你还不知道他什么!"

"你看,见到你,我老公的声音都响亮多了!"娜仁向萨仁眨眨眼。苏德立时没电了。他在座位上晃动了两下身体,张张嘴想说什么终究没说出来。

娜仁从碗橱上拿来奶食品放进盘子里摆在桌上,又给萨仁盛了拌有奶豆腐和黄油的奶茶。乌尔嘎图草原上像孤雁般兀立的这一家,今天的午茶有了特殊的味道。

跳了。

笑了。

哭了。

后来掐了,揪了。

这个午茶如此香甜。差点忘掉了的这种气氛又回来了,比午茶更有味道。

苏德放羊去了。娜仁和萨仁留下来拉私房话。虽然只剩两个人了,她们仍旧悄悄地说着话,中心议题是这里要增加一个新户。她们俩一直聊到晚间挤奶时分。

夕阳宛如表露真情的女人脸一样红光四射。急着喂犊的母牛匆匆从羊肠小路奔来,迫不及待地站到拴绳前哞哞呼唤。娜仁提起奶桶走了出去,萨仁紧随其后。以前她们是牛绳上一起忙活的近邻,现在两个姐妹又在一起哗哗挤奶,情绪的高涨自不必说,她们一边忙碌一边不住口地神聊着家常。

"我那个弟妹可是不会挤牛奶,她的手干这种活简直像木头。要给你添麻烦了!"萨仁说完叹息了一声。

"那有啥，蒙古人的后裔嘛，很快会找到窍门，你不必操这份心。这两个弟弟弟妹都是在城里长大的人，就怕他们看不起挤牛奶这类活儿！"娜仁辩证地说出了自己的意见。

"我的好姐妹儿，你不会把我说的话扔在野甸子上吧？"萨仁瞪圆了眼珠子问。

"丑话说在前头好，我的小妈！你可真成了我的小妈了！"娜仁假充明白人。

"你说得也对。我这是在求你。如果不是你是别人，我决不会把弟弟弟妹放到这里来！我会把他们接到自己身边的。"萨仁忧心忡忡。

"原来是这样，你的意思是不想跟你的铁塔过了？"娜仁开玩笑说。

"咳，你说到哪去了，我是说真话呢，怎么总说铁塔铁塔的，你除了铁塔没有别的话可说，可以回屋里待着去了！"萨仁动作生硬起来。

"这事好像有点赚头。干脆，我跟你的铁塔过，你跟我那个蔫巴过吧！"娜仁拿话逗她。萨仁这才意识到自己太认真了。她在心里琢磨，这死鬼的话越说越狠了。明知她在套我，我怎么能进她的圈套呢。

"夫妻要想过得和睦，还是原配的好，换就换吧。"萨仁出奇的平静。

"你这家伙在城里待了几天，怎么变得这么顽皮了呢！"娜仁放声大笑，把落在拴牛绳边上的鸟儿吓得纷纷飞走了。

太阳落山，天边飘荡着几朵浮云。整日被阳光烤炙的乌尔嘎图草原散发出湿润的气息。蚊子、小咬开始肆虐，奶牛被叮咬得无法安静。萨仁采些蒿草点燃，放烟幕驱赶，蚊子、小咬被熏得不敢靠近，只好围着棚圈和拴牛绳的边上黑压压地飞旋。这一切都显现着动物生存于自然界的本能。

46

原先，乌尔嘎图草原上兀立着孤雁般的一座蒙古包，今天却变成了一对，迎接着早晨的太阳。从左边的蒙古包里走出一个高挑个子的女人，一手拎着挤奶桶，另一手提着马扎，她随便穿着一条奶点斑驳的挤奶裙，飘逸着裙襟向拴牛绳上走去。以往，母牛看见主人就知道要挤奶，会迫不及待地哞哞叫。今天它们看见这位戴着口罩头上缠着纱巾的女人揉着惺忪的眼睛走过来，不仅不叫反而纷纷逃开了。这个女人便是新赛罕。

"这几天嫂子替你挤牛奶，妹妹你晚上学着挤一点就行了！"娜仁站在牛圈的另一侧说。

"反正早晚也得学会，我想早点学成！"新赛罕说。

"那你就把那头带月牙的牛犊放出来引奶来精吧！"娜仁说。

新赛罕不知道什么叫引奶来精，问了以后才明白是让牛犊吃奶的意思。她很有兴致地走到圈牛犊的棚圈门前，不知道那头带月牙的牛犊是什么意思，卡在了那里。

"带月牙的？"她等候娜仁的解释。

"对！"娜仁一边挤奶一边头也不抬地回答。

"什么叫带月牙的？"新赛罕问。

"脑门子上有白点的！"娜仁告诉她说。新赛罕仔细瞧了瞧抵到门口的牛犊说："你说的是脸上长白毛的吧。"她边说边把牛犊放了出来。这时，她又为找到它的母亲而犯愁了。庆幸的是母牛发出声音，牛犊循声找到了母亲。新赛罕见此情景感到新奇。她看着牛犊撅着尾巴吃奶，不禁笑了。

娜仁挤完奶一看，带月牙的牛犊嘴角上耷拉着半尺长白沫吃得正来劲，新赛罕站在旁边正若无其事地微笑着。

"喂，妹妹，奶快吃完了，赶快拽住它！"新赛罕听见娜仁的喊声，急忙过去拽住牛犊的尾巴。娜仁看着新赛罕的举动，强忍着笑，叹息一声，走过去抓住牛犊的脖套拉到桩子上拴住了。

"嫂子你不是说让它吃奶吗？"新赛罕像惹了祸的孩子，在薄纱后面瞪大了眼睛。娜仁看得真切。她注视着新赛罕的模样，新赛罕像个刷房子的妇女一样严丝合缝地包了头，隔着口罩说话，还提了马扎和桶子。娜仁忍不住说："哎呀妹妹，你拿凳子干吗？"轻声笑了一下，"来，你试着挤一下！"新赛罕刚要坐到母牛的左侧，娜仁就提醒她母牛要从右侧挤奶，母马要从左侧挤奶。新赛罕将奶桶碰得叮咣地坐到母牛的右侧，母牛一惊踢翻奶桶尥蹶子躲开了。新赛罕愣怔着坐在马扎上。娜仁把那头母牛的犄角上套住绳索拴在拴牛绳上嘟囔道："坏东西，还欺负生人呢。"又拿草绳绑住了它的两条后腿。

新赛罕拿起奶桶，拖着马扎坐在母牛肚子下，问娜仁："这四个鸡鸡，先拽哪个呢？"娜仁再也忍不住，笑了起来。

"傻妹妹，啥叫鸡鸡，啥叫拽？"娜仁告诉她那是奶头那叫挤牛奶，并给她做了示范。新赛罕模仿着娜仁的动作终于挤出了牛奶。娜仁瞅了半天新赛罕，相中了她的马扎。她觉得这比蹲着挤奶好受得多，城里人还是头脑灵活。从而她觉得戴口罩蒙纱巾也是有道理的，这比赤着头脸被蚊子叮咬，被太阳暴晒，吃灰尘强多了。母牛看习惯了也就不尥蹶子了。

挤奶的活在哄笑和一教一学中接近了尾声。这时，苏德牵着一匹枣红马来到拴马桩上。枣红马细细的肚子，像狍子般精灵。

"苏德哥起得这么早，这是去哪儿回来的？"新赛罕好奇地问。

"能去哪儿，昨晚跟马一起住野外了，这不才回来嘛！"娜仁说。

"什么？难道一宿没睡吗？那样干啥呀？"新赛罕大惊小怪道。

"不是这一宿，照这样做已经七天了。是为了参加那达慕赛马，给马空腹吊膘呢。"娜仁解释道。

新赛罕不敢相信自己的耳朵，解开纱巾支棱着耳朵听。

"不睡觉多难受，拴马是这种苦差事呀？"新赛罕耸肩缩脖道。

"是啊，妹妹，弄牛马可不是件容易的事情！"娜仁意味深长地说。娜仁的话对新赛罕来说算是开启了一个新话题。新赛罕滔滔不绝地谈起了自己的遭遇。她说昨晚虫子爬到她的身上，说蚊子小咬叮了她。她说蛤蟆钻进被窝把她吓得半死，当时她给自己壮胆说"癞蛤蟆不咬人"。她又说幸亏是蛤蟆，假如是蛇该怎么办？她说害怕出去憋尿一宿，说苏尔泰巴特尔不陪她出去，说以后睡觉前必须少喝茶。她说晚上牛羊叫唤没让她睡好觉。她担心以后苏尔泰巴特尔出门自己一个人该怎么办，说那样的话上你家住等等，说了一大堆，最后深有感触地说："真不容易！"娜仁听不下去，又不好意思拒绝，就哄她说："妹妹，慢慢就习惯了！"

苏尔泰巴特尔刚起床穿鞋，看见新赛罕右手提着奶桶左手拎着马扎进来，不禁嘲笑道："拖个凳子什么意思？"

"你取笑我干啥？娜仁嫂子还想买一个呢。"新赛罕一本正经地说。她在笊篱上放了一块纱布，把牛奶倒在上面，反反复复重复着。苏尔泰巴特尔看不惯，差点上前乞求她"别弄了！"他站在一边观察着新赛罕的做法，看她接着怎么做。新赛罕把去掉杂物的新鲜牛奶一股脑儿倒进了半瓦盆酸奶上。

"小奶奶，你怎这样做呀！"苏尔泰巴特尔嘿嘿笑。

"又怎么了，不对吗？"新赛罕想证实自己的做法是正确的，眼巴巴瞅着苏尔泰巴特尔。

"不管对与不对，反正一大早晨挤的牛奶白瞎了。把新挤的牛奶倒进了酸牛奶上，拿啥熬奶茶！"苏尔泰巴特尔说。

"亲爹呀，你咋不早点说呢？"新赛罕跳脚道。

47

正如"到时候该来的都会来"一样，祭祀斯崎敖包那达慕如期而至。太阳出来前赛了马，露水蒸发后摔跤开始了。头两轮过去了，人们没太在意获胜者。众多祭祀者们看着前面跳鹰舞的人心里空落落的。这也许是苏力德给这个世界留下的遗憾吧！但谁也没有提及他跟祭祀敖包有什么关系，照旧拉起了人圈子。

朝克身上穿着三道边饰的蓝色崭新蒙古袍，蓬松地系着黄绸腰带，昂首走在人群里。因为他的身材魁梧袍子宽松得体，走在人群间显得更加高大。他的身边跟着一位身穿粉红色蒙古袍，头戴白色绸巾的女人，正是萨仁。人们纷纷议论着："那个朝克来了！""这下更没人能挡住他了！"

下一轮朝克要出场。苏德赛完马，一边遛马一边朝摔跤场方向走来。朝克看见了他，悄悄地对萨仁说："苏德哥来了，我逗逗他，看他说什么！"朝克的身材高大，弯下腰伏在萨仁耳朵上说话，样子十分古怪。这个情景被蔫巴苏德看见，他哪能放过冷嘲热讽的机会呢。

"你们俩大白天的在众人面前亲吻呢？"蔫巴苏德抢先开起了玩笑。萨仁的脸颊发起烧来。朝克毕竟是男人，脸皮比较厚。萨仁今天羞怯地挨着朝克走，苏德知道这是个好事。然而，他心里却有一种说不出的滋味，仿佛丢掉了一件心爱的东西的感觉。可他反过来一想，这东西虽然珍贵但并不是自己的。眼前这位年轻人比他更有福分。他这样想的时候心中不免有些嫉妒。

"苏德哥鬼道多，知道怎么赢，是不是？"朝克说。蔫巴苏德立刻明白了这是对玻璃球事件的回击。因为那几个玻璃球引起的事在他心里留下了抹不掉的痕迹，所以一提及此事他就特别敏感。那是小孩儿弹着玩的几个小小玻璃球，当时他无聊地把它用到男人的游戏里，然后高兴过头出了事。他一想起这件事就感到特别内疚。后来都不敢回忆它了。他原本想好好奚落一下朝克和萨仁，但一提及那件事他的心情马上沉重起来，他蔫头耷脑地说："弟弟呀，少说点哥哥做的傻事吧！"

萨仁从蔫巴苏德的脸色和话音中敏锐地察觉到了问题，觉得在这祭祀敖包的好日子里不应该提那些不愉快的事，就想把话题引到吉祥的事情上。

"赛马得了第一，都忘了问好，你这是什么人啊！"萨仁拿今天赛马得第一做引子，跟苏德开玩笑说。

蔫巴苏德满是灰尘的脸上这才露出了笑容："总是这样，已经不计其数了！"他得意起来。

"我也想跟苏德哥学学赛马，明年跟你的马比试一下！"朝克表达得比萨仁更胜一筹。

"我亲爱的弟弟，你当摔跤手就行了。年轻人太贪婪不是好事，爱一钻一最好。点你的名呢，上场吧，勇猛地摔吧！不然你身边的不好说归谁了……"蔫巴苏德说着翻身上马小跑走了。

朝克和萨仁望着他的背影，耳边回响着"爱一钻一最好"这句话，两人把它留在心间，互相用眼神传递着心声。

朝克穿上摔跤服出场了。他今天刮了胡须，在观众看来不像过去那样令人生畏，反而带有几分孩子气。这种变化来自于萨仁的一句话："你的胡子扎人！"这事别人无法知晓。相反，苏尔泰巴特尔穿跤服出场成了祭敖包那达慕的一大新闻。

苏尔泰巴特尔本来就长得人高马大，近几年发福得厉害。他的摔跤服略显小，鼓着大肚子绕场一周。观众七嘴八舌地议论着。

"从外表上看比他哥威猛，不知道摔得怎么样！"

"这家伙是个家伙，或许是酒里泡的吧！"

"那就不是摔人的家伙，是仅供观赏的家伙！"

"离开了马背的人站立不稳，绊他一下腿就会倒下了！"

"这么一个庞然大物倒下，不把敖包砸出水来呀！"

苏尔泰巴特尔被贬得一无是处。但父母给他的肉体却充满了力气，他第一轮就把对手随手扔了过去。这下才把那些歪嘴稍微正了过来。

"基因这个东西了不得！"

"这算啥，看他能不能摔倒下一个吧！"

苏尔泰巴特尔刚走出摔跤场，就看见东侧有人向他招手。他颤动着大肚子小跑过去。那边坐着蔫巴苏德、娜仁、新赛罕。新赛罕在淡绿色花纹蒙古袍上系了粉红色腰带。她学着身边的娜仁蹲下，又想模仿苏德盘腿而坐，可折腾半天腿就是不会打弯。后来她的腿好不容易弯曲了，不过几秒钟胯骨就疼得受不了了。她像是在自家的床上一样躺倒了。乡下青年们见她这般折腾，没有一个闲嘴的。

"有膝盖骨，为什么不能弯曲呢？奇怪！"旁边一个青年忍不住笑。

"有膝盖骨，就是怕裤子出褶，不敢坐……"有一个青年帮腔道。

"那位的腿不能弯曲，看起来是个很古怪的东西！"又一个青年不屑地嘲笑道。

"打扮得水光溜滑，大概是城里的鲜肉吧！"还有一个青年在猜测。

"哇，不知道她让哪个搓摸呢！"又有一位青年装出艳羡的样子说。

"不知啥样一个有艳福的家伙在蹂躏她呢！"还有一个青年悄声说完，仰面朝天哈哈大笑。

野外的风虽然大，但并没有吹散他们的话，新赛罕清晰地听见了几个年轻人的风凉话。起初她想找几句话顶他们两下，后来又觉得人家也没指名道姓地说她，也就忍气吞声了。

新赛罕既不能生气又不能吵架，心里很是憋闷。这时娜仁救了她。原来娜仁认识那几个年轻人，她点着他们的名字警告说："你们几个坏弟弟给我老实点！"正好苏尔泰巴特尔朝这边走过来，她又有意威胁说，"你们那个大哥过来了，不怕被他摔碎你们就嘚瑟吧！"她捂着嘴笑。

"哇，原来她是这个大哥的女人。叫他摔打一下什么东西受得了，逞能不如保命……"几个年轻人调头跑了。

见他们像惊弓之鸟般逃掉，娜仁终于捂住嘴哈哈大笑起来。新赛罕也很解恨，自老公被处分以后她就不敢正视别人的眼睛，这会儿才觉出远离了那些白眼仁的畅快。

蔫巴苏德见苏尔泰巴特尔涌动着大肚子小跑过来，故意责怪他说："你摔得那么狠干什么，把持一点自己嘛！"苏尔泰巴特尔凭借摔跤家族的经验明白苏德的意思，他不是责怪他摔得太狠，而是说他应该隐藏一点别让其他摔跤手看出来自己的本事。

"我没想到他那么容易倒下，听说他摔得很好，我才……"苏尔泰巴特尔挠着自己的后脑勺说。

"你说的也对。但是，要知道下一轮不会那么容易！"

"那是为什么呢？"苏尔泰巴特尔鼓起眼珠问。

"要想拿冠军，得有许多招数。但你不用管，只管好好摔就行了！"蔫巴苏德笑着说。苏尔泰巴特尔知道苏德是个足智多谋的人，虽然不让他问，但他还是想知道究竟有什么招数，忍不住一个劲地要求指点。但苏德除了那句"你只管摔！"没有多余的话。后来，娜仁忍不住说："让弟弟一个劲求教，有啥了不起的了。我们这些人在其他事情上都能让分，唯独在摔跤上好招损招都用。弟弟你只要摔倒对手，一切都会成为过去……"娜仁犹如打机关枪一样一口气说了出来。苏尔泰巴特尔用询问的眼神看苏德，苏德回了他一个肯定的眼神。

"那算什么了不起的事，摔倒了能怎么样，摔不倒又能怎么样！"苏尔泰巴特尔不以为然。

"在我们这地方把摔跤当成大事呢！"蔫巴苏德说，这是他内心深处的实话。

苏尔泰巴特尔刚才在嘴上没把摔跤当回事，但在摔跤中却很认真，一连摔倒了几个对手这才碰上了朝克。在广大祭祀者们看来，苏尔泰巴特尔摔倒对手还是被对手摔倒已经无关紧要了，他被摔倒也很自然，因为遇到的是强手。有人说起了苏尔泰巴特尔饭碗被打的事，祭祀者们埋怨他在吉祥的日子里说了不吉利的事，把他当成败兴者不加理睬。有人认为苏尔泰巴特尔早当摔跤手才对……总之是众说纷纭，这恰恰验证了人嘴难堵的道理。

  阳光下的地气在夏日的微风中飘动，使远处的人和动物的模样变得奇形怪状。今天的天空无比晴朗。极目远眺，往东南伸展的乌尔嘎图草原显得无比辽阔。在蒙古高原上的这块小小补丁上，空中飞行的各种鸟禽，草丛中蹦跳的蝈蝈、蚂蚱，地下捣洞的鼠类，触角细长的天牛等飞禽走兽纷纷登场，给大自然献上歌喉与舞蹈，为原野增添生机。

  在这片草原的上端，离羊群稍远的沙丘上，有一个人把缰绳挂在鞍头上正来回踱步。这人便是苏尔泰巴特尔。蓝天仿佛给他的生命和生活带来舒坦喘息的空间一样极目无边。微风轻抚牲畜的毛尖，羊群顶风站成月牙形，这些都让他感到无比亲切。这是他童年记忆的重现。生活总是围绕自己的习性转移。一想起不符合习性的生活是怎么样，他脑海里便出现自己莽撞而歪歪扭扭的生活轨迹……

  男孩靠自家不如靠国家，父亲的目的达到了。可是我实现了父亲的愿望后得到了什么？得到了钱还是权，抑或是得到了比钱权更重要的东西？好像是哪个都得到了，哪个都得到了这样狂妄的结果就是连房子都被没收，留下了难以挽回的坏名声。明知错了还爱面子。为了追求权力而失去人格，重演乌鸦学雁叫呛死的故事，遭人白眼被人戳脊梁。在我无处安身的时候，可怜的寡妇嫂子来了。那时，我们家正吵闹着面临解体。嫂子为了帮我们辨明前后认清左右费尽了口舌。她离开牧场，把自己的畜群分出来给我们，使我们有了安身之地。如果没有这块地方，我们去哪里安家？然而，我当时为了变卖这点地方，使可怜的嫂子哭哭啼啼没少受折磨。所谓"脑袋进水了"说的就是我吧！妄想这辈子揣钱下辈子揣土而做缺德事的人，注定跟我是一样的下场。我们幸亏有了自己的地盘，才能傲立于世界民族之林，世世代代保持温暖，运气十足地生活至今。人啊，连自己祖先的足迹都认不清，在这个世界上能走到哪儿去？我当时如果有点这种意识，能做出那种缺德事吗？我们千万年来享受着这片祖先留下来的土地的福禄。除了向钱低头的人，没人能强行夺取它。在保护和利用好土地方面国家有法律。落实这个法律的公文每家每户都有。所以，在我们手上的土地是国家盖了章的土地。谁企图把印章的权限用到纸张上金钱上，那与把子子孙孙的命运当作纸片来撕掉没什么区别。

苏尔泰巴特尔坐在那里沉浸在深深的思考中。从上风口传来嗡嗡声，苏尔泰巴特尔朝那边看过去。一辆墨绿色的宝马车用宽大的轮子碾轧着芨芨草，在凹凸不平的草地上狂颠而来。见此情景，苏尔泰巴特尔想起自己曾经坐这样的车来过这一带的情景，也猜到来者是谁了。

小车犹如发情的公驼般吼叫着停了下来。苏尔泰巴特尔的坐骑惊得暴跳起来。苏尔泰巴特尔把偏缰缠在手上使劲拽，才把惊马稳住了。他把缠死在手上的偏缰松开，手掌上现出一道白痕。这道白痕被他心脏喷出的热血补充，弹指间便消失了。

车上第一个下来的是歪鞋子大款，陶特夫尾随其后。

"哎哟，老朋友啊！"大款离老远就破锣着嗓子打招呼。苏尔泰巴特尔想去握那只热情的手，他的坐骑却往后退。他在马的挣脱和手的拉扯之下只碰了一下大款的手指头。大款说没见到老朋友很是想念，已经听说了他的事很闹心。大款在一味表达自己的同情心的同时眼角上挤出了点滴泪水。苏尔泰巴特尔早已见识过他这种人行云流水般说出面子话的场景，所以也没把它当多大的情分。接着，大款夸苏尔泰巴特尔如何如何有工作能力，说他是好人等等，好话说了一大堆，最后表达了这种人国家不用我用的意思。若在几个月以前，苏尔泰巴特尔听了大款这种"白水上刮油"的美言必定会无比膨胀。可现在他毕竟在社会上摔过跟头鼻子里呛过水，不由想起"赶车人掌权国家必将灭亡"的名言，心中生出"小心吃是粮食，狼吞下去会噎死"的戒备。他从尊重人的角度出发，偶尔应和着说声"高兴""感谢"之类的话，脸上堆着假笑点点头。大款眯起眼睛审视着苏尔泰巴特尔的穿戴和坐骑，心想：你那样唱高调的人落到这种地步，这下该听我的了吧。

"你在这边天天放羊多累，去我的公司吧，我给你高工资！"大款使劲咧嘴道。

"给多少工资？"苏尔泰巴特尔随意地问道。

"工作效率高的话月挣万元，还有奖金。不信你问他！"大款拍了拍陶特夫的肩膀。

"还行吧？"苏尔泰巴特尔摸着下巴装出考虑的样子。

"何止行呢！"陶特夫从旁边帮腔。苏尔泰巴特尔扫他一眼，嘴里嘟囔："树木从内部生虫！"陶特夫一下就断电了。

大款以为苏尔泰巴特尔要接受他的建议，问："你刚才说什么？我没太听清。"边说边凑到苏尔泰巴特尔的下巴颏底下。

"可是，我这个牧场和牲畜怎么办？"苏尔泰巴特尔有意要听大款怎么说。

"那容易，把它全部卖掉变成现金不就得了嘛！"大款摊开双手说。狐狸的尾巴总算露出来了！苏尔泰巴特尔把愤怒压在心底，装作担忧的样子说："那么容易吗，卖给谁呀？"

"这个没问题，有我这个朋友在呢，我买也行。但是，这地方对我一点用处都没有，你在这边放牧也行！"大款如见救星般望着苏尔泰巴特尔。

"你买这个地方吧，让我在你手下放牧，也挣工资了，牲畜也发展了。真是个美事！"苏尔泰巴特尔盯着他的眼睛说。

"OK！你真是聪明人。好朋友嘛，没办法。那点事情上没必要你的我的分得那么清，谁让我是你的好朋友呢！"大款眯起了眼睛，他仿佛看见了苏尔泰巴特尔的大脑在一点一点被他吸噬。然而，苏尔泰巴特尔也在想，你这个人真是贪得无厌，把我的牛羊连同粪便皮毛一起吞掉也不满足！他用戏弄的眼神看着大款。大款却把这个眼神理解为"事成了"。

"可是，这个牧场不在我的名下，我做不了主。这事以后再说吧！"苏尔泰巴特尔的这句话把大款变成了一只泄了气的皮球，但他仍不甘心地说："不着急，你好好考虑一下吧！"苏尔泰巴特尔心里想：你想得美，趁早收起你的妄想吧！他送别了大款。

大款的车扬起的尘土还没散尽，一个醉汉在马背上摇摇晃晃地过来了。苏尔泰巴特尔看着醉汉眼熟，却一时想不起名字，这时醉汉来到了跟前。

"在丢掉乌纱帽时说了一句真话的人你好吗？"来人在马背上叉腰道。这尖细的嗓音，让苏尔泰巴特尔想起醉汉是谁了。这个人因为吃官司找过苏尔泰巴特尔。当时苏尔泰巴特尔收了对方的贿赂，违背法律地把他的牧场租给了别人，违心地处理了他的假债务案。后来苏尔泰巴特尔被免职接受审查时说出了那起案件的细节，这个人才收回了牧场。今天这个人在问候前说这句话的意图，苏尔泰巴特尔心知肚明。

"好好，你好吗？"苏尔泰巴特尔拃挲着手抚摸着浓密的胡子说。

"怎么样，拿炸药才能炸毁的世界，却要被金钱炸毁了吧！"醉汉把身体倾斜过来说。他这话的本意在点大款，苏尔泰巴特尔没听懂。

印

土

／

291

"原本战争才能征服世界，现在是金钱征服世界的时候了！"醉汉想下马，将套进马镫里的脚勉强拽了出来。在醉汉跌坐在地之前，苏尔泰巴特尔抢先一步扶住了他。

"让这么大官扶着，我哪有这个福！"醉汉淌着哈喇子口齿不清地说，嘴里喷出酒糟的酸臭味。

"行了，官也好，狗也罢……"苏尔泰巴特尔笑道。

"哄哄，好朋友嘛，开个玩笑！"醉汉坐在那里直摇晃。苏尔泰巴特尔挨着他坐了。

"就这样我们俩居到一起，居，居，像大山一样稳居！"醉汉唠唠叨叨打起了盹儿，后来打盹儿变成了熟睡，再后来像是在自己的家里一样伸展胳膊腿躺下了，醉汉成了睡汉。

睡汉的坐骑突然抬起头嘶鸣起来。苏尔泰巴特尔朝马剪起耳朵的方向瞥过去，见距离一站地的地方有位骑马的人正往这边走来。他拿出望远镜瞭望了一下，从那人两手紧紧抓住鞍头的架势上认出是新赛罕。这家伙肯定自己在家待不住了。幸亏跟苏德哥邻居，我们才建家立业了。不然，新赛罕从没在草原居住过。最起码，我出去放羊，她会害怕家里来陌生人。有时候乡下青年开个玩笑，她也会误以为要调戏自己。起初连奶食品都不会做。特别是她不敢靠近马，一靠近马就吓得浑身筛糠。假如可以设立什么都不知不懂方面的功臣，我家里的这个便是这方面的功臣。可是，世上哪有靠这种功劳过日子的道理。要过日子就要像过日子的样子，这是个普遍规律。我们家来到草原过放牧生活，这是生活所迫。把我们引进生活的人是娜仁，这事成了她的分外义务，可爱可敬！老人说过"人的品质包容一切"，就像草原上的植物朝着动物的嘴生长一样，这地方的人心总是向着别人。包容一切的品质便是人的无限广阔的心灵空间。心心相印才能共存于这个伟大的空间里。锅碗偶尔相碰，但心底无私。这样的生活就像奶茶一样永远沸开着。这是一方水土上的真正印章。这个印章是人章，有随意改变的道理吗？

"想啥呢，人家来了都看不见！"苏尔泰巴特尔突然发现新赛罕已经来到了跟前。

"骑摩托车不是更方便吗？"苏尔泰巴特尔心疼妻子说。

"骑马的话我们没有损耗吧！"新赛罕笑道。

"换了水土，我爱人变聪明了……这一生你也就说对了这句话！"苏尔泰巴特尔嘲笑妻子般向她怡然微笑。

"要说换水土你也换了，也应当属于变聪明的人了吧！"新赛罕装出沉思的样子拗着老公说。

苏尔泰巴特尔好像唯恐话落地般极速接茬道："我好像聪明反了……"他摆出这下你还能说啥的架势。老公的言谈举止把新赛罕完全引入了草原人的黑色幽默中。

"正了，反了，只有你圆溜溜的那个东西知道！"新赛罕调皮地笑道。

"肯定没人拿鞭子抽你屁股说骑马是错的！"苏尔泰巴特尔嘻嘻笑，草原的风吹拂着他宽阔的胸膛。

图书在版编目（CIP）数据

印土 / 乌·斯日古楞著；孙泉喜译. -- 北京：作家出版社，
2019. 4

（中国少数民族文学发展工程·民译汉专项）

ISBN 978-7-5212-0515-2

Ⅰ. ①印… Ⅱ. ①乌… ②孙… Ⅲ. ①长篇小说 – 中国 – 当代
Ⅳ. ① I247.5

中国版本图书馆 CIP 数据核字（2019）第 080266 号

印　土

作　　者：乌·斯日古楞

译　　者：孙泉喜

责任编辑：史佳丽　李亚梓

特约编辑：张绍锋　郑　函

装帧设计：薛　怡

出版发行：作家出版社有限公司

社　　址：北京农展馆南里 10 号　　　邮　　编：100125

电话传真：86-10-65067186（发行中心及邮购部）
　　　　　86-10-65004079（总编室）

E-mail:zuojia@zuojia.net.cn

http://www.zuojiachubanshe.com

印　　刷：北京玺诚印务有限公司

成品尺寸：170×240

字　　数：221 千

印　　张：18.5

版　　次：2019 年 6 月第 1 版

印　　次：2019 年 6 月第 1 次印刷

ISBN 978-7-5212-0515-2

定　　价：36.00 元